IRÈNE MÜRNER
Altweiberfrühling

FRÜHLINGSSTERBEN Eine Diebstahlserie in einem Altersheim? Wahrlich keine Herausforderung für Andrea Bernardi, Detektiv der Stadtpolizei Zürich. Mithilfe der rüstigen Rentnerin Hanna Bürger gelingt es ihm bald, den Dieb zu überführen. So weit, so gut. Stände da nur nicht regelmäßig der Leichenbestatter vor dem Alterszentrum. Andrea ahnt, dass jemand im ›Abendrot‹ dem natürlichen Ableben gewaltsam nachhilft. Aber wer steckt hinter den rätselhaften Todesfällen? Ist es jemand vom Personal? Ein Besucher? Oder gar einer der Bewohner?

Als wäre das nicht genug, kommt auch Andreas ehemalige Praktikantin Rea ins Büro zurück und nimmt den Detektiv ihrerseits beherzt in die Pflicht. So wird er zu Polizeiversammlungen geschleppt und soll sich eine Gebrauchsanweisung für den Umgang mit Polizisten überlegen. Wird es Andrea gelingen, dem mörderischen Treiben im Altersheim ein Ende zu setzen, bevor er in seinen wohlverdienten Urlaub fliegt?

Irène Mürner, geboren und aufgewachsen in St. Gallen, ist begeisterte Weltenbummlerin, ehemalige Lehrerin, Flugbegleiterin und Stadtzürcher Polizistin. Als Kolumnistin hat sie unter anderem jahrelang die Freuden und Leiden der Polizistenseele durchleuchtet. Seit dem Jahr 2001 lebt, liebt und arbeitet sie in Zürich, heute als freie Journalistin und Schriftstellerin. Sie ist verheiratet und hat zwei Kinder.

Bisherige Veröffentlichungen im Gmeiner-Verlag:
Herzversagen (2013)

IRÈNE MÜRNER
Altweiberfrühling
Andrea Bernardis zweiter Fall

Original

GMEINER

Besuchen Sie uns im Internet:
www.gmeiner-verlag.de

© 2014 – Gmeiner-Verlag GmbH
Im Ehnried 5, 88605 Meßkirch
Telefon 07575 / 2095 - 0
info@gmeiner-verlag.de
Alle Rechte vorbehalten
2. Auflage 2014

Lektorat: Claudia Senghaas, Kirchardt
Herstellung: Mirjam Hecht
Umschlaggestaltung: U.O.R.G. Lutz Eberle, Stuttgart
unter Verwendung eines Fotos von: © celeste clochard – Fotolia.com
Druck: GGP Media GmbH, Pößneck
Printed in Germany
ISBN 978-3-8392-1531-9

Personen und Handlung sind frei erfunden.
Ähnlichkeiten mit lebenden oder toten Personen
sind rein zufällig und nicht beabsichtigt.

MÄRZ

1.

Sie war sich sicher, dass sie tot war. Ihre erste Reaktion war Erleichterung. War das normal? Müsste sie nicht vielmehr bestürzt sein? Oder wenigstens traurig? Ein bisschen verstört? Gar hysterisch? In Panik?

Nein. Sie hatte Ilse nie leiden können. Und in den letzten Wochen war aus zurückhaltendem Mitleid mit einer bedauernswerten alten Frau sogar pure Abneigung geworden. Nach diesen schier unerträglichen Wochen, in welchen Ilses Gegenwart sie langsam aber sicher zermürbt hatte, konnte das kaum verwundern.

Hätte sie geahnt, dass ausgerechnet Ilse Bürkli bei ihr einzöge, ja, dann hätte sie eventuell anders reagiert, und damit wäre vielleicht alles anders gekommen. Aber eben, hatte nicht schon ihr Vater jeweils gesagt: Wenn das Wörtchen wenn nicht wär, wär ich längstens Millionär. Es war also müßig, darüber nachzudenken.

Der Umbau hatte sie dazu gezwungen, ihr großzügiges Zimmer mit einer Mitbewohnerin zu teilen. Hilfsbereit hatte sie selbstlos Platz gemacht und naiv geglaubt, dafür etwas Dankbarkeit ernten zu können.

Diese demente Schreckschraube. Laut war sie, und weil sie nichts mehr hörte, hatte sie auch Hanna gezwungen, zu schreien. Wie sie das hasste. Jeder im Umkreis von 100 Metern hörte, worüber sie sich unterhielten. Meist war sie ja zusätzlich genötigt gewesen, das Gesagte mindestens dreimal zu wiederholen, bis Ilse endlich, endlich begriff, was sie rief.

Mit der Zeit hatte sie sich geweigert, überhaupt noch mit ihrer Zimmergenossin zu reden, sie machte sich doch nicht dermaßen zum Affen. Ganz abgesehen davon, dass es sie wirklich anstrengte, ihre Sätze brüllen zu müssen.

Das gleiche Theater hatten sie beim Fernsehschauen gehabt. Überlaut musste der Ton eingestellt sein. Hanna hatte den Krach kaum ausgehalten, und so hatte sie den TV-Konsum auf das absolute Minimum beschränkt. Nach der Tagesschau, die Hanna als Pflichtprogramm betrachtete, hatte sie jeweils streng auf den Ausknopf gedrückt und die Fernbedienung sicher verwahrt. Natürlich hatte sie gewusst, wie sehr Ilse diese Rosamunde Pilcher-Filme liebte, aber die Reklamationen der angrenzenden Bewohner über die Ruhestörungen waren peinlich genug. Sie sollten nicht auch noch glauben, dass sich Hanna die vorhersehbaren Romantik-Schnulzen zu Gemüte führte. Immerhin hatte ihr Thea aus dem Nebenzimmer halb im Spaß, halb im Ernst anvertraut, dass sie sich gedrängt fühle, sich die gleichen Sendungen wie im Nachbarraum anzuschauen, seit sie jedes hinterletzte Wort durch die Wände verstand.

Hanna verabscheute es aufzufallen, und immer hatte sie ein zwar distanziertes aber angenehmes Verhältnis zu den anderen Hausgenossen gepflegt. Mit Ilse hatte sich das geändert. Hanna war gerne für sich, doch Ilse mit ihrer vulgären Kumpelhaftigkeit hatte dauernd Leute eingeladen. Erstaunt hatte Hanna festgestellt, dass die schrille Unbekümmertheit ihrer Zimmergenossin viele Freunde anzuziehen schien. Es war so weit gekommen, dass sich Hanna mit der Zeit beinahe als Außenseiterin in ihren eigenen vier Wänden gefühlt hatte. Dennoch hatte sie keine Wahl gehabt, als gute Miene zum bösen Spiel zu machen, wollte sie nicht als spießig gelten.

Hatte ihr Ilse im Gegenzug je Danke gesagt? Sich in irgendeiner Form bei ihr dafür revanchiert, dass sie all das Ungemach auf sich genommen hatte? Nein. Im Gegenteil, als selbstverständlich hatte sie alles genommen und sie, Hanna, sogar für ihre kleinen Besorgungen eingesetzt, um derweil in Hannas Zimmer Besuch zu empfangen.

Der Gipfel war das gewesen.

Eines Tages hatte sie Ilse zudem dabei überrascht, wie sie in ihrem, Hannas, Buffet, nach Gebäck gesucht hatte! Nicht einmal schuldbewusst hatte sie gewirkt, als wäre es das Normalste auf der Welt, im Hab und Gut anderer zu wühlen, weil man selber grad keine Guetzli mehr hatte!

Hanna war empört gewesen, aber zu höflich, um sich etwas anmerken zu lassen. Mit hochgezogenen Augenbrauen hatte sie Ilse fragend angeschaut, und gellend war ihr ins Gesicht geschleudert worden: »Ich bekomme gleich Besuch und habe gestern mitbekommen, dass du einen unangebrochenen Sack ›Bärentatzen‹ hier versorgt hast. Es macht dir doch bestimmt nichts aus? Du isst sie ja gar nicht, oder?«

Natürlich hatte Ilse insofern recht. Hanna achtete nämlich auf ihre Figur. Auch mit ihren 75 Jahren hielt sie Disziplin, und Naschereien waren tabu. Aber das Gebäck hatte sie für *ihren* nächsten Besuch behalten wollen. Nicht, dass sie davon besonders viel bekam. Eigentlich ja nur ihre Schwiegertochter jeden Donnerstagnachmittag. In den Schulferien mit den Enkeln, denen es aber nicht schaden würde, auf Süßes zu verzichten.

Hier war es ihnen nicht einmal erlaubt, Früchte im Zimmer zu haben. Wegen der Schädlinge, behaupteten sie in diesem bevormundenden Ton, der Hanna ärgerte und dessentwegen sie sich jeweils wie ein unreifes Kind fühlte.

Obwohl sie ehrlicherweise gestehen musste, dass sie selbst schon von den gekauften Aprikosen schweren Herzens die Hälfte hatte entsorgen müssen. Bevor sie sie hatte verzehren können, waren sie schimmlig gewesen und von den lästigen Fruchtfliegen umschwärmt worden. Ja, man wurde älter, und es konnte vorkommen, dass Frischprodukte vergessen wurden und vergammelten. Auch, weil einen die Sinne manchmal im Stich ließen. Augen und Nase waren halt nicht mehr, was sie einmal gewesen waren. Und so blieb ihr nichts anderes übrig, als stets einen kleinen Vorrat an Unverderblichem im Schrank zu haben. Der Anstand gebot es einem schließlich, dass man Gästen etwas anbieten konnte. Und es kam doch gar nicht infrage, dass Ilse sich bei ihr bedienen durfte!

Ja, nichts als Scherereien hatte Ilse ihr bereitet. Sie wollte nicht als geizig, kleingeistig oder humorlos gelten, aber in diesem Fall war einfach zu vieles zusammengekommen, und es hatte ihr überhaupt nicht gepasst. Mit ihrer Aufdringlichkeit und ihrem Schmarotzertum hatte Ilse sie fast in den Wahnsinn getrieben.

Draußen trällerte ein Grünfink. Wie zauberhaft. Der kleine gesellige Vogel musste in der kahlen Birke vor ihrem Balkon einen adäquaten Auftrittsort gefunden haben. Eine Weile lauschte sie hingerissen der kanarienvogelartig gezwitscherten Melodienfolge, in die geschickt Lockrufe eingeflochten wurden.

Sie fühlte sich wunderbar. Herrlich ausgeruht. Seit Langem hatte sie zum ersten Mal wieder durchschlafen können, war nicht dauernd durch Ilses penetrantes Schnarchen geweckt worden. Dieses ruckartige Schnorcheln, beharrlich gefolgt von einem viel zu lange andauernden Atemstillstand, der Hanna im dunklen Zimmer auf die wiederkehrenden Schnaufgeräusche warten ließ. Der unregelmäßigen Abstände wegen lag sie selber atemlos da, horchend und zählend. Meist kam sie auf zehn, bevor das rasselnde Crescendo abermals einsetzte. Eine grauenhafte Tortur jede Nacht.

Und dann diese ewig gleichen Geschichten. Sie hatte es so sattgehabt, sie immer und immer wieder von Neuem anhören zu müssen.

Nein, sie war froh. Ein Verlust war Ilse auf keinen Fall.

Diese Erfahrung würde sie lehren, ihre spontane Hilfe je wieder so unbedacht anzubieten.

Noch lag sie im Bett. Es war dunkel im Zimmer. Bald aber wüsste sie, ob es ein sonniger Tag werden würde. Das Schönste an ihrer Unterkunft war die Morgensonne. Sobald sie über die Golanhöhen – wie böse Zungen den Hügel zwischen Stadt und Uetliberg der vielen reichen Juden wegen, die hier wohnten, nannten – gelangte, erreichte sie das Fenster zu ihrem Raum. Dann stahlen sich die Strahlen zwischen den schweren Nachtvorhängen durch, die vom Personal meist nachlässig nicht ganz dicht geschlossen wurden. Sie liebte das Muster des eindringenden Lichtes an der Decke, je weiter weg vom Fenster desto breiter wurde der körperlose Fächer.

Mit geschlossenen Augen versuchte sie zu ahnen, wie spät es war. Den Geräuschen im Haus und der Dämmerung nach zu urteilen, mochte es um die 06.15 Uhr sein. Bald würde eine Pflegerin klopfen. Wenn sie nicht alles täuschte, hatte die fette Berti heute Dienst.

Wie sie wohl reagierte? Für einmal wartete Hanna fast gespannt auf das Eindringen der Betreuerin in ihr Heim. Noch etwas, das sie aber ansonsten ganz gewiss nicht vermissen würde. Ihretwegen brauchte niemand so früh ins

Zimmer zu kommen. Sie war selbstständig und brauchte keine Hilfe. Die bequeme Ilse hingegen hatte sich gerne aufnehmen lassen. Und mit leiser Verachtung hatte Hanna festgestellt, dass sich ihre Zimmergefährtin nicht einmal selber wusch.

Sie jedoch vertrat seit jeher die Meinung, dass man sich zusammenriss, sich niemals gehen ließ, sondern auf die Zähne biss. Dann klappte nämlich auch das mit der Gesundheit. Ebenso Programm war der tägliche Spaziergang, egal wie das Wetter war. Es gab keine schlechte Witterung, nur unpassende Kleidung. Genau, und je weniger man sich bemühte, desto schlimmer wurde es.

Aber das alles hatte Ilse ja nie begreifen wollen.

Jetzt würde Gott sei Dank wieder Ruhe bei ihr einkehren. Sie würde wieder alles für sich haben und sich weder kümmern noch ärgern müssen. Keine Störungen mehr und vor allem friedliche Nachtruhe. Die Tage und Abende ganz nach ihrem Gusto gestalten, keine Schubladen mehr zuschließen und nicht zusätzlich für Parasiten einkaufen.

Ihr Leben gewann durch diesen Tod durchaus an Qualität zurück.

»Einen wunderschönen guten Morgen!« Dem lauten Klopfen war, ohne eine Antwort abzuwarten, das Öffnen der Türe gefolgt. Hanna hatte recht gehabt, es war die fette Berti.

2.

Als er vor dem ›Abendrot‹ eintraf, stand der schwarze Wagen des Leichenbestatters vor dem Eingang. An sich nichts Außergewöhnliches für ein Alterszentrum. Nur stand er so ungünstig, dass Andrea mit dem Dienstgolf unmöglich daran vorbei kam. Gerade als er sich überlegte, ob er hupen oder doch aussteigen und drinnen nach jemandem suchen sollte, trugen zwei Männer den Sarg nach draußen.

Wer wohl in der Holzkiste lag? Ob die Person vermisst wurde? Oder niemanden hinterließ? War sie krank gewesen, und ihr Tod bedeutete damit eine Erlösung? Die Gedanken schossen ihm durch den Kopf, während er den Männern zuschaute, wie sie den Kofferraum zuschlugen, ihm entschuldigend zuwinkten, rechts und links einstiegen und dann davon fuhren. Behäbig, wie es sich für ein Gefährt mit einer solchen Fracht geziemte. Kaum waren sie aus seinem Blickfeld verschwunden, vergaß er sie sofort wieder. Als Detektiv der Stadtpolizei hatte er sich längst an den Anblick eines Toten gewöhnt. Allein im letzten Jahr waren in Zürich weit über 3000 Bewohner der Stadt gestorben. Dazu kamen rund 600 Personen – Durchreisende, Touristen oder namenlose Ausländer – die hier ihre letzte Station gefunden hatten. Im Schnitt starben pro Tag zwölf Menschen in der Limmatstadt. Selbstverständlich fielen längst nicht alle einem Gewaltverbrechen zum Opfer, sondern sie starben ganz natürlich und unauffällig, wie diese Person hier. Demzufolge bedeuteten sie keine Arbeit für Andrea und interessierten ihn auch nicht weiter.

Er war eines Diebstahls wegen hier. Problemlos konnte er das Auto jetzt auf den Besucherparkplatz rechts vom Haupteingang parken. Er packte den blauen Spurensicherungskoffer, kontrollierte noch einmal, ob eine Rolle Ersatz-Mikrospurenklebeband dabei war, und trat dann durch die sich automatisch öffnende gläserne Tür in die Halle. Hätte er es nicht besser gewusst, er hätte sich in einem Hotel gewähnt. Anerkennend blickte er sich um. Dank der Glasfassade fiel Tageslicht auf wunderschöne Landschaftsfotografien. In der linken Ecke standen kindergroße weiße und pinke Orchideen in schweren Terrakottatöpfen. Zwei Lifttüren wandten sich an Besucher, die nicht gut zu Fuß oder einfach nur bequem waren, und die Marmortreppe rechts davon mieden. Zwischen Treppen und Lift stand ein Schild, auf dem nebst einem herzlichen Willkommensgruß auch das aktuelle Unterhaltungsprogramm für Bewohner und Besucher angegeben war. Wer wollte, konnte an einer Stadtrundfahrt teilnehmen, die geschichtliche Höhepunkte aus den Anfängen des letzten Jahrhunderts anpries.

Nicht schlecht, wenn man so alt werden durfte.

Unwillkürlich musste Andrea an seine eigene Großmutter denken. Sah Bilder ihrer schummrigen Stube vollgestopft mit Kitsch, Plastikblumen in Kristallvasen, bunten Kunstdrucken an den Wänden, dümmlich lächelnden Riesenpuppen und der unvermeidlichen Madonna vor seinem geistigen Auge. Genügsam und bescheiden war sie runzlig, lächelnd und winzig klein den ganzen Tag auf ihrem zerschlissenen Sofa gesessen. Zugedeckt von einem riesigen Berg Decken. Nie hatte sie sich darüber beklagt, dass es sie von früh bis spät fror. Was wirklich kein Wunder war, in diesen Steinhäusern ganz ohne Heizung blieb es sogar im

Hochsommer stets kühl. Wenn denn auch nur die kleinste Chance auf ein paar wärmende Sonnenstrahlen zu erwarten gewesen war, hatte man sie in einen alten Polsterstuhl auf die Veranda gebettet. Wie hatte seine Nonna es geliebt, ihren Blick über die Olivenhaine – ein wogendes, silbrig schimmerndes Blättermeer bis zum Horizont – schweifen lassen zu können, im Frühling und Sommer über den roten Klatschmohn und die gelb-weißen Margeriten. Dazu den Vögeln und Insekten zu lauschen und den Geruch der Erde in seiner ganzen Intensität wahrzunehmen. Solange sein Großvater lebte, hatten die beiden gemeinsam einen kleinen Hof bewirtschaftet, auf dessen zehn Hektar großen Feldern seit jeher Bohnen, Oliven und Wein gediehen. Mit je einem guten Dutzend Schafe, Ziegen und Hühner hatten sie die Haushaltskasse zusätzlich aufgebessert. Nach Nonnos Tod übernahm Antonio, ihr ältester Sohn, das Anwesen und führte einige Neuerungen ein. Leistete sich einen Traktor und setzte ergänzend auf Pferdezucht. Mittlerweile standen sieben Rösser im Stall.

Apulien war in Cisternino noch immer, wie es seine Mutter schon als Kind erlebt hatte. Als wäre die Zeit stehen geblieben. Touristen verirrten sich höchst selten bis ins Hinterland, maximal bis Alberobello, das seiner weltberühmten, weiß getünchten runden Steinhäuser mit den spitzen Dächern wegen auch Zwergenland genannt wurde und in jedem Reiseführer Erwähnung fand.

Er erinnerte sich an einen seiner letzten Besuche, bevor Nonna nie mehr aufwachen sollte. Er hatte sie nach draußen getragen und gestaunt ob der zerbrechlichen Leichtigkeit, die seine Großmutter ausmachte. Luxus hatte niemals zu ihrem Dasein gehört, dennoch schien sie nicht unglücklich zu sein. Zeit ihres Lebens hatte sie hart gearbeitet, war aber auch niemals alleine oder einsam gewesen. Bis zu ihrem Lebensende war permanent irgendein Familienmitglied zugegen gewesen, hatte sie unterhalten, gefüttert oder ihr einfach nur Gesellschaft geleistet.

»Kann ich Ihnen helfen?« Eine ältere Frau unterbrach seine Erinnerungen und musterte ihn neugierig über ihrer Lesebrille. Sie saß auf einem mit blumigem Chintz überzogenen Polsterstuhl in der Lobby und hatte den Tagesanzeiger auf ihrem Schoß. Die Brille trug sie neckisch auf der Nasenspitze, und Andrea fragte sich instinktiv, wann sie von da wohl runter rutschte.

»Guten Morgen, ich habe einen Termin bei Frau Junker, der Heimleiterin.«

»Ach.« Der Blick wurde prüfend. Ein Handwerker war er nicht, die Kleidung und das Fahrzeug – natürlich hatte sie seine Anfahrt beobachtet – passten nicht dazu. Ebenso wenig ein Nahrungsmittellieferant. Vermutlich ein Sohn oder Enkel, der einen Platz für seine Mutter beziehungsweise Großmutter suchte. »Am besten gehen Sie die Treppe hoch, an der Rezeption wird man Ihnen weiterhelfen.«

»Danke.« Er nickte freundlich und befolgte ihren Rat. Ein Teppich, der die weißen Marmorstufen bedeckte, dämpfte seine Schritte. Auch hier hingen große Fotografien der Stadt dekorativ an der abgerundeten Wand.

Oben angekommen, erreichte er eine großzügig wirkende Halle. Sein suchender Blick fiel geradeaus auf eine Theke, hinter der ihn eine gepflegte Dame erwartungsvoll anlächelte.

»Bernardi, Stadtpolizei. Ich komme wegen der Diebstähle.«

»Ach, sehr gut. Wir haben Sie schon erwartet.« Behände bewegte sie sich um den Tresen herum und packte ihn geschäftig am Arm. »Bitte folgen Sie mir, die Chefin möchte Sie höchstpersönlich informieren.« Wenige Meter weiter klopfte sie an eine beige Tür, und eine tiefe Frauenstimme rief sogleich: »Herein bitte.«

»Gehen Sie nur.« Seine Führerin drückte auf die Klinke und stieß ihn dann ermunternd ins Zimmer.

Die Tür fiel mit einem satten Plumps hinter ihm ins Schloss und verschluckte jedes Geräusch von draußen. Der Raum war geschmackvoll eingerichtet, und hinter einem riesigen Mahagonitisch saß eine füllige Endvierzigerin. Als sie sich aus ihrem bequem ausschauenden tiefen Drehstuhl erhob und mit ausgestreckter Hand auf ihn zukam, erinnerte sie ihn irgendwie an eine Wurst in einer zu engen Haut. Ihr Körper wollte an allen Enden aus dem knappen Kleid quellen. »Sie müssen von der Polizei sein. Schön, dass Sie so schnell kommen konnten. Junker.«

Andrea schüttelte eine weiche Hand und ließ sich an einen runden Tisch neben dem Fenster führen. Sie rückte ihm einen Stuhl zurecht, und er nahm das Angebot an, indem er sich hinsetzte. Auf dem Tisch standen in einer sandgestrahlten Glasvase gelb leuchtende Tulpen. Es roch nach Leder, Holzpolitur und ihrem teuren Parfüm.

Allmählich ging Andrea auf, warum er vom Chef an diesen Tatort geschickt worden war. Üblicherweise nämlich kein Einsatz für die Kripo, so etwas nahm für gewöhnlich die Streife entgegen. Aber im ›Abendrot‹ war man etwas Besseres, und gemeine Polizisten reichten wohl nicht aus.

Außerdem war der Boss noch immer nicht gut auf ihn zu sprechen. Er machte Andrea persönlich dafür verantwortlich, dass ihnen vor Jahresende ein Drogendealer durch die Lappen gegangen war. Mit solch kleinen Nadelstichen, wie diesem Fall, der im Prinzip unter der Würde eines Detektivs lag, bestrafte er seine Untergebenen. Andrea ließ sich dadurch nicht irritieren. Er kannte Jörg, in einigen Wochen würde er sich wieder beruhigt haben und ein anderes Opfer finden. Zudem hatte er im Moment ohnehin nicht viel zu tun. Auftrag war Auftrag, und so ein Diebstahl kostete ihn ein müdes Lächeln, welches er nun allerdings in ein charmantes verwandelte. Er schenkte seine ganze Aufmerksamkeit der Leiterin der Seniorenresidenz, die ihn über ihre Probleme aufklärte und ins Bild zu setzen versuchte.

Mindestens zum dritten Mal war Geld im Alterszentrum verschwunden. Da es sich bei den ersten beiden Opfern um leicht debile Insassen handelte – Andreas Übersetzung für verwirrte Bewohner, wie Frau Junker sie höflicher nannte – hatte man zuerst angenommen, sie hätten das Geld in ihrer Unbeholfenheit selber irgendwo verlegt. Als nun aber eine dritte Dame über den Verlust von 300 Schweizer Franken klagte, begann man die Sache ernst zu nehmen. Es war nicht auszuschließen, dass tatsächlich ein Langfinger sein Unwesen im Haus trieb.

Man durfte doch mit äußerster Diskretion rechnen? Der tadellose Ruf der Residenz stand auf dem Spiel und lag Frau Junker am Herzen. Sollte sich herumsprechen, dass sie Diebe im ›Abendrot‹ hätten, wären die Folgen nicht absehbar. Andrea versprach, sein Möglichstes zu tun, dämpfte aber allzu große Erwartungen. Über kurz oder lang würde er die Angestellten befragen müssen und je mehr Leute von den Diebstählen wüssten, desto weniger ließen sie sich geheim halten. Was wiederum den Vorteil haben könnte, dass der Dieb sich nicht mehr trauen würde, auf Beutezug zu gehen, da er sich zu beobachtet fühlte. Diese Hoffnung dürfte allerdings gering sein. Die meisten Gesetzesübertreter hielten sich für viel schlauer als sie waren, mit ein Grund dafür, dass der Großteil früher oder später gefasst werden konnte. Sie machten so lange weiter, bis man sie erwischte.

Je mehr er durch Frau Junker erfahren konnte, umso weniger würde er selber im Heim herumfragen müssen. Sollte sie also noch irgendetwas wissen, jemanden verdächtigten, jetzt war der Zeitpunkt, es ihm zu sagen. Womöglich konnte damit noch Aufsehen vermieden werden.

All dies versuchte er, der Heimleiterin klarzumachen. Sie nickte und wies schließlich mit sichtlich schlechtem Gewissen darauf hin, dass man ihr gegenüber eine Mutmaßung geäußert habe. Durch Andreas fragenden Blick ermutigt, rückte sie mit einem Namen heraus. »Jonas Kling. Man hält unseren Zivildienstleistenden für etwas fragwürdig. Ich kann mir dies allerdings nur schlecht vorstellen«, beeilte sie sich abzuschwächen. »Jonas ist äußerst wohlerzogen und höchst zuvorkommend. Die meisten alten Damen mögen ihn. Außerdem ist sein Vater Gönner des ›Abendrots‹, seit seine Mutter in unserem Haus ihren Lebensabend verbrachte. Sie ist mittlerweile zwar verstorben, aber Herr Kling betätigt sich weiterhin als Spender. Ein sehr großzügiger Mann. Sie verstehen, wir wollen ihn auf keinen Fall verärgern.« Nach einer kurzen Pause fügte sie an: »Jonas haben wir auf seine Bitte hin aufgenommen. Wir haben sonst keine Zivildienstleistenden. Bei uns arbeitet nur das bestausgebildete Personal.« Die letzten Worte äußerte sie nicht ohne Stolz. Mit leisen Zweifeln in der Stimme fuhr sie weiter fort: »Vielleicht könnten Sie ja mit der Befragung bei dem jungen Mann beginnen?«

Andrea nickte, stellte zusätzlich einige allgemeine Fragen zu den Abläufen im Haus, der Zahl der Angestellten und ihren Dienstplänen. Schließlich verabschiedete er sich, um die Spurensicherung im Zimmer der Bestohlenen vorzunehmen.

3.

Die Bank sah einladend aus. Sie setzte sich und schloss die Augen. Noch war der Himmel blass und die Sonne schwach. Dennoch, wie unendlich wohl es tat, natürliche Wärme auf der stubenbleichen Haut zu spüren. Wieder ein Winter überlebt. Wie viele es wohl noch sein mussten? Manchmal war sie des Lebens müde. Wie oft schon hatte sie im Herbst gedacht, ja gehofft, es möge der letzte sein. Ihren Kindern konnte sie dies nicht sagen. Einzig Isabella gegenüber hatte sie einmal angedeutet, dass es für sie in Ordnung ginge, wenn jetzt Schluss wäre. Sehr schnell hatte sie die Aussage jedoch mit den Worten relativiert: »Aber selbstverständlich genieße ich die mir verbleibende Zeit.« Die großen entsetzten Augen der Tochter hatten wieder etwas beruhigter geblickt, als sie ihr antwortete: »Eben, Mami, dir geht es doch gut, und wir wollen dich noch ganz lange unter uns wissen!« Dazu hatte sie ihre Mutter rasch an sich gedrückt.

Hanna war erschrocken, wie mager ihre Tochter war. Und sie hatte sich eine Bemerkung nicht verkneifen können: »Kind, isst du auch genug?«

Die junge Frau hatte mit den Augen gerollt. »Natürlich, mach dir nicht immer Sorgen! Es geht mir ausgezeichnet.«

Isabella war ihr die Anhänglichste. Bis sie fünf Jahre alt gewesen war, hatte sie den Eltern jede Nacht einen Besuch abgestattet und nur bei ihnen im Ehebett wieder einschlafen können. Auch in den Ski- und anderen Klassenlagern hatte sie immer das Heimweh geplagt. Niemals hätte es Hanna für möglich gehalten, dass ausgerechnet ihr Nesthäkchen jetzt die Hälfte des Jahres auf der anderen Seite der Erdkugel verbringen würde.

Paul war ein gütiger Vater gewesen, der alle seine Kinder gern hatte. Sie aber hatte keines der Kinder so geliebt wie die Kleinste. Bereits 45 war sie gewesen, als sie überraschend nochmals schwanger geworden war. Noch heute hatte sie das innigste Verhältnis zur jüngsten Tochter. Und sie war das Einzige ihrer Kinder gewesen, über das sie sich wahrhaftig freute. Vielleicht war sie mit den Älteren sogar eine Spur zu streng gewesen, aber sie hielt nichts von Verweichlichung.

Im Grunde hatte sie nie Kinder haben wollen. Aber Hausfrau und Mutter zu sein, war wohl der Preis, den sie zu begleichen hatte. Er war hoch, aber sie wäre bereit, ihn wieder zu bezahlen, für die schönste Zeit ihres Lebens. Es war ihr gar nichts anderes übrig geblieben, als sie nach zehn Jahren zurückkam, ohne Ausbildung und mit einem Mann, der an sechs Tagen der Woche mindestens zwölf Stunden arbeitete. Das war mit das Schlimmste gewesen. Sie hatte nicht nur ihre Wunschheimat, sondern in gewisser Weise auch ihren Partner verloren. Zehn Jahre lang war sie an seiner Seite gewesen, hatte ihn von morgens bis abends überall hin begleitet, war tagein tagaus dabei gewesen, hatte ihn unterstützt und mitgeholfen.

In der Schweiz war das nicht mehr möglich. Paul war jeden Tag früh in sein Labor verschwunden und irgendwann spät wieder zurückgekommen. Oft war er sogar am Wochenende entkommen, beteuerte, dass es nur ganz kurz sein würde, aber er hatte regelmäßig die Zeit, seine Familie und alles rund um sich herum vergessen, und nicht selten wurden Stunden aus diesem ›Nur-ganz-kurz‹. Hätte er nicht einen Schlaganfall gehabt, vermutlich würde er sich noch heute ganz seinen Forschungen widmen.

Sie hatte ihre Aufgabe gemeistert, wenn auch mehr aus Pflichtgefühl, denn mit Begeisterung. Als die drei Großen fünf, drei und eins waren, hatte es oft Zeiten gegeben, an denen sie am liebsten den ganzen Bettel hingeworfen hätte. Aber wo sollte sie hin? Was tun? Es gab nichts anderes als weitermachen. Sie hatte es sich selber eingebrockt.

Für ihren Vater war es damals eine bittere Pille gewesen, als sie ihm den Abbruch des Biologiestudiums gestand und stattdessen einen Bräutigam präsentierte. Ihre Mutter aber, die sich bis anhin kaum mit ihr beschäftigt hatte, zeigte ein erstaunliches Interesse für Hannas zukünftigen Ehemann.

Der Neid ihrer Mutter und die Enttäuschung ihres Vaters verboten es ihr auch später, je zuzugeben, dass sie sich ihr Leben anders gewünscht hätte.

Kaum gingen Ruth, Alex und Ingrid schließlich in den Kindergarten und die Schule, merkte sie, dass sie der Haushalt noch weniger befriedigte als Kindererziehung. Und sie mit Frauenklatsch und Handarbeiten erst recht nichts anfangen konnte. So hatte sie sich tatsächlich gefreut, als sich Isabella ankündigte.

Hanna öffnete ihre Augen. Sie beobachtete einen Schwarm kleinster Mücken in ihrer scheinbar wirren Wolke, die aber durchaus ihre Ordnung besaß.

Die Tierchen bewegten sich weiter.

Heute war der 22. März, Pauls Todestag jährte sich damit zum vierten Mal.

Das ehemalige vier Sterne Hotel ›Engimatt‹ war vor einigen Jahren zu einem Alterszentrum umgebaut worden. Als Paul seinen ersten Schlaganfall erlitten hatte, war es ganz neu gewesen. Wie froh waren sie, dass sie gleich eine Zweizimmerwohnung mit eigener Kochnische ergattern konnten. Zu ihrem Glück hatte ein befreundetes Ehepaar kurzfristig auf seinen Anspruch verzichtet, und sie durften als deren Ersatz einziehen. Die Warteliste war nämlich bereits lang, und die wenigen auserwählten Plätze sehr begehrt gewesen.

Das ›Abendrot‹ lag ideal: Zwischen Rieterpark und Allmend gebaut, war der See in Gehdistanz und Sihlcity mit all seinen Einkaufsläden nur einen Katzensprung entfernt. In zehn Minuten konnte man zudem mit dem Tram den Hauptbahnhof erreichen und war damit verbunden mit dem Flughafen und der ganzen Welt. Man warb mit dem Slogan der grünen Oase mitten in der brodelnden Stadt. Ungelogen lud der wundervoll üppige Garten zum Flanieren, Sinnieren und Speisen ein. Großzügige Freiräume gliederten überdies die gesamte Bebauung, und trotz der zentralen Lage war es ruhig. Die Entspannung für einen guten Schlaf war garantiert, sofern man keine schnarchende Zimmergenossin hatte. Groß geschrieben wurden Unabhängigkeit und Selbstbestimmtheit – was abgesehen vom Frischproduktverbot in den eigenen Zimmern aus Hygienegründen auch eingehalten wurde – bei gleichzeitigem Eingebundensein in das Haus mit all seinen Komfort- und Sicherheitsvorteilen. Die kulinarischen Genüsse der Küche wurden empfohlen, und nebst dem Restaurant mit Cafeteria, der Lobby mit Cheminée und einem Coiffeursalon bot es zahlreiche

Treffpunkte für Begegnungen und anregenden Austausch. Hanna musste zugeben, dass das Gebäude kommunikativ konzipiert war. Und selbst Haustiere waren erlaubt, ja sogar willkommen. Bei ihrem Einzug hatte sie noch nicht ahnen können, wie wichtig ihr auch dieser Punkt einmal sein würde.

Im ›Abendrot‹ konnte man bleiben bis zum Tod. War man erst einmal drin, wurde man bis zum endgültigen Ende gepflegt. Dieses Haus entließ keinen Bewohner lebend.

Hanna fühlte sich wohl, wenn sie inzwischen auch in einem bescheideneren Rahmen lebte. Die Zweizimmerwohnung hatte sie nach Pauls Tod zugunsten großzügiger eineinhalb Zimmer aufgeben müssen. Und von der Kochnische war einzig ein mickriger Mikrowellenherd übrig geblieben. Aber sie wollte sich nicht beklagen, es ging ihr gut.

Paul war nach seinem zweiten Schlaganfall bettlägerig geworden. Es war schwierig gewesen. Ihr Ehemann wurde empfindlich, unsicher, abhängig. Seine hypersensiblen Antennen nahmen jede Nuance ihrer Stimme wahr, und er war sofort beleidigt und gekränkt gewesen. Er, der früher alles mit Humor genommen hatte, wurde unfrei, zwanghaft und einengend. Wollte er eine Sendung am Radio hören, so musste er schon Stunden vorher hingesetzt werden, um sie auf keinen Fall zu verpassen.

Manchmal hatte sie es kaum noch ausgehalten. Er konnte nicht mehr alleine sein. Anfänglich war sie ohne ihn in die Stadt gegangen, hatte kurze Besorgungen und Besuche erledigt. Aber jedes Mal hatte er sie danach vorwurfsvoll und übellaunig erwartet. Viel zu lange war sie weg gewesen und überhaupt, weshalb musste sie dauernd unterwegs sein? So hatte sie mit der Zeit auch diese kleinen Fluchten bleiben lassen.

Sie war an seiner Seite gefangen und zuweilen hielt sie es für unerträglich. Ihre Welt wurde klein, war geschrumpft auf eine Zweizimmerwohnung in einem Alterszentrum, in welcher sie an einen fast völlig hilflosen Mann gefesselt war. Oft schlief er schlecht. Albträume plagten ihn, und ihr gelang es jeweils nur langsam und mit viel Geduld, ihn wieder zu beruhigen.

Als Paul schließlich starb, erschien es ihr wie die Rettung. Eine riesige Last fiel ihr von den Schultern. Wie sie diese ersten Monate nach seinem Tod genoss. Und kein schlechtes Gewissen konnte sie davon abhalten, sich frei, unabhängig und leicht zu fühlen. Diese Empfindungen hatten sie selber erstaunt, aber die letzten Jahre wohl mehr an ihr gezehrt, als sie es für möglich gehalten hatte.

Niemandem gegenüber erwähnte sie je, wie es ihr wirklich ging, verstanden hätte man es gewiss nicht. Paul und Hanna hatten als das glückliche Vorzeigepaar gegolten. Bei den Freunden – von denen es nie viele gegeben hatte und die mittlerweile vollzählig weggestorben waren – den Kindern, den Mitbewohnern, den Angestellten.

Das anfängliche Freiheitsgefühl machte aber mit den verstreichenden Jahren einer immensen Einsamkeit Platz. Und heute ertappte sie sich manchmal dabei, dass sie sich Pauls Gegenwart zurückwünschte. Dass sie sich vornehmlich wieder an ihre glücklichen Zeiten erinnerte, von denen es ja wahrlich viele gegeben hatte.

Ihr Paul hatte die Welt für einen guten Platz gehalten, einen, der immer besser wurde. Mit kleinen Ameisen hatte er die Menschen verglichen, die ihre schwere Last einen steilen Berg hochschoben. Sollten sie selbst es auch nicht bemerken oder wahrhaben wollen, aber sie kamen stets ein Stückchen weiter nach oben. Erreichten beharrlich eine Wenigkeit mehr. Natürlich gab es Rückschläge und Probleme, die zu bewältigen waren. Aber die Ameise kam vorwärts, stieg hinauf, sie sah es nicht ununterbrochen, aber so war es.

Diesen Optimismus hatte er angesichts der Krankheit seiner letzten Tage, Wochen, Monate, ja, Jahre verloren. Er war ihm abhandengekommen, irgendwo auf dem Weg zwischen gefüttert werden und einem Katheter brauchen. Anstelle der Zuversicht war Furcht getreten. Zweifel hatten begonnen, an ihm zu nagen, zerfraßen ihn. Hatte er überhaupt etwas richtig gemacht im Leben? Er klammerte, konnte nicht loslassen. Als hätte er Angst vor dem Tod. Oder wovor? Trost suchte er. Aber sie war nicht fähig gewesen, ihm den zu geben.

Pauls letzte Stunde war jäh gekommen, und sein Tod schnell eingetreten.

Plötzlich fröstelte es sie. Die vor Kurzem noch wärmenden Sonnenstrahlen hatten einer milchigen Wolkendecke Platz gemacht. Leise raschelte der Wind durch die Eschen am Ufer der Sihl. Das Wasser floss unaufhörlich dahin.

4.

Im Heim herrschte helle Aufregung. Der Vorfall hatte sich nicht geheim halten lassen, zu prickelnd war das Geschehen. Wusste nicht ein jeder, dass sich Schlangen mit Vorliebe in der Kanalisation aufhielten? Ein riesiges Problem. Die alten Menschen trauten sich kaum noch auf die Toilette. Die schauderhafte Vorstellung, dass womöglich in irgendeiner Klobrille plötzlich ein Schlangenkopf auftauchen könnte und sie anstarrte, zuckte durch die Köpfe. Oder noch schlimmer, sie in den Hintern biss, sobald sie nichts ahnend ihr Geschäft erledigen wollten. Ohnehin körperlich eingeschränkt fürchteten sie sich zusätzlich vor der rasend schnellen Schlange. All die Ritzen, Spalten, Verstecke, man würde das Tier doch nie mehr finden können!

Thea Sibrig war gestorben – vermutlich von ihrem eigenen Tier vergiftet – und hinzu kam, dass ihre Schlange die Flucht ergriffen hatte. Niemand interessierte sich mehr für das unerwartete Ableben der ehemaligen Besitzerin des Reptils, allein die Angst vor dem giftigen Schleicher beherrschte die Gedanken.

Andrea hatte gestern einen Telefonanruf bekommen und war darüber informiert worden, dass sich ein weiterer Diebstahl ereignet hatte. Mit Frau Junker hatte er sich darauf geeinigt, erst am folgenden Morgen Spurensicherung und Befragung durchzuführen. Die Bestohlene war ganz aus dem Häuschen geraten und hatte ein Beruhigungsmittel gebraucht. Zur Zeit des Anrufs lag sie bereits im Bett, und man wollte sie an diesem Abend nicht mehr belästigen. Der Diebstahl war keine Staatsaffäre, die nicht warten konnte. Andrea sah das ziemlich unverkrampft.

Bei seiner Ankunft im ›Abendrot‹ bereute er diese gut gemeinte Entscheidung allerdings. Wie sich wieder einmal zeigte, duldeten gewisse Dinge keinen Aufschub.

Na ja, mal schauen. Er versuchte sein Glück bei der Heimleiterin.

Die winkte ab. Um Himmels willen, ob er es denn noch nicht wisse? Das Diebstahlopfer sei überraschend verstorben, und zudem ihr Haustier, die giftige Viper, spurlos verschwunden. Es müsse ihm doch möglich sein, zu einem späteren Zeitpunkt wiederzukommen? Sie hätten im Moment weiß Gott andere Sorgen.

Andrea willigte ein, nach den Sofortmaßnahmen zu gehen und ein andermal zurückzukehren. Was für ein Zufall – war es das? – die Geschädigte war also über Nacht verschieden und ihre Schlange entwischt. Gewiss, es gab Vordringlicheres als einen gewöhnlichen Diebstahl. Das sah er ein. Auf seine Nachfrage versicherte ihm Frau Junker, der Arzt habe keinerlei Bissspuren entdecken können. Frau Sibrig sei eines natürlichen Todes gestorben, wie bei alten Menschen halt so üblich.

Die Einbruch-Spurensicherung gestaltete sich kurz. Er fand keine offensichtliche Sachbeschädigung, der Tresor war sauber, DNA zu nehmen machte wenig Sinn. Verdächtig abgewischt sah alles aus, irgendwelche Abdrücke, zumindest der Besitzerin, hätten sich erwartungsgemäß eigentlich finden lassen müssen.

Jedermann nannte die abschließbare, mit weißem Furnier überzogene Holzbox Tresor oder gar Safe. Dabei wurde sie mit einem ganz gewöhnlichen Schloss, zu dem es zwei passende Schlüssel gab, zugesperrt. Der eine der Schlüssel hing in einem ebenfalls abgeschlossenen Wandkasten im Büro der Heimleitung, der andere war im Besitz der jeweiligen Zimmerinhaber. Im Einbauschrank war die Kiste unauffällig an die Wand montiert und hinter den aufgehängten Kleidern ließ sie sich diskret verbergen.

Beim Verlassen des Heims lief Andrea Beat, dem Schlangenbeauftragten der Stadtpolizei, über den Weg. Monatlich wurde wegen Kriechtieren in der Stadt Zürich circa zweimal ausgerückt, und heute hatte Beat der Notruf aus dem ›Abendrot‹ erreicht.

»Aha, du bringst wohl etwas Ordnung ins aufgeregte Chaos zurück.« Andrea klopfte dem Kollegen im Vorbeigehen auf die Schulter.

»Hoffentlich. Mal sehen, worum es sich hier handelt. Habe in meiner Karriere ja schon allerlei erlebt … vom Gürtel über die Paketschnur bis hin zur Gummischlange. Es wird nichts ausgelassen, um den Experten zu rufen …«

Andrea lachte. »Ich glaube, in diesem Fall wirst du auf deine Kosten kommen … Nicht einmal eine Ringelnatter, es soll sich um eine echte Giftschlange handeln …«

»Hm, hat es da wieder jemand besonders gut gemeint und sein Wirbeltier zum Sonnenbaden rausgelassen?«

Andrea schüttelte den Kopf. »Nein, ich glaube, die ist ungewollt entwischt …«

»Passend zur Jahreszeit … im Frühling sind die Schlangen auffallend unternehmungslustig … Paarungszeit, wenn du weißt, was ich meine …« Beat spielte mit dem Schlangenhaken. Er hatte sein ganzes Equipment dabei: Zange, Handschuhe, Notfallset, Schutzbrille, Desinfektionsmittel, den Sack und die Pinzette. Angesichts der Lage angebracht. »Jaja, die wechselwarmen Tiere werden pünktlich zu den höheren Temperaturen wieder aktiver … na, dann wollen wir es mal einfangen. Tschüss.«

»Ciao. Viel Spaß.«

*

Die Märzsonne strahlte vom hellblauen Himmel. Noch waren die Bäume am Uetliberg kahl und tot, abgesehen von schmarotzenden Efeuranken, die sich wie grüne Schals um die dunklen Stämme wanden. Nur vereinzelt brachten die benadelten Fichten etwas Farbe in den ansonsten braunen Berghang. Das letztjährige Schilf lag beige und gebrochen am Boden der Biotopufer. Beinahe schüchtern in der scheinbar tief schlafenden Umgebung trauten sich die ersten Krokusse und Schneeglöckchen durch den winterharten Boden.

Diese sensationslüsterne Hysterie war ihr zuwider. Sie hatte es nicht mehr ausgehalten und das Heim verlassen müssen. Beim Erreichen des Waldrandes empfing sie sogleich entspannende Ruhe. Sie hörte einer flötenden Amsel zu. Und war das eventuell gar eine Singdrossel? Die Tasche an ihrem Arm fühlte sich schwer an. Noch ein Stückchen weiter hinauf. Hanna schnaufte, sie war definitiv keine 20 mehr. Ach, das Alter. Durchaus nicht immer nur angenehm. Zu den körperlichen Gebrechen – kaum ein Tag, an dem einen nicht irgendein Zipperlein plagte – kam hinzu, dass man nicht mehr für voll genommen wurde. Was hatte sie darunter gelitten, als man begann, sie zu übersehen, in den Läden potenter scheinende Kunden vorzuziehen, sie zum alten Eisen zu zählen. Aber mittlerweile hatte sie sich mit dem Rentnerinnendasein ausgesöhnt. Ja, ihre Meinung interessierte nicht mehr, aber dafür nahmen im Gegenzug gleichermaßen die Pflichten ab. Es machte nichts aus, wenn sie nicht mehr von allem eine Ahnung hatte und überall mitreden konnte. Man durfte sich auch eher einmal verwöhnen lassen. Einen Deut großzügiger, gnädiger, nachlässiger werden. Nicht nachlässig in dem Sinn, dass man sich nicht mehr pflegte oder Wert auf Anstand und Auftreten legte, aber nachlässiger in all den Obliegenheiten und Aufgaben, die von jüngeren Menschen selbstverständlich erwartet wurden. Das nahm viel

Druck weg. Hieß aber, dass man sich schleichend abhängig machte, und das wollte Hanna so lange wie möglich hinauszögern. Nur niemandem zur Last fallen und keine Bürde werden. Sie wollte selbst- und eigenständig bleiben.

Weit und breit schien kein anderer Mensch im Gehölz zu sein. Es wurde besser, sie hatte ihre Höhe erreicht und die Tasche an Gewicht verloren. Hannas Schritte wurden schneller. Wieder konzentrierte sie sich auf den Vogelgesang, noch immer das ›Tirili‹ der Amseln … aber näher und lauter – das waren menschliche Stimmen …

»Wääh! Hast du das gesehen? Was ist das?« Zwei Mädchen untersuchten ein undefinierbares Ding zu ihren Füßen. »Iihh, mein Gott, so gruusig! Hilfe!!!!« Durch ihr Quietschen angelockt, kamen drei weitere Kinder angerannt. Ihre Hände steckten in gelben, rosa, orange und roten viel zu großen Gummihandschuhen. Inzwischen war auch eine Lehrerin herbeigeeilt.

Ach, das hatte sie ja ganz vergessen. Heute war natürlich ›Waldputzete‹. Sie hatte es doch im Tagesanzeiger gelesen: Im internationalen Jahr des Waldes waren so viele Anmeldungen für die Aufräumarbeiten eingegangen, welche durch Grün Stadt Zürich organisiert wurden, wie nie zuvor. Weit über 1000 Schulkinder aus mehr als 60 Klassen waren unterwegs, um im Wald zu ›fötzeln‹. Ein Wunder, dass sie ihnen erst jetzt über den Weg lief.

Also doch nichts mit einem ruhigen Forstspaziergang, was sie ja eigentlich im Sinn gehabt hatte. Stattdessen hörte sie plötzlich überall Gekicher, Rufe und Gelächter. Sie war mitten ins Wespennest getreten. »Mein Gott, ist das eine Schlange?« – »Jesus!« Englisch ausgesprochen klang es wie ein Schrei. »Sie hat eine Schlange gefunden! Kommt alle her!« Hanna ging rasch ungerührt weiter.

Einer Schlange in freier Wildbahn ohne Glasscheibe
oder Käfigwände war sie zum ersten Mal in Afrika begegnet. Ihre anfängliche Angst hatte sie mit der Zeit abgelegt.
Sie gewöhnte sich beinahe an den Anblick, vor allem aber
lernte sie, mit den Tieren zu leben. Wie man sich ihnen
gegenüber verhielt oder wie sie im Notfall zu töten waren.

Ihre Gedanken begannen wie von selbst zu wandern.
Afrika. Kenia. Ihre Ankunft damals vor einem halben Jahrhundert. Und wie sie gedacht hatte: Das ist es also. Mein
neues Daheim für mindestens zwei Jahre.

Fast wie ein Teil der Natur fügten sich die kleinen
runden Bungalows vollendet in die Landschaft ein, und
die grünen Zelte wirkten selbstverständlich und harmo-
nisch. Mitten im Camp stand ein Baum, in dessen Ästen
die Webervogelnester so dicht wie pralle Birnen an einem
erntereifen Baum im Spätsommer hingen. In der ersten
Zeit lebten auch sie in einem der Zelte, aber bald war ihr
›Haus‹ fertiggestellt gewesen. Alles sehr spartanisch, aber
praktisch und durchdacht eingerichtet. Sie hatten elektri-
sches Licht, und es standen zwei Betten, ein Tisch und ein
Schrank darin. Hinzu kam ein kleiner abgetrennter Raum,
das ›Umkleidezimmer‹ mit Waschtisch und Trinkwasser-
kanne. In einem weiteren Zimmerchen befanden sich die
Dusche nach Gießkannenprinzip und dahinter die Toilette. Die Küche wiederum war in einem größeren, sogenannten Haupthaus untergebracht.

An ihrem ersten Abend saßen sie alle um ein großes
Feuer im Freien, und sie erinnerte sich an die rostbraunen
Vögel mit schneeweißen Ringen um die schwarzen Perl-
augen und blau schimmernden Hälsen, die eifrig Krümel
sammelten. Sanft wie ein Schleier legte sich die dunkle
Nacht leise über sie, über die grünen Zelte und braunen

Bungalows, die Bäume, Büsche und die weite Savanne mit Millionen von schlafenden Geschöpfen. Auch ihr Körper entspannte sich. Alles fühlte sich so gut und richtig an. Sie war einfach nur glücklich und erlebte eine dieser seltenen Sternstunden, in welchen alles perfekt ist. Mit einem Mal war ihr klar, dass sie hierher gehörte, was wirklich zählte und wichtig war. Noch heute stand die Fotografie, die der englische Biologe an jenem Abend zur Begrüßung von Paul und ihr gemacht hatte, gerahmt an einem Ehrenplatz auf der Kommode in ihrem Zimmer des Alterszentrums. Paul hatte später darauf geschrieben: ›Für die Natur‹.

Damit hatte er in Worte gefasst, was sie instinktiv gefühlt und gedacht hatte. Wer würde sich in einigen Jahrzehnten noch für heutige Schlagzeilen interessieren, momentane Präsidenten oder Staatsmänner kennen? Aber wenn der König der Tiere nach Sonnenuntergang unter einer Schirmakazie dröhnend brüllte, sodass man ihn bis zu fünf Kilometer weit hören konnte, dann würde den Menschen auch in 50 Jahren das Herz weit werden. Ganz gleich, ob sie liberal, sozial oder konservativ wählten, ob sie aus Deutschland, Russland oder Amerika kämen. Man würde gemeinsam staunen über diesen Reichtum, diese Schönheit, wenn 20 000 Zebras oder 50 000 Gnus über die endlose Steppe zogen. Und hoffentlich wissen, dass es die Natur war, die es zu schützen galt und die nicht sinnlos zerstört werden durfte.

Anfangs war sie nachts oft erwacht, aus dem Schlaf gerissen worden durch die fremdartige Geräuschkulisse. Das ›uuuuuu-iiiiiii‹ der Hyäne oder das Bellen eines Schakals hatten bisher nicht zu ihren Gutenachtlauten gehört. Sie war wach gelegen, hatte in die Dunkelheit gelauscht und gestarrt und knapp erkennen können, wie sich ein Fenster in der Zeltwand gegen die Welt draußen abzeichnete. Gegen die Luft, die so anders roch, gegen die Finsternis, die so viel intensiver schien und gegen dieses Land, das so wild und gefährlich aber wunderschön war. Sie liebte es, auf das Wunder eines neu erwachenden Tages zu warten. Darauf, dass die Finsternis langsam wiche, Silhouetten sich allmählich gegen das kommende Tageslicht abzeichneten, Bäume hervorträten, Felsen zögernd auftauchten, alles Form und Farbe annähme. Manchmal war sie sehr früh aufgestanden und zum Platz gegangen, wo das Feuer glühte, um einfach dazusitzen, zu beobachten, wie die Sterne matter wurden und fast unmerklich alles Konturen bekam, wie aus der samtweichen Dunkelheit ein neuer Tag geboren wurde.

Sie hatte einiges lernen müssen punkto Gefahren und Sicherheit, viel Unbeschwertheit und Leichtigkeit verloren. Dafür Überlebenswillen, Frustrationstoleranz und Instinkte trainiert. Wie oft waren sie stundenlang gesessen oder gefahren, um dann doch erfolglos und unverrichteter Dinge wieder heimzukehren. Es hatte sie aber auch gelehrt, dass Ausharren belohnt wurde und der richtige Zeitpunkt für den Geduldigen irgendwann kam.

Ja, 50 Jahre waren seither vergangen. Und mit einer gewissen Befriedigung stellte sie fest, dass es ihnen gelungen war mitzuhelfen, ein Bewusstsein zu schaffen für diesen Schatz – die Tierwelt Afrikas – ein Bewusstsein, das nötig gewesen war, um aufzuklären und letztlich zu bewahren. Noch heute brachte es sie stets zurück ins Gleichgewicht, wenn sie sich vorstellte, wie auch jetzt, in diesem Moment wieder Giraffen über die Savanne zogen, Gnus geboren wurden, Impalas grasten, Geparden schliefen. Egal was sie beschäftigte, ihr Sorgen bereitete, sie belastete, in diesem Augenblick vermehrten sie sich, jagten und fraßen sie, waren die endlosen Steppen voll Wärme und Leben.

Sie hatte gelernt, sich selber und ihre Taten nicht so wichtig zu nehmen. Was war sie denn? Auf der Welt, im Universum? Ein klitzekleines, ein unbedeutendes Nichts. Und egal was sie, die kleine Hanna Bürger, auch tat, die Natur war da, war stärker und interessierte sich weder für sie noch für ihre Handlungen.

Mensch, Tier und Pflanze. Leben und überleben, töten und getötet werden. Sterben. Gebären. Das ewige Spiel, der immer wiederkehrende Kreislauf. Alles ein selbstverständlicher Bestandteil der Zeit, die einem auf der Erde vergönnt war. Natürliche Vorgänge, die immer schon da gewesen waren und immer da sein würden. Alles ging vorbei, war vergänglich. Stets entsprang Neues, wurde geboren und dann wieder vernichtet. Die Geburt, das Leben, der Tod. Werden. Sein. Vergehen. Wiederentstehen.

Dennoch ein sehr sensibles Gleichgewicht. Gestört nur durch den zerstörerisch veranlagten Menschen. Der sich die Welt und ihre Bewohner untertan machte, ausnutzte, ausrottete, nach Lust und Laune schaltete und waltete. Furchtbares und Schlimmes tat.

Mittlerweile war sie beim Höckler angekommen, und der Weg führte sie aus dem Wald heraus. Es wurde heller.

Ihr zu Füßen lag die Sihl, gesäumt von alten Eschen. Birken und Kirschbäume reckten sich nackt in den noch winterverwaschenen Himmel, filigranen Scherenschnitten gleich. Silbrig schlängelte sich der Fluss entlang des grün werdenden Ufers. Das Wasser suchte sich ein Bett. Unzählige, fast weiße Riesenkiesel machten es ihm streitig.

Ruhig floss es daran vorbei.

5.

Der Computerbildschirm wurde schwarz. Feierabend. Er war nochmals im ›Abendrot‹ gewesen, hatte aber nicht viel Neues erfahren. Man hatte ihm nicht einmal genau sagen können, wie viel Geld der Verstorbenen effektiv gestohlen worden war. Die eine der Pflegerinnen hatte behauptet, Frau Sibrig habe ihr gegenüber 400 Franken erwähnt, eine andere wiederum war davon überzeugt, dass es nur 100 Franken gewesen sein konnten. Aber interessieren würde es im Grunde niemanden, die Versicherung bezahlte keine Bargeldverluste, die Erben würden also ohnehin nichts mehr von diesem Geld sehen. Falls der Täter erwischt werden sollte, spielte es insofern eine Rolle, ob es sich um einen geringfügigen Diebstahl handelte oder nicht. Waren es nämlich weniger als 300 Franken, lief es darauf hinaus. Sollte es aber immer die gleiche Täterschaft gewesen sein, wovon Andrea ausging, so konnte man schon eher von gewerbsmäßigem Diebstahl reden, was sich wiederum erhöhend auf das Strafmaß auswirken konnte.

Aber erst musste man beweisen können, dass die Straftaten von ein und derselben Person begangen worden waren. Und noch vorher musste er überhaupt herausfinden, wer es denn getan haben könnte ... Na ja, alles in allem kein Fall, der ihm Bauchschmerzen bereitete. Er ging nun erst einmal ins Wochenende, und für den Montag hatte er eine Verabredung mit einem Kollegen aus dem Wissenschaftlichen Dienst. Er hatte eine Idee und wollte sich diesbezüglich mit dem Fachmann kurzschließen.

Das Haus war ruhig, die meisten hörten am Freitagnachmittag früher mit Arbeiten auf. Man baute Überstunden ab und verlängerte gerne das Weekend, ganz besonders an freundlichen Tagen, wie es heute einer gewesen war. Er ging die knarrenden Treppenstufen hinunter, vorbei an leeren Büros und dem verlassenen Aufenthaltsraum. Als Letzter, der das Gebäude verließ, stellte er die Alarmanlage an und verschloss die Haustür.

In seinem ehemaligen Daheim an der Anwandstraße fühlte er sich schon lange nicht mehr zu Hause. An Weihnachten war Nicole aus Afrika gekommen. Er hatte sich mit seiner Ex ausgesprochen, und gemeinsam hatten sie Lösungen gefunden. Praktisch und schnell, wie sie immer gewesen war, hatte sie ihm bereits auf den 1. April eine Nachmieterin für die Dachwohnung präsentiert.

Eigenartig, wie reibungslos plötzlich alles gegangen war. Aber vielleicht auch nicht eigenartig, vielleicht war die Zeit einfach reif gewesen. Der 1. April war in einer Woche. Eine Woche noch, um Abschied zu feiern von einer Wohnung, die beinahe sieben Jahre lang sein Zuhause gewesen war. Seine wenigen Habseligkeiten hatte er zurück zu seinen Eltern in sein einstiges Knabenzimmer geschafft. Irgendwie passten sie schlecht in Rebeccas Jugendstilwohnung mit den antiken Möbeln. Das Einzige, was er nebst einigen Kleidern zum Wechseln, Zahnbürste und Rasierzeug zu ihr mitgenommen hatte, war seine Espressomaschine. Auch die Katze hatte er den Eltern vererbt. Der Tiger fühlte sich unter den Fittichen seiner Mutter offensichtlich wohl. Aus dem ehemals schlanken kleinen Kätzchen war innert zweier Monate ein stattlicher Kater geworden, der bereits zu Übergewicht neigte. Auch die Sympathien des Tieres hatten sich seinem Gewicht entsprechend ver-

37

lagert. Andrea wurde mit gleichgültiger Nichtbeachtung behandelt, während sich sein ganzer männlicher Charme über Mama Bernardi ergoss, die das Tier vergötterte und maßlos verzog.

Noch weniger Lust als auf die verlassene Wohnung im Kreis 4 verspürte er im Moment auf die geschwätzige Fürsorge seiner Mutter. Er hatte sich telefonisch für das Nachtessen abgemeldet und hoffte stattdessen, in Rebeccas Kühlschrank irgendetwas Essbares zu finden. Sie würde nicht da sein. Die Wohnung leer. Während er in Gedanken versunken den Hügel erklomm, verschlechterte sich seine Laune zusehends.

»Hey, Andrea! Haalloo!« Ein Siebenjähriger rannte in einem Affenzahn das Trottoir runter direkt auf ihn zu. Noch im Laufen schrie er weiter: »Andrea, heute ist Frühlingssingen, kommst du auch? Hier, auf dem Pausenplatz, weißt du, wir üben schon lange und dürfen nun endlich vorführen! Kommst du? Bitte!«

»Finn, komm sofort her! Lass Andrea in Ruhe, er hat jetzt seinen wohlverdienten Feierabend.« Die Frauenstimme gehörte zu Kathrin Kirchner, Rebeccas Nachbarin und der Mutter des Jungen.

»Andrea möchte sicher kommen und uns singen hören, nicht wahr?« Die Knabenaugen sahen ihn bittend an. Andrea lachte. Wer konnte so einem Blick schon widerstehen, und eigentlich hatte er ja gar nichts mehr vor. »Warum nicht?«, antwortete er daher gutmütig.

»Jupi!« Finns ganzes Gesicht leuchtete vor Freude. »Robin, Robin, sieh doch, wer zuhören kommt!« Er rannte bereits wieder den Hügel hoch und auf den Pausenplatz, wo er seinen zwei Jahre älteren Bruder erspäht hatte.

»Es tut mir leid.« Entschuldigend schaute ihn Kathrin an und meinte: »Manchmal ist er so stürmisch. Wenn du keine Lust hast, musst du natürlich auf keinen Fall mitkommen.«

»Ist schon okay, ich habe tatsächlich keine Pläne für heute Abend. Wo ist Kai?«

»Er hat Konvent und kann daher nicht dabei sein. Die Jungs freuen sich bestimmt außerordentlich, wenn sie trotzdem einen männlichen Zuhörer haben.«

»Klar, ich bin dabei.« Andrea folgte Kathrin und den Knaben auf den unteren Pausenplatz des Gabler Schulhauses, wo bereits zahlreiche Eltern und Unmengen quirliger Kinder durcheinander standen und rannten. Kathrin traf alle paar Meter irgendwelche Bekannten, mit denen sie ein paar Worte wechselte. Andrea wurde als Nachbar und Freund der Familie vorgestellt.

Bereits bereute er, sich zu diesem Anlass überreden lassen zu haben und kam sich überflüssig vor. Da sah er allerdings, wie Finn mit seinem kleinen Zeigefinger voller Begeisterung auf ihn deutete und dazu auf seine Kameraden einschwatzte. Als er bemerkte, dass Andrea zu ihm hinsah, winkte er ihm strahlend. Na ja, dem Kleinen zuliebe.

Allmählich bildete sich ein Kreis, der Ordnung in den wirren Tumult brachte. Und was Andrea nicht für möglich gehalten hätte, trat ein. Innert Kürze standen die Kinder in Reih und Glied, klassenweise aufgestellt, und vis-à-vis die abwartenden Eltern. Kathrin hatte ihnen einen Logenplatz erobert, ihren Söhnen genau gegenüber.

Eine Lehrerin ergriff das Wort, begrüßte die Menge und wünschte eine vergnügliche dreiviertel Stunde. Zuerst sang die Mittelstufe den alten Klassiker: ›Alles neu macht der Mai‹. Danach kamen die Kindergärtner, die sogar Schmetterlingsflügel gebastelt hatten und zum Singen gleichzeitig einen einstudierten Tanz aufführten. So ging es weiter Schlag auf Schlag, Altüberliefertes wechselte mit Modernem, und innerlich sang Andreas italienisch musikalisches Herz jubilierend mit. Die ganze Vorstellung rief Erinnerungen an seine eigene Kindheit und Schulzeit hervor. Beinahe wurde er ein bisschen sentimental. Und als sie ganz zum Schluss aufgefordert wurden, ›Wenn der Frühling kommt‹ mitzusingen, ließ er sich das nicht zweimal sagen. Trotz Schweizer Mentalität, die ihm in Fleisch und Blut übergegangen war – er fühlte sich viel eher als Schweizer denn als Italiener, Italien war für ihn immer nur ein Ferienziel gewesen, die Schweiz aber Heimat – schmetterte er inbrünstig aus vollem Halse mit. Und mehr laut als richtig erklang der Chor aus zahlreichen Kehlen:

›Wenn der Frühling kommt, von den Bergen schaut, wenn der Schnee im Tal und von den Hügeln taut, wenn die Finken schlagen und zu Neste tragen, dann beginnt die liebe, goldne Zeit.

Wenn der Weichselbaum duft'ge Blüten schneit, wenn die Störche kommen und der Kuckuck schreit, wenn die Bächlein quellen und die Knospen schwellen, dann beginnt die liebe, goldne Zeit.‹

Nichts verband einen so schnell und unkompliziert und trotzdem tief wie gemeinsames Musizieren. Plötzlich fühlte sich Andrea richtig dazugehörig, und er war froh, dass er sich hatte überreden lassen. Ein schöner Brauch, dieses Frühlingssingen.

Allerdings verabschiedete er sich nach dem offiziellen Teil von Familie Kirchner. Kathrin hatte eine Mutter entdeckt, mit welcher sie noch einiges zu besprechen hatte, und die Knaben stürzten sich auf Kuchen und Tee.

Er spazierte lächelnd die Schulhausstraße hinunter. Manchmal brauchte es tatsächlich nicht viel, um die gute Laune wieder zu finden. Kleine Dinge erfreuen das Herz? Ja, hatte was.

Während die Teigwaren auf dem Herd köchelten, trat er auf den Balkon. Die Sonne war hinter dem Uetliberg verschwunden. Dunkle Baukräne zeichneten sich gegen den rot verfärbten Himmel ab. Er zählte drei Stück. Hoch am Himmel flog ein Flugzeug noch in der Sonne. Wer hätte vor einem Jahr gedacht, dass er heute hier stehen würde? Während er sich auf das Balkongeländer stützte, sog er tief die frische Frühlingsluft ein. Bildete er sich nur ein oder roch es tatsächlich nach irgendwelchen Blüten? Vermutlich waren es Rebeccas winterharte Kräuter, die seine Nase erreichten. Wie auch immer, es fühlte sich alles fantastisch an.

War das das ›Abendrot‹? Tatsächlich, nie vorher hatte er darauf geachtet, dass das Alterszentrum von Rebeccas Balkon aus direkt im Blickfeld in Richtung Uetliberg lag. Was die alten Menschen wohl gerade machten? Ob der Dieb unterwegs war? Was war das für ein Mensch, der hilflose Betagte schädigte? Alte Menschen und kleine Kinder, wehrlose Opfer. Im Gegensatz zu anderen Delikten, die er oftmals sogar noch irgendwie nachvollziehen konnte, fehlte ihm bei solcherlei absolut das Verständnis.

Drinnen läutete der Wecker, die Pasta war fertig.

6.

In der ganzen Stadt gab es kein schöneres Café. So kurz nach zehn Uhr an einem Sonntagmorgen war Hanna der einzige Gast im Freien, aber auch im Wintergarten der Villa Wesendonck hatte sich noch niemand niedergelassen. Sie hatte es festgestellt, als sie sich ihren Kaffee, aus den allerbesten Arabica-Bohnen hergestellt, selber hatte holen müssen. Selbstbedienung nannte man das. Sie bevorzugte es eigentlich, wenn man bedient wurde, nahm hier das Aufstehen aber des schönen Ambientes wegen in Kauf.

Die ersten unverwüstlichen Museumsbesucher, ebenso senile Bettflüchtige wie sie selbst, die sich nicht automatisch an die Sommerzeit gewöhnen wollten, waren bereits vom Grünen Smaragd, dem gläsernen Eingang des Neubaus verschluckt worden. Ja, in der letzten Nacht hatte die Zeitumstellung wieder stattgefunden, man hatte ihnen eine Stunde gestohlen. Etwas, wofür sie sich nie hatte begeistern können. Nicht nur, weil ihr die Umstellung dieser Stunde schwer fiel – sie wusste, dass die biologische Uhr des Menschen für einen Tag etwa 24 Stunden und 20 Minuten brauchte, diese plötzlich verlorene Stunde im Frühling war also nicht so einfach zu verarbeiten – sondern auch, weil ihr die hellen Morgenstunden lieb waren.

Die frühen Sonnenstrahlen stahlen sich durch das Spalier und kitzelten sie in der Nase. Einen plötzlichen Niesimpuls konnte sie gerade noch unterdrücken. Es war ruhig. Durch ein offenes Fenster hörte sie murmelnde Stimmen, ohne allerdings die Worte zu verstehen. Unglaublich, der 27. März, und hier saß sie bereits draußen, nur eine leichte

Strickjacke über den Schultern. Der Frühling war generell früher als noch vor 30 Jahren. Der eindeutige Trend musste auf menschliche Einflüsse zurückgehen, insbesondere wohl auf die Emissionen von Stickstoffgasen und Kohlendioxid in die Atmosphäre. Aber heuer war er besonders mild.

Ihr Blick fiel auf das marmorne Kindergrab:

Guido Otto Wesendonck,
13. September – 13. Oktober 1858

Auch sie hatte ein Kind verloren. Ach was, verloren, getötet, töten lassen. Sie hatte Paul nie erzählt, dass sie kurz nach der Ankunft in Afrika schwanger geworden war. Sie war verzweifelt gewesen, sie wollte kein Kind und schon gar nicht jetzt. Eine der Angestellten hatte ihr helfen können. Sterbenselend hatte sie sich ein paar Tage lang nach dem Eingriff gefühlt, aber danach war alles gut gewesen. Sie hatte nie mehr daran gedacht. Warum gerade jetzt?

Vielleicht kam ihre Zeit? Vielleicht hieß es Rückblick halten, bevor es zu Ende ging?

Nachdenklich trank sie ihren Kaffee aus, rückte den Stuhl wieder zurecht und verließ das Restaurant des Museums.

Die feinen Kiesel auf dem Weg durch den Rieterpark knirschten leise unter ihren schwarzen Halbschuhen. Früher hatte sie den Frühling geliebt. Flötende Amseln, pfeifende Meisen, sirrende Mauersegler, schäkernde Elstern, schlagende Finken, alle erwachten sie. Man vergaß die tschilpenden Spatzen und gurrenden Tauben, die das ganze Jahr über Leben in die Luft brachten. Stattdessen sang man auf das neu Erstehende. Frisch, zart und unbedarft musste es sein. Dabei war es das überhaupt nicht, alles brach vielmehr mit einer unglaublichen Kraft hervor. Drückte und stürmte unaufhaltsam. Auch sie hatte es jeweils nach draußen gedrängt. In die Natur. Es war ihr vorgekommen, als gäbe es mehr lächelnde Menschen, viele zufriedene Gesichter.

Heute hielt sie dies für Einbildung. Genauso unromantisch wie der Ursprung des Begriffes Lenz – der einzig und alleine abgeleitet war von länger, benannt also nach den länger werdenden Tagen – war auch der Rest der fantastischen Gefühlsduselei, die man dieser Jahreszeit zuschrieb. Obschon die Hormone im Frühling natürlich einen Schub bekamen, der stärkeren Sonne wegen. Einfache chemische Reaktionen liefen ab. Botenstoffe, die von Drüsen ins Blut abgegeben wurden und über Rezeptoren auf Körperzellen einwirkten; Tausende von ihnen durchfluteten den Körper, etwa 400 waren bekannt, und nur gerade 50 davon gut erforscht. Völlig übertrieben, dass diese Stoffe im Frühling verrückt spielen sollten. Unbestritten war höchstens, dass die UV-Strahlen der Sonne die Ausschüttung des Schlafhormons Melatonin hemmten. Gleichzeitig produzierte das Gehirn mehr Serotonin, Dopamin und Noradrenalin. Serotonin galt als sogenannter Glücksstoff, und die beiden anderen verstärkten den Antrieb. Möglich also, dass alle drei zusammen bewirkten, dass man sich besser fühlte. Aber *wirklich* besser wurde dadurch nichts.

Inzwischen war ihr der Winter sogar um einiges lieber und jeder Frühling nur ein neues Muss. Heute war sie gerne in der warmen, gemütlichen Stube und schwelgte in Erinnerungen, was sie aber nur während der kalten Jahreszeit konnte. Bei Sonnenschein erschien es ihr eine Sünde zu sein, die Tage drinnen im Haus zu verbringen.

Wo sie früher Energie verspürte und es kaum erwarten konnte, endlich, endlich wieder im Freien leben zu dürfen, war ihr der Frühling jetzt Anstrengung. Alle erwarteten, dass man sich freute und glücklich war. Manchmal meinte sie ersticken zu müssen an all dem Grün, all dem plötzlich Wuchernden. Unglaublich, was in den letzten Tagen passiert war, was ein paar wärmende Sonnenstrahlen vermocht hatten. Überall keimte und blühte es. Praktisch über Nacht hatte die alljährliche Frühlingsexplosion wieder stattgefunden. Hatten sich Knospen geöffnet. Leuchteten Löwenzahn auf Fettwiesen, fand sie erste Veilchen im Wald, Gänseblümchen im Rasen, Immergrün an den Borten, Kirschblüten, Magnolien, Osterglocken, Narzissen, Tulpen in den Gärten.

Nur Buchen und Ahorn waren noch wohltuend blattlos.

Der aufdringlich penetrante Geruch nach Bärlauch betäubte sie beinahe, triumphierte über alles andere. Da war ihr der süßlich betörende Duft der Glyzinien um einiges lieber. Spaziergänger. Da kamen sie mit ihren Hunden an der Leine.

Sie verließ die Anlage und überquerte die Seestraße auf dem Zebrastreifen. Vorschriftsgemäß ließen ihr die Automobilisten den Vortritt. Am schmiedeeisernen Tor des Belvoirparks prangte ein weißes Schild von Grün Stadt Zürich, auf welchem sie das Tiefbau- und Entsorgungsdepartement darauf aufmerksam machte, *dass Hunde an der Leine zu führen waren. Gemäß Paragraf 10 des Gesetzes über das Halten von Hunden vom März 1971.*

Der Frühling war Caramellas Lieblingsjahreszeit gewesen. An jedem Löwenzahn schnupperte sie, bis sie niesen musste. Hinter jeden neu aufgeplusterten Busch guckte sie, rannte durch das sprießende Gras und wetzte ihrem eigenen Hinterteil um die Baumstämme nach. Manchmal schien es, als hätten ihre langen braunen Ohren ein Eigenleben. So sehr flatterten sie um ihren wuscheligen Kopf mit dem freundlichen Gesichtchen, wenn sie in gestrecktem Galopp erfolglos den höhnisch lachenden Möwen nachjagte. Spaziergänge ohne Caramella machten nicht halb so viel Spaß.

Isabella hatte ihr den jungen Welpen nur wenige Monate nach Pauls Tod geschenkt. Ihre jüngste Tochter hatte es gut gemeint, aber Hanna war erst wenig erfreut über das Präsent gewesen. Bedeutete es doch, dass sie wieder angebunden war und ihre gerade erst gewonnene Freiheit aufs Neue empfindlich beschnitten wurde. So ein Hund bedeutete viel Arbeit, wollte bewegt werden und konnte nicht stundenlang alleine bleiben. Aber Caramella war bald der Liebling des Alterszentrums geworden. Niemand, der dem Charme der jungen Hündin nicht erlegen wäre. Innert Kürze hatte sie sich gleichermaßen in die Herzen der Bewohner wie der Angestellten geschlichen und ließ sich nicht mehr daraus vertreiben. Nach Strich und Faden wurde sie verwöhnt. Und selbst ihre tollpatschigen Missgeschicke nahm ihr niemand übel. Wenn sie einen aus ihren treuherzigen braunen Hundeaugen ansah, verzieh man ihr die zu Bruch gegangene chinesische Vase oder den umgestoßenen teuren Kristallkelch. Sie ging in diversen Zimmern ein und aus, als wäre sie überall daheim. An Hanna war es denn auch, darauf zu achten, dass der Spaniel nicht zu dick wurde. An den Tischen wurden ihr heimlich – trotz strengster Verbote – Leckerbissen zugesteckt. Die überschüssige Energie, die sie auf diese Weise zu sich nahm, wurde sie auf ihren stundenlangen Spaziergängen wieder los. Immer legte sie mindesten dreimal Hannas Strecke zurück, da vorne war etwas Spannendes, halt, was hörte sie dort hinten? Und hier drüben, das war ein Schnüffeln wert. Ja, Caramella hatte ein herrliches Leben gehabt.

Bis sie eines Tages nicht mehr aufgetaucht war. Noch hatte sich Hanna keine Gedanken gemacht. Es war öfters vorgekommen, dass der kleine Hund bei jemandem im Zimmer eine Siesta einlegte. Erst als sie auch zum Nachtessen nicht erschien, begann sich Hanna Sorgen zu machen. Caramella war ein kleiner Fresssack, und freiwillig verpasste sie keine Mahlzeit. Wie ein gestellter Wecker war sie jeweils spätestens um 18.30 Uhr vor Hannas Zimmertür gestanden, leise kratzend und jämmerlich winselnd. Gerade als Hanna einen Blick in den Korridor werfen wollte, um zu sehen, wo der Vierbeiner blieb, kam dieser Pseudoschrei aus dem Nebenzimmer. Lautes Wehklagen setzte ein, und eigentlich wollte Hanna so tun, als höre sie nichts. Aber Thea schrie immer lauter. Zum guten Ton der Nachbarschaftsfreundlichkeit gehörte es, dass sich Hanna erkundigte, was der Alten denn Schlimmes zugestoßen war.

Thea schien untröstlich. Aber Hanna glaubte ihr kein Wort. Sie war noch nicht einmal eine gute Schauspielerin. Hanna hatte das triumphale Glitzern in ihren angeblich tränenblinden Augen genau sehen können. Und ihre Geschichte war dermaßen an den Haaren herbeigezogen. Wie hätte Caramella das Schlangenterrarium bitte schön alleine öffnen sollen? Als ob sie so etwas überhaupt gekonnt, geschweige denn, gewollt hätte. Zugegeben, Caramella war ein neugieriges Hundchen, aber seit sie einmal versehentlich in eine ungenießbare Kröte gebissen hatte, waren ihr Amphibien und Reptilien unheimlich. Nur noch aus sicherer Distanz blaffte sie sie an. Ganz abgesehen davon saß die Glastür des Terrariums viel zu fest für die kurzen Krallen und Zähne eines Cocker Spaniels, unmöglich hätte sie sie auch nur einen Zentimeter verrücken können.

Angeblich hatte die Schlange, um sich zu verteidigen, den Hund in seine schwarze Nase gebissen und sich nach dem erfolgreich abgewehrten Angriff wieder unter ihren Vorsprung zurückgezogen, wo sie jetzt friedlich lag.

Der Anfang von Theas Geschichte mochte ja noch stimmen. Caramella hielt auf Theas Sofa ein Nickerchen, wie so oft. Ab dem Punkt aber wurde die Erzählung unglaubwürdig, ja abenteuerlich. Während sich Thea im Garten mit ihren Freundinnen verschwatzt und hinterher im Speisesaal verköstigt hatte, sollte Caramella ihre Abwesenheit genützt und sich beißen lassen haben. Was für ein absurder Blödsinn.

Hanna hatte ohnehin nie verstehen können, warum sogar Giftschlagen im Heim erlaubt waren. Und sie war sich sicher, dass Thea das Reptil nur gehalten hatte, um sich interessant zu machen. Seit Caramella nun aber zutraulich, treuherzig und vertrauensvoll jedem um die Beine kurvte, ihre feuchten Küsse wenig wählerisch verschenkte und dank ihrem unwiderstehlichen Ganzkörperbegrüßungswedeln klar machte, dass man freudig willkommen war, hatte der Kaltblüter keine Chance mehr gehabt. Der Hund lief der Viper den Rang ab, und niemand wollte mehr das Wirbeltier in seinem Glaskäfig bewundern.

Thea war selber eine Schlange, vordergründig schleimig nett und falsch freundlich spie sie hinter dem Rükken Gift und Galle gegen jeden und jede. Wenn sie aber glaubte, diesmal so ungeschoren davonzukommen, hatte sie die Rechnung ohne Hanna gemacht. Denn was auch immer geschehen war, Caramella jedenfalls war tot gewesen, als Thea schreiend in ihrem Zimmer stand und Hanna zu ihr getreten war.

Niemals mehr sollte sie den warmen kleinen Tierkörper auf ihrem Schoß spüren, das herzzerreißende Jaulen hören, wenn sie das Zimmer alleine verließ, oder die freudigen Luftsprünge sehen, wenn sie die Leine holte und Caramella begriff, dass sie spazieren gingen. Hanna hatte wieder alleine gehen müssen.

Und jetzt war also Thea auch tot.

Sie promenierte vorbei am Spielplatz, Kinder kreischten. Gelb, orange, rot und violett blühten die Stiefmütterchen. Im Brunnen war noch kein Wasser. Die grandiose Aussicht in die Berge öffnete sich. War es föhnig? Gestochen scharf sah sie Vrenelis Gärtli, ganzjährig schneebedeckt erhob sich das Massiv majestätisch über dem See, auf dem vereinzelte weiße Segelschiffe dahinglitten. Dreieckige Tupfer, eine Vorahnung auf den kommenden Sommer, wenn der Zürichsee mit Booten und Schiffen übersät sein würde. Efeu wucherte die alte Sandsteinmauer hoch. Für die Schwertlilien war es noch einige Wochen zu früh. Aber im Mai, pünktlich zum Muttertag würden die 120 Iris-Sorten wieder ein Meer von Farben bilden. ›Stepping out‹ neben ›Exotic star‹, ›san Louis‹ neben ›sable‹, ›tuxedo‹ zwischen ›Charcoal‹ und ›Basic black‹ …

7.

»Oh Gott, was für eine Schmach ... EM ade ...« Ohne irgendwelche Begrüßungsworte stürmte Gian zur Türe herein. Dass Andrea das Fußballspiel Bulgarien : Schweiz am Samstagabend gesehen hatte, hielt er für selbstverständlich.

»Dieses mut- und fantasielose Ball-hin-und-her-Geschiebe hat den Namen Fußballspiel nicht einmal verdient.« Andrea konnte Gian gut verstehen. Soeben hatte er den Kommentar im Tagesanzeiger gelesen und versuchte, die Quintessenz weiterzugeben: »*Spaß bereiten die ja nicht mehr, das 0:0 fühlte sich nicht einmal wie ein Unentschieden, sondern vielmehr wie eine Niederlage an. Langweilig und blutleer.*«

»Autsch ... damit triffst du den Nagel auf den Kopf. Im letzten Jahr waren wir wenigstens noch an der WM dabei, aber wirst sehen, diesmal schaffen wir's nicht mal an die EM.« Mit diesen Worten ließ sich Gian schwer auf den gepolsterten Drehstuhl plumpsen. Der Computer interessierte ihn wenig, die Gedanken waren beim Fußball. Der wichtigsten Nebensache der Welt, zumindest wenn er Andrea glauben wollte. Sein Bürokumpan spielte, seit er drei Jahre alt war, mit einer kurzen Unterbrechung, begeistert im Club. Gians eigenes Herz schlug hingegen eindeutig fürs Gebirge. Erst vor Kurzem hatte er die Prüfung zum Bergführer bestanden und brachte in seiner Freizeit nun Kunden gegen Geld auf die höchsten Gipfel.

»Verloren ist angeblich noch nichts.« Andrea rechnete Gian vor: »Wenn wir in England mindestens ein Unentschieden hinkriegen, die Bulgaren bezwingen, in Wales siegen – und auf ein Endspiel gegen die Montenegriner hoffen können ...«

»Und ans Christkind glaubst du wohl auch noch?« Hoffnungslos winkte Gian ab. »Das Wunder schafft nicht einmal Ottmar Hitzfeld.« Die ganze jämmerliche jüngste Schweizer Fußballgeschichte war an Gians verzweifeltem Gesicht abzulesen. Eine Geschichte, begonnen bei der glücklosen Europameisterschaft 2008, bei der sie dank der Gastgeberrolle problemlos mitspielen durften und bei der die Stadtpolizei natürlich ihren Teil zum reibungslosen Ablauf beigesteuert hatte. Immerhin hatten die Beamten dafür gesorgt, dass vor, während und nach den Spielen Ruhe und Ordnung herrschten. Vielleicht zuweilen gar etwas zu streng, die richtige Partystimmung war jedenfalls nie aufgekommen. Was durchaus am restriktiven Verhalten des Zürcher Korps hatte liegen können. Wie konnte der Funke springen, wenn die Langstraße vorsorglich gesperrt wurde, damit ganz sicher kein Autocorso mit freudigen Fans stattfinden konnte? Der Zug Schwarz, mit den beeindruckenden Grenadieren, präventiv stundenlang am Bellevue postiert, damit niemand auf die Idee kam, seiner Begeisterung allzu stark Ausdruck zu verleihen? Immer wieder war zudem kommuniziert worden, dass die Polizei in Zürich auch während der EM beide Augen offen hätte und konsequent durchgegriffen würde. Ja Himmel, verstanden sie denn überhaupt keinen Spaß? Festlaune konnte jedenfalls keine aufkommen. Dabei hätte Ausnahmezustand herrschen sollen, und das in jeder Beziehung. Stattdessen blieb es bei den Zwängen in der Zwinglistadt ... Die Schuld lag aber mit Sicherheit nicht nur an ihnen, sondern auch an den siegfreien Spielen der Schweizer Fußballer, die schon allzu früh ausgeschieden waren. Wie auch immer, ein bitterer Nachgeschmack haftete dem Thema Europameisterschaft definitiv an. Ebenso kläglich war die Geschichte weitergegangen, als die Nationalmannschaft zwei Jahre später an der WM in Südafrika Schiffbruch erlitt. Fulminant waren die Spieler gestartet mit einem Triumph gegen die Spanier – die schlussendlichen Weltmeister, einzig von den Schweizern geschlagen! – und gingen danach sang- und klanglos unter, erreichten nicht einmal die nächste Runde.

Als hätte Andrea Gians Gedanken erraten, meinte er: »Apropos Fußball und Niederlagen, ich erinnere mich an deine Geschichte mit Corinne …«

»Hör mir mit Corinne auf, da kommt mir gleich wieder die Galle hoch. Blöder Sack. Du weißt genau, dass wir uns seither nicht mehr ausstehen können, dass das der Trennungsgrund war.« Beim Thema Ex-Freundin drohte selbst Gian seine gute Laune zu verlieren. Hatte er vor drei Jahren doch extra einen Beamer in seinem Wohnzimmer installiert, um das Finalspiel der Europameisterschaft möglichst großformartig verfolgen zu können, wenn er schon nicht arbeiten musste. Aber dann war eben alles anders gekommen …

»Und ich hatte immer das Gefühl, ihr wärt ein Herz und eine Seele! Los, die Cabaret-Nummer ist doch dein Glanzstück.« Andrea grinste auffordernd. Als verkappter Schauspieler, der eigentlich von einer Karriere auf einer Bühne träumte, griff Gian nach jeder Gelegenheit, sein komödiantisches Talent unter Beweis zu stellen. Sogar, wenn es sich wie hier, um ein unschöneres Kapitel seines Lebens handelte. Er ließ sich nicht lange bitten: »Also gut, meinetwegen. Habe ja ohnehin nix Besseres zu tun: Ja, ich hätte es besser wissen müssen. Denn natürlich endete es im Streit. Wie konnte ich glauben, dass wir anders als andere Paare seien? Frauen und Männer sollen einfach nicht gemeinsam Fußball schauen. Aber bin ich nicht selber im Prinzip ein Fußballmuffel? Und verstand ich mich mit Corinne nicht eigentlich prächtig? Na ja, es gab schon ab und zu Zoff, aber im Grunde waren das nur Peanuts. Zurück zum Thema: Es begann ganz gemütlich. Wir fläzten uns auf dem Sofa, beide eine Flasche Bier in der Hand und die Schüssel mit Chips in Griffnähe. In freudiger Erwartung prostete ich meiner Liebsten zu: ›Auf ein schönes Spiel und einen gelungenen Abend!‹ – ›Auf ein spannendes Spiel.‹ – ›Wow, hast du gesehen? Der sieht mal aus wie ein richtig heißblütiger Spanier! Aber, oh Gott, was hat der denn für ein hässliches Gesicht!‹ – ›Mm.‹ – ›Du, habe ich dir übrigens erzählt, dass Ramona wieder schwanger ist?‹ – ›Hmm?‹ – ›Ui, was war das denn? Das muss doch ein Foul gewesen sein!‹ – ›Nein, das war nix.‹ – ›Was sollen wir morgen zum z'Mittag kochen? Vielleicht die Tortellini? Oder möchtest du lieber Gehacktes und Hörnli?‹ – ›Mm.‹ – ›Du sag mal, hörst du mir eigentlich zu?‹ – ›Ja natürlich, Gehacktes und Hörnli wär super.‹ – ›Also gut, wobei, eigentlich hab ich morgen nicht so viel Zeit, vielleicht sollt …‹ – ›Goal! Goooooooooooal! Hast du das gesehen?‹ – ›Ja! Aber deshalb brauchst du doch nicht so zu schreien, bin ja richtig erschrocken!‹ – ›Was? Das war ein Tor, das war doch kein Offside! Ja hat der Kerl denn Tomaten auf den Augen?‹ – ›Schon gut, nun beruhige dich wieder, Schatzi. Wo waren wir stehen geblieben? Ach ja, beim morgigen Mittagessen, wie gesagt, mir wäre es lieber, wir könnten die Tortellini machen, ist das okay für dich?‹ – ›Ja, dann mach meinetwegen die Tortellini. Was war das nun wieder? Wo haben die den Linienrichter ausgegraben? Das war unmöglich ein Foul.‹ – ›Ist dir auch aufgefallen, wie filigran die Spanier sind und wie grobschlächtig und schwerfällig die Holländer?‹ – ›Hmm.‹ – ›Du, ich glaube, du hast dir da die Nase verbrannt.‹ – ›Mann, die hättest du reintun müssen!‹ – ›Was? Wie?‹

Vielleicht wäre es trotz allem noch gut ausgegangen, hätte sie sich Bemerkungen wie: ›Warum können sie nicht einfach so aufhören? Warum kann es kein Unentschieden geben? Zwei Sieger?‹, verkniffen hätte. Endgültig in den Wahnsinn trieb sie mich mit: ›Ich stelle jetzt ab, das regt dich viel zu sehr auf.‹ Und zu diesen Worten tatsächlich den Ausknopf betätigte. Meinem Blick nach zu urteilen, musste sie wissen, dass eine Trennung der einzige Schritt war, der dieser Geste folgen konnte, wollte ich sie nicht gleich umbringen. Da hat nicht einmal mehr ihr ›Also gut, wir schauen nie mehr gemeinsam Fußball‹ etwas retten können. Das war's.«

Gekonnt war er von einer Rolle in die andere geschlüpft, und Andrea schüttelte sich vor Lachen. »Mein Gott, an dir ist ein Komiker verloren gegangen. Mir tut der Bauch weh.« Er wischte sich eine Träne aus den Augen und sagte: »Wie gut, dass du inzwischen Sandra kennengelernt hast.«

»Eben.« Gian war ganz zufrieden mit seiner Darbietung und seiner neuen Freundin.

»Hey, wird da drüben eigentlich auch gearbeitet?« Nach dem Ruf des Chefs verzog Gian das Gesicht und sagte so leise, dass nur Andrea ihn hören konnte: »Oje, da hatte offenbar jemand mal wieder ein bombiges Wochenende.« Andrea schnitt eine zustimmende Grimasse. Lauter und für die Ohren des Chefs bestimmt rief Gian: »Dir auch einen wunderschönen guten Morgen!«

Er drückte den Knopf, um den Computer aufzustarten, und sie begannen schweigend zu arbeiten.

8.

Sie trank ihren Morgenkaffee im Imagine. Nein, in Amerika war sie noch nie gewesen, aber ein bisschen stellte sie es sich vor wie im Sihlcity. Großzügige Einkaufsläden, ein Kinokomplex und Restaurants, alles an derselben Örtlichkeit.

Durch das Fenster blickte sie auf den Kalanderplatz. Weit sah sie nicht, der aufgeblasene Riesenhase stahl ihr die Sicht. Überall begegneten sie einem wieder. Einer Epidemie gleich hatten sie sich wie jedes Jahr flächendeckend über die Stadt verbreitet. Die goldigen Schoggihasen von Lindt & Sprüngli, das untrügliche Zeichen, dass Ostern vor der Tür stand. Als Smart mit Ohren auf der Straße fahrend, von Plakatwänden glänzend, in jedem Großverteiler in der vordersten Reihe stehend. Jeder, der etwas auf sich hielt, verschenkte die nach Qualität riechenden Goldhasen. Natürlich grüßten sie auch im ›Abendrot‹ von der Theke und wie in jedem Jahr würden die Heimbewohner zu Ostern ein kleines, funkelndes Goldhäschen bekommen. Wie fantasievoll. Hanna fand es reichlich langweilig und hätte einen Hasen mit Mandelsplittern aus der Migros bevorzugt. Aber im ›Abendrot‹ war die Billigvariante natürlich undenkbar.

Sie nahm den Tagesanzeiger in die Hand und las in der Zeitung, dass die Kinder an der ›Waldputzete‹ innert Stunden über 2000 Kilo Abfall zusammengetragen hatten. Nicht schlecht. Unter anderem auch eine giftige Viper, zum Glück tot. Der Journalist echauffierte sich, nicht auszudenken, wenn das Tier noch gelebt hätte. Was dachten sich die Menschen nur, oder dachten sie überhaupt?

Natürlich war es Theas Schlange gewesen, und alle waren froh gewesen, dass sie wieder aufgetaucht war. Nur fragte man sich jetzt, wie das Tier in den Wald gelangt war. Nun, das Reptil war tot und hatte sein Rätsel mit ins Grab genommen.

Was für ein trüber Tag. Es regnete. Leise und stetig. Als würde es nie wieder aufhören. Kein spannender Wolkenbruch, nein, einfach nur trister Dauerregen. Allerdings passte es irgendwie zu den grauen Betonwänden und dem schwarzen Boden draußen, da konnte selbst ein Riesengoldhase nichts dran ändern. Hanna nahm ihren Mantel vom Bügel und packte den Regenschirm. Sie bezahlte ihren Milchkaffee und verließ das Restaurant.

9.30 Uhr, um diese Zeit waren die Trams angenehm unbesetzt. Vor einigen Wochen war es ihr passiert, dass sie um 18.00 Uhr in den 13er gestiegen war. Ein Fehler. Natürlich war sie in den Feierabendverkehr geraten. Sie hatte kaum stehen können, allerdings auch nicht hinfallen, so grässlich eng stand man Körper an Körper. Was Hanna äußerst unangenehm gewesen war. Sie brauchte nicht zu wissen, ob ihr Vordermann geduscht war oder die Frau rechts ›Cristalle‹ von CHANEL aufgesprüht hatte. Ebenso wenig Lust verspürte sie auf die Schuppen des Mannes links oder einen Ketchup-Fleck auf ihrer Jacke, weil sich gewisse Leute nicht einmal in einem vollgestopften Tram das Essen eines Hamburgers verkneifen konnten. Sie hatte nicht widerstehen können und war dem mampfenden Herrn absichtlich auf den Fuß getreten. Der weiche Zeh gab unter ihrem harten Absatz nach. Aus den Augenwinkeln hatte sie gesehen, wie der Mann zusammengezuckt war und sich dann unter Qualen wand. Nicht einmal einen Schmerzensschrei hatte er ausstoßen können, da der Mund voller Brot und Fleisch war. Recht geschah ihm. Es gehörte sich einfach nicht, in aller Öffentlichkeit und einem solchen Gedränge zu essen. Hannas Jacke musste chemisch gereinigt werden.

Wozu hatte sie sich da hinreißen lassen? Rache, was für ein niederes Gefühl. Ein Gefühl, das irgendwo ins tiefe Mittelalter gehörte oder nach Albanien, die Türkei, wo auch immer man noch Wert auf Ehre legte. Aber hier, nein, man war doch bitte sehr aufgeklärt, modern, zivilisiert. Woher kam es dann, dass es so viel Spaß machte, sich an einem Gegner zu revanchieren? Warum nannte man die Rache *süß*? Warum war es toll, wenn man sah, dass man etwas zurückgegeben hatte? War das Fairness, diese gewisse Gerechtigkeit, die kein Richter der Welt zustande brachte? Wollte man heimzahlen, weil sonst ein Ungleichgewicht zurückblieb? Konnte Rache reinigend wirken? Ja durfte man jubeln, innerlich frohlocken, wenn man zurückgezahlt hatte? Blieb nicht viel mehr ein schaler Nachgeschmack? Angst vor einer neuen Tat, weil die andere Seite sich wieder im Unrecht fühlen durfte? Weil man sich auf dieses tiefe Niveau runtergelassen hatte?

Mal abgesehen von diesen kleinen Retourkutschen, denen man ab und zu nachgab, musste das Gesetz das Maß aller Dinge sein. Ein Gericht sprach Recht, und damit sollte das Gefühl nach Rache befriedigt sein. Aber konnte es das? Wenn ein Richter so wenig persönlich beteiligt war? Wurde so eine verletzte Seele befriedigt? Man redete es ihnen ein, aber es stimmte nicht. Rache war auch ein Mittel, seine Niederlage, seine Demütigung loszuwerden.

Sie hatte sich natürlich für erhaben gehalten. Erhaben über primitive Impulse, einer höheren Liga angehörend als diese einfältigen, wenig entwickelten Simpel, die es brauchten, Gleiches mit Gleichem zu vergelten. Offenbar war sie es nicht. Theas Tod hatte sie heimlich gefreut. Sie reagierte genau gleich wie 90 Prozent der Bevölkerung, wie das gemeine Fußvolk. Aber sie war zu alt, um noch enttäuscht zu werden, auch über sich.

Heute hatte sie Lust auf eine Fahrt durch ihre Stadt. Sollte sie zum wiederholten Male den 13er nehmen? Und damit eine Milieustudie genießen? Begonnen in Wiedikon, Kreis 3, dem grün-alternativen Zentrum Zürichs, wo das jährliche Hauslokal der Schweizerischen Volkspartei im Albisgüetli eigentlich gar nicht hinpasste. Ging es weiter über die reiche Enge, den Kreis 2, durch die Bahnhofstraße und damit den noch reicheren Kreis 1, das wirtschaftliche Herz der Stadt. Der abrupte Abstieg begann direkt hinter dem Bahnhof, wo der Kreis 5 übernahm. Es folgten unaufhaltsam die tiefsten Niederungen der Stadt, die Konradstraße oder auch ›Haschgasse‹ genannt, das Sihlquai – sobald es dunkel wurde, die Straßenstrich-Meile – wurde es erst allmählich wieder besser nach dem Escher-Wyss-Platz, einem der urbansten Punkte der Stadt. Über die Limmat und unter der Hardbrücke durch, wechselte man in den Kreis 10. Von da an kletterte das Tram in die Höhe. Mit den steigenden Höhenmetern wurde auch die Gegend wieder besser. Die Höngger- wurde zur Limmattalstraße, und die Krönung im Hönggerdörfli erreicht, wo die alten Häuser schmuck um die Kirche drapiert waren, eine wunderschöne Idylle in der Stadt. Im einfachen Frankental kam man schlussendlich unspektakulär am Stadtufer ins Ziel. Die Strecke wartete mit klingenden Namen wie Rennweg, Quellenstraße, Alte Trotte, Schwert oder Winzerstraße auf, die allerdings aus sehr alter Zeit stammen mussten, konnte sie doch zwischen den Häusern beim besten Willen weder Wasser noch Schlachtfelder oder Rebberge erkennen. Nichtsdestotrotz waren die Etappen mit den dazugehörigen ein- und aussteigenden Passagieren immer wieder spannend und äußerst abwechslungsreich.

Aber jetzt gelüstete es sie nach Größerem, und am Bahnhofplatz bestieg sie den 10er, der sie bis zum Flughafen hinaus fahren würde. Das Tram kroch die Felseneck hoch, vorbei an ETH und schließlich Uni-Spital. Sie hatte einen Blick auf das Zoologische Museum erhascht. Wie oft war sie an regnerischen Tagen mit den Kindern da gewesen. Vor allem Ruth, ihre Älteste war fasziniert gewesen von den ausgestopften Tieren. Ingrid, die Mittlere, verweilte gerne an den Mikroskopen. Hm, Ingrid, wie war es nur gekommen, dass sie sich so aus den Augen verlieren konnten? Sie hörte kaum noch etwas von ihrer begabten Tochter. Ingrid lebte und arbeitete in London, hatte eine gute Position bei Ernst and Young. Aber das war alles, was sie über das Kind wusste. Bestimmt arbeitete sie viel zu viel und hatte vermutlich kaum ein Privatleben. Genau wie Paul ging sie vollkommen in ihrer Arbeit auf. Ob sie glücklich war? Hanna hoffte es. Wie anders war da die Kleine. Isabella hatte im Museum am liebsten zärtlich das zottige Riesenfaultier gestreichelt, und wurden ihre kurzen Beinchen müde, legte sie sich zwischen seine schützenden Hintertatzen, um selig ein Nickerchen zu halten.

Mehr als einmal hatte Hanna sie da gefunden. Isabella war Kindergärtnerin geworden, verdiente sich ihr Geld aber als Snowboardlehrerin, im Winter in der Schweiz, im Sommer in New Zealand. Vor wenigen Wochen war sie wieder abgeflogen. Hanna freute sich auf ihre zwar spärlichen aber regelmäßigen Postkarten und Anrufe. Nur Alex hatte nicht so recht gewusst, was anzufangen zwischen all dem toten Getier des Museums.

Höher und höher ruckelten sie. Da war die Apotheke am Rigiplatz, in welcher sie Notfallpflaster erstanden hatte, nachdem Isabella aus dem Rigibähnli gefallen war und sich die Knie aufgeschlagen hatte.

Sie mochte das Internationale dieser Linie. Die Menschen, die auf den Flughafen fuhren. Inder, Japanerinnen, eine Engländerin unterhielt sich mit einem Schweden. Er: »Must be very different from Manchester, here.« Sie: »Oh yeah, it is.« Er: »But it's nice here, isn't it?« Sie: »Well, it's very quiet here, very quiet. I'm just not used to it.« Er: »So Manchester is a party town, then.« Sie: »Oh yes. Very much so.«

Ja, vermutlich war Zürich ruhig. Und vielleicht sogar sehr ruhig. Immer eine Frage des Vergleichs und Blickwinkels. Auch ihr war es nicht übersprudelnd vorgekommen nach Nairobi und Mombasa, aber dafür stets etwas gestresst und humorlos.

Sie waren an der Milchbuck Haltestelle angelangt. Studenten strömten vom Irchel Park. Die Universität. Jaja, wie es wohl gekommen wäre, wenn sie ihr Biologiestudium abgeschlossen hätte? Wenn sie Paul nie kennengelernt hätte? Und er nie um ihre Hand angehalten hätte? Er hatte dieses Angebot bekommen von einer englischen Stiftung, deren Ziel es war, das Überleben der Tiere zu sichern.

Sollten es Umstände, welcher Art auch immer – politische Umwälzungen, expandierende Städte, neuentstehende Plantagen – nötig machen, in ein tierreiches Gebiet einzudringen, wollte man wissen, wohin zumindest eine Auswahl übersiedelt werden konnte. Dazu versuchte man, ein zoologisches Kartenwerk auszuarbeiten. Welche Tiere lebten wo? Was brauchte jede Art, um gedeihen und sich vermehren zu können? Botaniker, Geologen, Meteorologen arbeiteten gemeinsam mit den Zoologen. Per Zufall hatte Paul davon erfahren, sich beworben und die Zusage erhalten. Die Stiftung war noch jung, erst wenige Jahre alt und hatte bescheiden angefangen, mit einem Labor, einer wissenschaftlichen Afrika-Expedition und ein paar Filmen. Aber es war in der Zeit, als ein neues Denken begann. Michael Grzimek hatte mit seinem Vater und dem Film ›Serengeti darf nicht sterben‹ auf das Thema aufmerksam gemacht. Man wollte etwas unternehmen, aufklären und schützen. Hatte erkannt, was für ein Gut es da zu bewahren galt. Mittlerweile wurden regelmäßig Expeditionen nach Afrika geschickt, selbstverständlich nach Vereinbarung mit den verschiedenen Regierungen. Die Teams bestanden aus Wissenschaftlern, ein paar Assistenten und einigen einheimischen Helfern. Wer nach Ostafrika kam, musste fließend Englisch sprechen, in Westafrika Französisch, zudem im Osten etwas Suaheli. Paul passte sehr gut in dieses Schema, aber er wollte nicht ohne Hanna nach Afrika. Und so hatte er sie gefragt, ob sie ihn heiraten und mit ihm kommen wolle. Nicht nur als seine Frau, sondern auch als Assistentin, Sekretärin, Filmerin und was auch immer gebraucht werden würde. Ohne Zögern und voller Begeisterung hatte sie ›ja‹ gesagt. In ihrer Naivität konnte sie sich gar nichts Romantischeres vorstellen, als mit Paul die afrikanische Tierwelt zu retten. Drei Jahre zuvor hatte sie ihn kennengelernt, und Hanna hatte sogleich gewusst, dass er der Mann fürs Leben war. Begeistert erzählte er ihr von der Unterkunft, die ihnen zur Verfügung gestellt würde, primitiv aber brauchbar. Vom Team, das aus mindestens drei Wissenschaftlern bestand und einen Lastwagen und ein Kleinflugzeug zur Verfügung hatte. Die Teilnehmer mussten sich für mindestens zwei Jahre verpflichten. Wenn sie es für länger taten, wurde dies begrüßt. Er war für die nächste Expedition nach Kenia ausgewählt worden, Studienobjekt Schliefer: Klipp-, Baum-, Steppenschliefer und ihre Verwandten. Alles in allem entsprachen sowohl Auftrag wie auch Ideen der Stiftung Pauls persönlicher Einstellung, und er war überglücklich, diese Möglichkeit bekommen zu haben. So hatte sie intensiv Englisch und Suaheli gebüffelt und ihr eigenes Studium an den Nagel gehängt.

Sie waren am Stadtrand angekommen. Zwischen den Gleisen wuchs plötzlich Gras. Der graue Regenvorhang verlieh allem melancholische Trostlosigkeit. Bei freundlichem Sonnenschein hätte zwischen bunten Schrebergärten und Mietskasernen vielleicht ein Hauch Vorstadtromantik aufkommen können. Jetzt aber ließ es an all die kleinen und großen Alltagsdramen denken, die sich hinter freudlosen Lärmschutzmauern und bröckelnden Fassaden abspielen mussten. Biedere Reihenhäuser wechselten sich mit deprimierenden Wohnblöcken. Und dann kam das, was sie jeden Tag in der Zeitung las. Keine Ausgabe, in der nicht Inserate neue Wohnungen zum Kauf oder zur Miete anboten. Zürich Nord vergrößerte sich unaufhaltsam. Einst noch ein überschaubares, nettes kleines Zentrum, sozusagen das Städtchen am Rande der Stadt mit eigenem Bahnhof, eigenem Marktplatz, dem Sternen Oerlikon – was der Paradeplatz der City, war der Sternen Oerlikon seinem Quartier, nämlich Dreh- und Knotenpunkt – war es heute längst ein anonymisierter Teppich, der schier unkontrolliert wucherte, ausschlug, wie Brombeeren sich im dunklen Wald rasch und ungebremst vermehrten.

Vorbei ging es am Leutschenbach, der nationalen Fernsehstation.

Wo die Stadt früher zu Ende gewesen war, ging sie jetzt praktisch nahtlos weiter bis zum Flughafen. Wohnsilos und Hotels. Ein schmaler, trotzig grüner Gürtel mit einem Bauernhof bestand noch. Tatsächlich etwas Wald, ein Rapsfeld, aber selbst das eingekesselt von Straßen, Industrie, einem grauen Klotz: der UBS. Und schon kamen SR Technics und Swissport in den Gesichtskreis. Zürich Flughafen/Airport.

Endlich etwas Größe.

Ein Blick auf die Flugzeuge, und in ihrem Bauch begann es zu kribbeln. Wenigstens für einige Sekunden schien die große, weite Welt in Griffnähe.

Aber es ging weiter. Das Tram quietschte. Zürich Flughafen Fracht. Der Traum war bereits wieder ausgeträumt. Schlagartig wurde man in die Realität zurückgeworfen. Fracht klang zu sehr nach harter Arbeit, emsig werkelnden Ameisen, Schicht, Schweiß und Armut. Aber Hanna brauchte nur ihren Kopf etwas zu heben, und sie sah noch all die zwergenhaften Flieger, wie sie mit ihren pfeilgeraden Linien zielgerichtet in den Himmel schrieben, wohin sie unterwegs waren.

Die Swiss warb mit einem riesigen Plakat für San Francisco, neu wieder im Flugplan aufgenommen. San Francisco, wie gerne wäre sie einmal in diese Stadt gereist. Love,

Peace and Happiness. Cable Cars, Alcatraz und Golden Gate.

Es hatte bisher nicht sollen sein, und nun würde es auch nicht mehr werden.

APRIL

9.

Andrea verfolgte eine neue Strategie. Der Dieb, beziehungsweise vermutlich eher die Diebin, schien ihm ziemlich dreist zu sein. Und würde in einer ersten Einvernahme ins Blaue hinaus ohne hieb- und stichfeste Beweise wahrscheinlich alles abstreiten. Bisher hatte sich die Täterschaft vorsichtig und clever angestellt, er hatte weder Fingerabdrücke noch sonstige Spuren an den Tatorten finden können. Es war daher naheliegend, anzunehmen, dass die Person Handschuhe trug. Alle Pflegerinnen hatten jederzeit Zugriff auf Handschuhe aus Latex, die sie während ihrer Arbeit oft genug trugen, um die alten Menschen zu waschen, die Zimmer kurz zu reinigen, da etwas zu entsorgen, dort etwas aufzuwischen.

Der Besuch beim Wissenschaftlichen Dienst war erfolgreich gewesen. Andrea hatte seinen Fall erklärt, man hatte sich besprochen und kam zur Einsicht, dass die Situation im ›Abendrot‹ für eine Diebesfalle prädestiniert war. Vorbereitete Geldscheine sollten eine unwiderstehliche Beute für den Langfinger darstellen. Ideal war das Alterszentrum deshalb, weil es sich um eine gleichbleibende und eingeschränkte Anzahl Verdächtiger handelte. Der Ansatz war, aus den vier bis fünf Pflegerinnen, die ihren Dienst im 4. Stock verrichteten, die Übeltäterin herauszufiltern. Bei wiederholten Diebstählen an einem bestimmten Ort, die effizienteste Art, des Verbrechers habhaft werden zu können. Es sei denn, sie irrten sich und die Diebstähle wurden wider Erwarten doch von Besuchern verübt. Voller Enthusiasmus hatte der Kollege Andrea erklärt, welche chemischen Reaktionen sie provozieren würden, und wie ein kleiner Junge, der seine Spielsachen zeigt, hatte er ihm vorgeführt, wozu der forensische Dienst fähig war. Es war nicht das erste Mal, dass Andrea eine solche Falle stellte, aber ein Vortrag, mit derartigem Feuer rezitiert, musste natürlich genossen werden. Die meisten Mitarbeiter aus der Forensik waren riesige Fans, galten teilweise als ein bisschen verschroben, aber genial auf ihrem Gebiet.

Theoretisch war er nun wieder auf dem neuesten Stand, nun galt es, alles in die Praxis umzusetzen.

Von jetzt an hing der Erfolg des Einsatzes nicht mehr alleine von ihm ab. Sollte der Plan aufgehen, war wichtig, dass er einen fähigen Partner oder eine Partnerin aus dem Heim bekam. Er würde als Erstes die Junker aus der Heimleitung einweihen und darum bitten, dass sie ihm jemanden nannte, der sich als Komplize für seine Idee eignete. Eine Person, die einerseits schauspielerische Qualitäten vorweisen, andererseits aber verschwiegen und für eine unkonventionelle Sache zu haben war. Unter all den alten Leutchen würde sich bestimmt jemand finden lassen, auf den diese Eigenschaften zutrafen. Er war zuversichtlich.

Irrte er oder bog da soeben der Leichenwagen um die Ecke?

Wieder betrat er die kühle Eingangshalle. Beschwingt nahm er jeweils zwei Stufen auf einmal, um in den ersten Stock zu gelangen, und nickte den Alten gut gelaunt zu. Nicht immer kam ein Gruß zurück, manche schauten ihn an, als wäre er ein Außerirdischer. So ein Alterszentrum war eine eigene Welt. Ob man sich wohlfühlen konnte, wenn einem alle Stadien des menschlichen Zerfalls ständig vor Augen waren? Andrea hatte erfahren, dass im ›Abendrot‹ im obersten Stockwerk diejenigen lebten, die noch selbstständig waren, kaum Hilfe brauchten und sie nur in Notfällen anforderten. Wenn sie wollten, durften sie selbstverständlich am Programm des Zentrums teilnehmen, die meisten verzichteten aber ganz und gar darauf, genossen ihre Freiheit und Unabhängigkeit. Für sie war das ›Abendrot‹ wie eine Art Hotel, mit dem Unterschied, dass sie in ihrem eigenen Mobiliar wohnten. Sie gingen ein und aus, wie es ihnen gefiel, und waren niemandem Rechenschaft schuldig. Ob es ums Essen, Ausflüge oder Ferien ging. Nur wenn sie über Nacht wegblieben, mussten sie sich abmelden, damit man sie nicht irrtümlich suchte.

Im zweiten und dritten Stockwerk brauchten die Bewohner etwas mehr Unterstützung. Aßen regelmäßig im Heim, brauchten vielleicht auch Hilfe beim Zubettgehen oder Aufstehen. Die meisten bewegten sich mit Gehhilfen vorwärts. Die einen waren im Kopf noch völlig in Ordnung, nur der Körper machte nicht mehr ganz mit, bei anderen war es umgekehrt. Der Geist ließ vor der Hülle nach, und sie wurden vergesslich, unzusammenhängend, schwachsinnig. Es kam immer wieder vor, dass sich verwirrte Bewohner an ihren ehemaligen Wohnort begaben und dann von der Polizei aufgegriffen werden mussten, da sie keine Ahnung mehr hatten, wohin sie jetzt gehörten.

Im ersten Stock schließlich war die Geriatrie untergebracht. Die Fälle, die völlig abhängig waren. Wenn überhaupt, dann im Rollstuhl unterwegs. Nichts konnten sie mehr selber und wurden stets überwacht. In diese hauseigene Pflegeabteilung durfte nur, wer schon vorher im Heim gelebt hatte. Wenn sich der Zustand also hier verschlechtert hatte. War man aber bereits beim gewünschten Eintritt ein Pflegefall, so wurde man nicht mehr aufgenommen. Es lohnte sich durchaus, sich frühzeitig um einen Platz zu bemühen. Ansonsten konnte es zu spät für einen gediegenen Lebensabend sein. Immerhin blieb es einem so erspart, noch einmal umziehen zu müssen. Man konnte sicher sein, dass man hier bis in den Tod begleitet wurde. Ob der nun über Nacht und aus heiterem Himmel kam, oder allmählich, erwartet und absehbar.

Ob man dieses Wissen, dass die letzte Station erreicht war, nicht als deprimierend empfand?

Andrea war vor Frau Junkers Tür angekommen und klopfte.

»Herein.« Klang das barsch? Nun, er kam dem Befehl nach und trat ein.

»Ach, Sie sind's.« Ihre Stimme klang sofort einen Hauch freundlicher. Höflich bot sie ihm einen Platz an, und Andrea begann, ihr seinen gewagten Vorschlag zu unterbreiten. Ganz angetan von der Idee – vermutlich nahm sie an, dass der Kreis der Eingeweihten auf diese Art klein gehalten werden konnte, womit sie ja ganz richtig lag – zermarterte sie sich den Kopf, wer sich als Spießgeselle eignen könnte. Es machte den Anschein, als ob dies nicht ganz einfach wäre. Nach einer kurzen Pause, in der sie intensiv überlegte, wer die gewünschten Voraussetzungen wohl erfüllen konnte, schlug sie schließlich Hanna Bürger vor. In einigen wenigen sachlichen Sätzen beschrieb sie die alte Frau. Frau Bürger bot sich an, sie wohnte direkt neben dem letzten Diebstahlopfer, und auch das vorherige lag nur zwei Räume entfernt. Ob man sie fragen wolle? Sollte sie das übernehmen oder würde sich Andrea selber an die Rentnerin wenden? Die Heimvorsteherin gab sich seltsam bedeckt, ganz so, als wäre Hanna Bürger schlecht fassbar, als wolle sie Andrea sein Urteil selber überlassen, ohne dass sie ihn in irgendeiner Richtung beeinflusst hätte. Laut Frau Junker war Frau Bürger jedenfalls physisch und psychisch fit. Abgesehen von einem ungeschickten Unfall im Februar, bei welchem sie ihren Fuß verstaucht hatte, war sie körperlich gesund, und, wohl noch wichtiger für diesen Fall, auch geistig flexibel, aufnahmefähig und fix. Andrea schlug vor, den Kontakt selber herzustellen und war gespannt auf seine neue Helferin. Eine letzte Frage hatte er allerdings noch: »Als ich im ›Abendrot‹ ankam, war mir, als hätte ich den Leichenbestatter wegfahren sehen. Ist das richtig?«

Leicht pikiert blickte ihn Frau Junker an, und ihre Gedanken – was geht den das an? – waren unschwer aus ihrem Gesicht zu lesen. Kurz angebunden antwortete sie: »Das ist möglich. Leider hat uns unsere geschätzte Frau von Bodenmann unverhofft verlassen. Aber das ist das Los in einem Alterszentrum, wo die Menschen ihren Lebensabend verbringen. Da gehört der Tod nun einmal dazu.« Fast herausfordernd sah sie Andrea an. Er nickte und sagte: »Darf ich fragen, woran Frau von Bodenmann gestorben ist?«

Diesmal drückte sie ihre Missbilligung offen aus und meinte: »Ich wüsste zwar nicht, was Sie das angeht, aber wenn Sie es unbedingt wissen müssen, sie ist in der Nacht für immer eingeschlafen und am Morgen nicht mehr erwacht. Unsere Pflegerinnen aus der Nachtwache wurden nicht gerufen, Frau von Bodenmann muss friedlich verschieden sein. Natürliches inneres Geschehen wird das genannt.« Aha, daher wehte der Wind, sie hatte Angst vor allfälligen juristischen Vorwürfen. Andrea beließ es dabei. Vermutlich hörte er die Flöhe husten, und Frau Junker hatte sicherlich recht, wenn sie meinte, dass Todesfälle ins Altersheim gehörten wie das Amen in die Kirche.

Im Lift fuhr er in den obersten Stock. Ein Kontrollblick auf das Namensschild bestätigte, dass er vor der richtigen Türe stand: H. Bürger. Er klopfte an das durchsichtig lackierte Holz.

»Ja bitte?« Die Stimme schien so gar nicht zu einer über 70-Jährigen passen zu wollen. Hell, freundlich, ja beinahe jugendlich klang sie. Bevor er antworten konnte, hörte er drinnen rasche, federleichte Schritte, die sich der Tür näherten. Mit Schwung wurde sie geöffnet, und ein paar neugierige blaue Augen, die vom milchigen Schein des Alters noch nichts wussten, musterten ihn wach und intelligent. Vor ihm stand eine zierliche, hübsche Frau mit schneeweißem Haar. Ihr faltiges Gesicht zeigte die gelbliche Lederhaut, die von einem Leben unter viel Sonne zeugte.

Hanna Bürger entpuppte sich als virtuose Mitspielerin. Sofort Feuer und Flamme für seinen Vorschlag steuerte sie ihre eigenen Ideen bei. So schlug sie vor, ihre verheilte Verletzung noch einmal aufleben zu lassen. Mit dem erneut verstauchten Fuß würde sie bewegungsunfähig an den Rollstuhl gefesselt und auf Hilfe angewiesen sein. Das perfekte hilflose Opfer, das dem Täter freie Hand und sozusagen alle Möglichkeiten offenließ.

Andrea hatte sich königlich darüber amüsiert, wie sie die angestellten Pflegerinnen des Heims charakterisierte. Bisweilen mit spitzer Zunge, aber dennoch stets mit einem liebevollen Unterton. Begonnen hatte sie mit der fetten Berti, die ständig am Kauen war, immer mit vollem Mund redete und Essbarem nicht widerstehen konnte. Hanna hatte sie gar in Verdacht, ab und zu Konfekt zu stibitzen. Sie meinte, die Pflegerin schon beobachtet zu haben, wie sie die eine oder andere Schokoladenkugel aus ihrer Glasschale entwendet hatte. Ihrer Leibesfülle ungeachtet, bewegte sich Berti erstaunlich leichtfüßig durch die Zimmer, und ihre kleinen Füße trugen sie beinahe tänzelnd über die Korridore. Ihre Freundlichkeit mochte bisweilen ans Aufdringliche grenzen und ihr fürsorgliches Verhalten leicht entmündigend wirken, nichtsdestotrotz war sie immer gut gelaunt und machte ihre Arbeit wohl gerne. Außerdem roch sie immer frisch und gepflegt, ihre Frisur war stets tipptopp und sie war dezent geschminkt. Gleichwohl hatte sie Hannas Wissen nach weder einen Ehemann noch sonstige Familienangehörige. Sicherlich verbrachte sie ihre Freizeit am liebsten daheim vor dem Fernseher, Häppchen ständig in Griffnähe. Jedenfalls wusste sie über das TV-Programm jederzeit Bescheid, und Hanna machte sich seit Langem nicht mehr die Mühe, selber Programme durchzulesen, viel lieber erkundigte sie sich direkt bei Berti. Aber diese Anfragen waren selten, brauchte Hanna den schwarzen Kasten ja eigentlich ohnedies nur für die Tagesschau, und in letzter Zeit war es vermehrt vorgekommen, dass sie sich nicht einmal mehr regelmäßig für das tägliche Geschehen interessierte. All die schlimmen Dinge, die hässlichen Vorfälle und tragischen Ereignisse machten sie müde, und grundsätzlich wiederholte sich alles ja nur. Um einige Stufen schlimmer vielleicht gar. Die Menschheit lernte nichts aus der Geschichte.

Aber sie war abgeschweift, Andrea interessierte sich kaum für ihre täglichen Gewohnheiten, er wollte selbstredend etwas über die Betreuerinnen wissen. Sie lächelte entschuldigend.

»Kommen wir zur falschen Silvia.« Die magere Ziege, wie sie sie auch nannte, allerdings nur für sich, Andrea gegenüber brauchte sie Worte wie dünn oder überschlank, um die hagere Mittvierzigerin zu beschreiben. Mit ihrem heiseren »Wie-geht-es-uns-denn-heute?« ging sie Hanna ordentlich auf die Nerven. Hanna konnte nur für sich reden und antwortete dementsprechend auch demonstrativ betont: »Mir geht's gut, und Ihnen?« Aber dieses Kreuz, mit alten oder kranken Leuten im Plural majestatis zu reden, war sehr verbreitet, und deswegen konnte man Silvia keinen Strick drehen. Nervig fand Hanna aber auch die aufgesetzte Freundlich- und Herzlichkeit. Es war nicht echt. Fühlte sich Silvia unbeobachtet, fiel ein Vorhang über ihr Gesicht, und sie wirkte um zehn Jahre älter. In letzter Zeit sah sie noch schlechter aus, es ging ihr bestimmt nicht besonders gut. Hanna hatte zufällig erfahren, dass Silvia geschieden war und eine halbwüchsige Tochter hatte. Vielleicht hatte der Rosenkrieg sie verbittert werden lassen, jedenfalls schien sie keinen Wert mehr auf Äußerlichkeiten zu legen. Ihre Haare waren meist nachlässig zusammengebunden, und ein regelmäßiger Besuch beim Coiffeur hätte Wunder vollbringen können. Tiefe Furchen hatten sich in ihr Gesicht gemeißelt, und ihre Zähne ließen auf schlechte Mundhygiene schließen. Ihr seltenes Lächeln entblößte das gelbliche Gebiss eines Pferdes. Die knochigen Finger waren zu jeder Tages- und Nachtzeit kalt, und überhaupt schien sie dauernd zu frieren, zog ihre Jacken fast krampfhaft vor der flachen Brust zusammen. Ohne Zweifel war sie aber die Tüchtigste unter den Angestellten. Jeder ihrer Handgriffe saß, und sie machte keine Bewegung zu viel.

Wie anders war da Lucia, die kleine, rundliche Mexikanerin. Wuselig und quirlig wirbelte sie durch die Räume, und am Schluss war sich Hanna nicht sicher, was sie überhaupt getan hatte. Denn ihr Zimmer wirkte jeweils unordentlicher als vor den stürmischen Besuchen. Dafür kam ihre temperamentvolle Liebenswürdigkeit von Herzen und wirkte stimmig. Hanna hatte beileibe nichts gegen Ausländer, aber wenn sie doch wenigstens Deutsch könnte. Dass Lucia der hiesigen Sprache nicht mächtig war, hielt die energiegeladene Person indes nicht davon ab, ohne Punkt und Komma zu plappern. Hanna hatte sich mit der Zeit aus dem Kauderwelsch zusammenreimen können, dass Lucia zwei Kinder hatte, die die Primarschule in Adliswil besuchten, wo Lucia zusammen mit ihrem Schweizer Mann in einer Vierzimmermietwohnung in einem Block lebte. Als die Tochter und der Sohn in die Schule gingen, war Lucia daheim die Decke auf den Kopf gefallen, und sie hatte wieder eine Aufgabe gesucht. Eigentlich war sie wohl eher Putzkraft denn eine ausgebildete Krankenschwester, aber im ›Abendrot‹ gehörte sie seit einigen Jahren zum festen Bestand, wenn auch nur teilzeitlich. Aurelia, ihre Tochter, hatte bald Geburtstag, und Lucia wollte ihr ein neues Fahrrad kaufen. Außerdem würde es eine riesige Geburtstagsparty geben. Ihr Sohn musste ein Fußballstar sein … aber halt, Hanna schweifte schon wieder ab. Jedenfalls redete Lucia beinahe ohne Unterlass, und Hanna erriet mehr, was die Lateinamerikanerin in einem Mischmasch aus Spanisch, Hoch- und Schweizerdeutsch vor sich hin schwatzte, als dass sie sie tatsächlich verstanden hätte.

Am liebsten war Hanna Jonas, der Zivildienstleistende. Obwohl zuweilen etwas unbeholfen und ungeübt, mochte sie seine ruhige und zurückhaltende Art.

Ein schlaksiger, einsamer Junge. Als sie vor einigen Monaten ihren Fuß verstauchte, war er es gewesen, der sich rührend um sie gekümmert hatte. Mit einer Kraft, die sie ihm nie zugetraut hätte, hatte er sie jeweils in ihren Rollstuhl gehievt und ihr auch sonst jeden Wunsch erfüllt.

In jenen Wochen waren sie sich ziemlich nahe gekommen, und Hanna hatte ihn in ihr Herz geschlossen. Sie glaubte deshalb auch nicht an das Gerücht, dass er der Dieb sein könnte. Außerdem stammte er aus gutem Haus, soweit sie wusste, und hatte es gewiss nicht nötig, sein Taschengeld aufzubessern. Andererseits wusste sie natürlich, dass Kleptomanie nichts mit Nötighaben zu tun hatte, sondern eine psychische Störung war.

»So, das war's. Ich glaube, mehr kann ich Ihnen nicht mitteilen. Zufrieden?« In ihren klaren Augen schienen tausend Schelme zu sitzen.

»Sehr. Vielen Dank. Mit diesen Informationen bin ich außerordentlich gut bedient.« Andrea lächelte zurück. Die Frau gefiel ihm, und er traute ihr zu, ihre Rolle meisterhaft auszufüllen. An ihr würde es nun sein, diskret und im absoluten Vertrauen möglichst alle Angestellten, die regelmäßig im 4. Stock arbeiteten, darüber zu informieren, dass sie eine größere Menge Bargeld in ihrem zimmereigenen Safe aufbewahrte und sie den Schlüssel in ihrer Schusseligkeit verloren habe, weswegen der Kasten im Moment nicht abgeschlossen werden könne. Aber bitte nicht weitererzählen ...

Eine diebische Elster würde auf keinen Fall auf diese fette Beute verzichten wollen, da war sich Andrea absolut sicher.

10.

»Surprise, surprise ...« Die angelehnte Bürotür wurde dynamisch aufgestoßen, und im Zimmer stand eine junge, attraktive Frau mit auffallend blauen Augen.

»Wow, unser Sonnenschein ist zurück! Träume ich, oder bist du's wirklich?« Gian ließ sich aus seinen Ferienplänen, in denen er gerade zur Ablenkung virtuell geschwelgt hatte, reißen. Seine bis dahin schlechte Laune verwandelte sich augenblicklich in ein Gutwetterleuchten. Rea war wieder hier! Wer wollte da noch mürrisch sein? »Wenn das kein lange vermisstes Gesicht ist! Was führt dich hierher?« Er erhob sich und schüttelte ihr fröhlich die Hand. Am liebsten wäre er ihr gleich um den Hals gefallen, aber das wäre dann vielleicht doch ein bisschen zu viel des Guten gewesen, selbst für einen impulsiven Typen wie ihn.

»Holà chicos. Tja, bin im Einführungskurs der Kripo und habe es geschafft, dass ich mein Praktikum im Detektivbüro bei euch machen kann.« Rea strahlte ebenfalls und drückte Gians Hand in gewohnt zupackender Manier.

»Nun sieh mal einer an, das ging aber schnell. Im letzten Herbst noch Stagiaire und jetzt schon im Einführungskurs. Hast du Beziehungen?« Andrea konnte eine kleine Stichelei nicht lassen.

»Nun komm du mir nicht auch noch so. Immer dieser Neid und diese Missgunst allüberall!« Sie streckte Andrea ihre schmale Hand hin, und er drückte sie freundschaftlich.

»Hör halt nicht auf ihn. Du kennst ihn doch, und gerade deshalb ist es noch wunderbarer, dich zurückzuhaben. Du hast uns gefehlt. Niemand, der morgens gut gelaunt ins

Büro kam. Niemand, der uns ab und zu auf den richtigen Pfad zurückführte und sagte, worauf's wirklich ankommt. Stattdessen immer nur dieses Fußballgequatsche und fachsimpeln …« Er zwinkerte Andrea zu. Gerade weil sich die beiden Männer so gut verstanden, durfte er solche Sprüche klopfen.

»Jaja, hab mir schon gedacht, dass es ohne mich nicht halb so gut läuft. Und wenn ihr erst hört, was ich euch beibringen kann! Diese ersten drei Begrüßungskurstage zum Beispiel waren schon vollgestopft mit unverzichtbarem Wissen. Ihr werdet in Begeisterung ausbrechen!« Suchend blickte sie sich im Zimmer um, fand nicht ganz, was sie wollte, nämlich einen Stuhl, und setzte sich stattdessen schwungvoll auf Gians Pult.

»Nicht, dass mich das effektiv interessieren würde«, Gian spielte den Gelangweilten, »aber bitte, gell, mach's dir nur bequem.« Galant deutete er auf seinen Tisch, auf dem sich Rea ja schon eingerichtet hatte. Verspielt baumelten ihre Beine in der Luft.

»Doch, doch, erzähl mal, vielleicht können wir tatsächlich was dazulernen … sind nämlich nicht mehr überall auf dem Laufenden.« Andrea reagierte positiver auf Reas Vorschlag. Er freute sich ebenfalls, seine ehemalige Praktikantin so unverhofft wieder vor sich zu haben. Wenn seine Gefühle Rea gegenüber auch nicht völlig unbeschwert waren. Immerhin hatte er sie seit dem letztjährigen Weihnachtsessen nicht mehr gesehen. Und er erinnerte sich nur zu gut an jenes letzte Gespräch.

»Also, am ersten Tag kam …«

»Nein, bitte! Das ist doch jetzt nicht dein Ernst! Wie geht's dir überhaupt? Wir wollen's nicht übertreiben! Beginnen wir nochmals von vorne. Du verbringst also die nächsten sechs Wochen bei uns?« Gian fiel ihr ins Wort. Manchmal war Andrea wirklich unmöglich, er hatte schon im letzten Herbst nicht verstehen können, warum sich sein Bürokollege diese heiße Braut nicht geschnappt hatte. Obwohl er zugeben musste, dass Andreas Wahl mit Rebecca natürlich auch nicht schlecht war. Was hatte der Kerl nur Unwiderstehliches an sich, dass ihm die schönsten Frauen zu Füßen lagen? Irgendwas musste der richtig machen, wenn er, Gian, nur wüsste, was …

Rea sagte derweil: »Genau. Und zu euch komme ich ja eigentlich nur, weil mich meine beiden Lieblingsstreifenpartner verlassen haben. Der eine fährt als Spezialist im Spezial, der andere sitzt als ›Kriminologe‹ in der Kripo. Wie konnten sie mir das nur antun? Ich fühle mich verraten und verkauft. Nicht nur, dass sie mich klein und einsam meinem Schicksal überlassen haben, nein, es gefällt ihnen auch noch an ihren neuen Arbeitsplätzen. Während anscheinend alle weiterkommen und sich entwickeln, stehe ich still.« Sie seufzte geziert.

»Soll das etwa heißen, du kommst nicht unseretwegen?« Gian war enttäuscht. War die Liebe dermaßen einseitig?

»Halt, halt, lass mich doch ausreden! Natürlich seid *ihr* mir dann spontan eingefallen. Mit wem habe ich meine allerbesten Polizeijahre verbracht?« Keck blickte sie ihn an. »Eben, mit euch zwei Schönen. Und da war für mich natürlich sonnenklar, dass ich alles dransetzen würde, um mein Plätzchen bei euch wieder zu bekommen.«

»Sehr gut. Hast du wunderbar gedacht und gemacht.« Gians Welt war wieder in Ordnung, er nickte befriedigt vor sich hin. »Und dem Streifendienst willst du Ade sagen?«

»Irgendwann dann schon mal … Am Anfang hat's ja

noch Spaß gemacht, neben einem Auszubildenden zu sitzen und zu merken, dass ich schon etwas mehr weiß. Aber ehrlich gesagt, auf Dauer ist es dann doch nicht so prickelnd, über alles und jedes befragt zu werden. Nicht zu wissen, wie er oder sie sich verhalten wird in Situationen, die sich durchaus gefährlich entwickeln könnten. Mit ›Kripo-Kalle‹ und ›Spezial-Steff‹ genügte ein Blick, und wir verstanden uns ohne Worte. Nun muss ich dreimal erklären, wie ich's gerne hätte, und trotzdem kommt es dann meist anders, als ich wollte. Was also kommt für mich infrage? Hm, gar nicht so einfach. Ebenfalls Spezial? Nee, die wollen ja keine Frauen. Seepolizei? Schwimmen war eigentlich nie mein Lieblingsfach. Und tauchen? Ja, aber nur bei guter Sicht und mindestens 24 Grad Celsius Wassertemperatur. Hundeführerin? Nein, dann doch lieber ein richtiges Kind, irgendwann... Quartierwache? Fühle mich zu fit und jung und knusprig, um bereits zu verstauben. Any other ideas? Aber klar! Da gibt es ja noch Andrea und Gian und die Kripo ...« Charmant lächelte sie in die Runde. Aber Andrea fiel auf das Kompliment nicht herein und fragte skeptisch: »Ich meine mich daran zu erinnern, dass du den Nachtdienst nicht verträgst?«

Rea warf ihm einen erstaunten Blick zu. »Das weißt du noch?« Wow, diese Augen. Uff, ob es gut war, Rea wieder so viel um sich herum zu haben? Cool und ohne sich etwas von seinen plötzlich aufflammenden Gefühlen anmerken zu lassen, fuhr er fort: »Hey, was einmal den Weg in dieses Elefantengedächtnis findet, das bleibt drin.«

Der intensive Blick wanderte weiter, während sie sagte: »Also gut, stimmt natürlich und deswegen ist wohl auch alles so schnell gegangen. Eigentlich wären andere vor mir dran gewesen ... Aber mit einem ärztlichen Zeugnis ...«

»Aha, eben. Dachte ich's mir doch.« Andrea nickte wissend.

»Hinzu kommt, dass euer Chef ein gutes Wort für mich eingelegt hat. Hab ihn wohl mit meiner Arbeit bei euch beeindruckt.« Ein stolzer Gesichtsausdruck begleitete ihre Worte.

»Ach, und womit bitte genau?« Andrea bremste ihren Gefühlsüberschwang. »Damit, dass ich dank dir zusammengeschlagen wurde? Oder mit deinem Auftritt als Drogenkonsumentin? Oder …«

»Stooop! Schon gut!« Theatralisch warf sie ihre Arme in die Höhe. »Gnade! Hm, wenn ich es mir so richtig überlege, vielleicht bezirze ich eher durch meine körperlichen Reize?« Sie reckte ihre Brust heraus und bewegte ihren Oberkörper tänzelnd zum Lied aus dem Radio.

»Puuuh, hör sie dir an. So selbstbewusst möchte ich auch mal sein …« Andrea sah Gian an. Der allerdings nahm das Ganze ernster: »Pass auf, noch lachst du darüber, aber Jörg ist Junggeselle und ein Schürzenjäger. Lass bloß die Finger von ihm.«

Rea lachte, und ob sie wollten oder nicht, die junge Frau setzte sie davon in Kenntnis, was ihr in den drei Tagen Einführungskurs über die Arbeit der Fachgruppen, das Zusammenwirken mit dem Schnellrichter, Unterschiede zwischen Raufhandel und Angriff, das richtige Vorgehen bei Gewalt und Drohung gegen Beamte, Stalking oder die Neuerungen in der Strafprozessordnung beigebracht worden war. Offensichtlich fühlte sie sich bereit und war motiviert, die nächsten Wochen Seite an Seite mit den zwei Männern an ihren eigenen Fällen zu wursteln.

Als hätte er an der Tür gelauscht, betrat der Chef genau in dem Moment den Raum, als Rea ihre Ausführungen beendet hatte. Er lächelte sie gewinnend an. »Wie ich sehe, bist du bereits wieder ganz daheim. Schön. Und ich habe auch gleich eine Aufgabe für dich. Komm doch später mal rüber in mein Büro.« Die beiden anderen Anwesenden traf ein Kontrollblick, und seine Stirn runzelte sich, als er Gians Computerbildschirm streifte, worauf bunte Internetseiten über Traumdestinationen flimmerten.

»Okay, mach ich«, antwortete Rea.

»Sehr gut.« Er nickte ihr ermutigend zu und fuhr, an Gian gewandt, in rügendem Ton weiter: »Und du, nehme ich an, hast noch anderes zu erledigen?«

Gian verkniff sich eine Bemerkung, schnitt aber ein nachäffendes Gesicht, sobald der Chef aus der Tür war.

»Wenn man vom Teufel spricht!« Andrea hatte das ungewöhnlich freundliche Auftreten ihres Vorgesetzten durchaus wahrgenommen, und auch Gian schlug in die gleiche Kerbe: »Nachtigall, ick hör dir trapsen … ich sag's noch einmal, pass auf dich auf, Realein.«

»Klar. Bin ja schließlich schon ein großes Mädchen. Aber was er wohl von mir will?« Sie konnte sich beim besten Willen nicht vorstellen, warum er sie in sein Büro zitierte. Er würde doch wohl nicht schon ihren ersten Fall bereit haben? Oder doch?

»Keine Ahnung, am besten du fragst ihn selber.« Durch den Anpfiff hatte Gians gute Laune einen empfindlichen Dämpfer erlitten, und er wandte sich widerwillig seiner Arbeit zu.

Mit einem Satz sprang Rea vom Tisch runter und sagte dazu: »Mach ich gleich. Nur noch kurz: Gehen wir heute Abend zusammen hin?«

»Heute Abend?« Gian schaute sie aus großen Augen

verständnislos an. Und auch Andreas Gesicht war ein einziges Fragezeichen.

»Nun sagt bloß, ihr habt euch nicht angemeldet? Mein Gott, schämt euch. Heute ist PBV-Versammlung. Und nie war es so wichtig, dabei zu sein!« Ihr Ton war eindeutig anklagend und das mit Recht, wie ihr Andrea zugestehen musste. Der Vorstand des Polizeibeamtenverbandes tat sein Möglichstes, um ihnen zu helfen, Arbeitsbedingungen zu verbessern und ihre Anstellungsverhältnisse so gut wie möglich zu gestalten. Vor allem der Präsident Karl Kündig war voller Elan, wusste sehr viel, konnte sich gut ausdrücken und brachte auf den Punkt, wo der Schuh jeweils drückte. Und im Moment passten die Schuhe überhaupt nicht, waren sie mindestens zwei Nummern zu klein. Da war die Teilnahme an der jährlichen Versammlung das Mindeste an Unterstützung, das sie leisten konnten.

»Hm, irgendwie hab ich das voll verschlampt.« Gian war das schlechte Gewissen anzusehen.

»Ja, und an der Demo wart ihr wohl auch nicht?« Der Vorwurf in ihrer Stimme war nicht zu überhören. Andrea und Gian sahen sich leicht schuldbewusst an und schüttelten den Kopf. Vor Wochen hatte das Stadtparlament über das bevorstehende Budget abstimmen müssen, und unter anderem sollten den Polizisten dringend benötigte Stellen verweigert werden. Zudem wollte man diverse zusätzliche Verbilligungen sowie Leistungsprämien, von welchen die städtischen Angestellten profitieren, streichen. Weswegen sich eine beeindruckende Zahl Uniformierter, Krankenschwestern, Ärzte, Sanitäter, Bedienstete des öffentlichen Verkehrs und Feuerwehrleute vor dem Stadthaus getroffen und gegen die Ablehnung demonstriert hatte.

»Nöö.«

»Und darf ich fragen, warum nicht?«

»Mich dünkt das alles etwas aufgebauscht. Sobald es uns ans Geld geht, rennen wir auf die Straße. Aber eigentlich geht's uns doch immer noch gut.« Andrea versuchte es mit einer lahmen Ausrede. Wie war es möglich, dass diese Frau, die fast zehn Jahre jünger war als er, ihm das Gefühl des gescholtenen kleinen Jungen geben konnte?

»Aber es ist einfach nicht richtig. Es geht um die Ungerechtigkeit. Da muss man sich doch wehren! Wenn wir uns alles gefallen lassen, wird es immer schlimmer!« Rea war in Fahrt gekommen.

»Ja, du hast recht, ich finde es auch eine Sauerei, dass sie uns die Lunchschecks nicht mehr geben! Und dass diese Stellen nicht bewilligt wurden und überhaupt, immer reißen sie uns noch mehr ab!« Gian war völlig einig mit Rea und vergaß seine Arbeit angesichts dieser drängenden Thematik wieder.

»Also, das geht ja wohl gar nicht.« Noch während sie sprach, fischte Rea ihr Handy aus der Tasche und wählte eine gespeicherte Nummer. Nach dreimaligem Läuten meldete sich jemand am anderen Ende. »Ja hallo, Karl, ich bin's, die Rea ... Ja genau ... Du, ich hab hier noch zwei Kollegen, die vergessen haben, sich für heute Abend anzumelden, was meinst du ... Super! Vielen Dank! Bis später. Ciao, bello.« An die beiden Männer, die kaum wussten, wie ihnen geschah, gewandt, meinte sie kurz: »So, alles geritzt. Er meint, für zwei fände sich schon noch ein Plätzchen. Und schließlich zählt jede Stimme.« Überrumpelt und gleichzeitig beeindruckt blickten sich Gian und Andrea an. Zweifellos, Rea war zurück, wie sie leibte und lebte. In der Tat eine Frau der Tat.

11.

Der Regen hatte die Sihl zu einer braunen Brühe anschwellen lassen, die sich nun träge durch das grüne Gras wälzte. Weit war sie über die Ufer getreten und erreichte beinahe den gelb blühenden Forsythienstrauch auf der gegenüberliegenden Seite, ein leuchtender Tupfer in greller Farbe. Sie entdeckte die ersten Weidenkätzchen an der Borte. Und ein feiner, kaum sichtbarer hellgrüner Flaum überzog die Kastanienbäume. Die zarten Knospen schlugen aus.

Auf der Allmend hielten die Krähen ihren Krähenrat. Mit lautem ›Krahkrahkrah‹ hüpften sie über die Wiese und machten sich wichtig. Frösche quakten, und spontan fiel ihr ein Text ein, den sie als Kind hatte auswendig lernen müssen: ›Diese widerlichen, Ekel erregenden Tiere sind verabscheuungswürdig wegen ihres kalten Körpers, der bleichen Färbung, des knorpeligen Skelettes, der schmutzigen Haut, der grimmigen Erscheinung, des berechnenden Auges, des anstößigen Geruchs, der misstönenden Stimme, des verwahrlosten Auftretens und des gefährlichen Giftes. Deshalb hat der Schöpfer seine Kraft an ihnen nicht vergeudet und nur wenige hervorgebracht.‹ Formuliert hatte ihn 1758 der Wissenschaftler Carl von Linné. Seine Worte hatten ihr überhaupt nicht entsprochen, sie konnte kein Tier eklig finden. Im Gegenteil, sie mochte sie alle. Was sie von den Menschen wiederum nicht behaupten konnte. Dem Tier war jegliches Werten fremd. Es trennte nicht zwischen schön und hässlich, gut und böse. Im Unterschied zum Menschen, der die Freiheit hatte, zu entscheiden. Alles was das Tier tat, hatte letztlich das Ziel, das eigene Überleben zu sichern. Beim Menschen hingegen konnte niemand so genau sagen, warum er Böses oder Gutes tat. Die Freiheit der menschlichen Beschlüsse lag im persönlichen Ermessen, und für alle anderen blieben sie daher ein oft unverständliches Rätsel.

Töten lag in der Sache der Natur, ob Mensch, Tier oder Pflanze. Um zu leben, musste auch gestorben oder getötet werden. Das Morden aus Leidenschaft, am Hochgefühl der Allmacht, aus reiner Grausamkeit, Spannung, um der Monotonie des Alltags zu entfliehen, sich von Zwängen und Grenzen zu befreien oder einfach nur, weil einem jemand lästig war, überließ das Tier dem Menschen. Wobei ein Verlangen nach Vernichtung womöglich in der Veranlagung aller Kreaturen lag. Der zufriedene Gesichtsausdruck eines Orcas, wenn er Seehunde durch die Luft warf, das verspielte Gebaren der Katze, die die Maus quälte, bevor sie sie tötete, der Blutrausch eines Fuchses, der im Hühnerstall nicht mehr aufhören konnte zu beißen, das alles konnte allenfalls im weitesten Sinn unter Vergnügen laufen.

Dieses uralte Erbe, dieser Gefallen am Zerstören, am Quälen konnte doch bereits an Kleinkindern beobachtet werden. Die Lust daran, etwas kaputt zu schlagen, zu sehen, wie man jemandem wehtun konnte – wie oft hatte Hanna es an ihrem eigenen Nachwuchs festgestellt.

Manchmal kam es ihr vor, als hätte man das in der überzivilisierten Schweiz vergessen. Als dürfte in diesem blitzsauberen Land nichts Böses oder Schlechtes passieren. Man hatte alles im Griff, wollte die absolute Kontrolle. Verständnis brachte man auf für Töten aus einer Notlage, aus Rache, Eifersucht, Mitleid oder Gier.

Aber das wirklich Böse anerkannte man nicht. Das durfte es nicht geben. Wenn etwas Schreckliches passierte, musste es eine Erklärung dafür geben. Als gäbe es keine schlechten Menschen. Zwanghaft wurde beschwichtigt oder weggeschaut.

Solange nachvollziehbare Gründe vorhanden waren, durfte man ein Ende setzen. Aber einfach so, weil sich die Gelegenheit bot, weil man es wollte und konnte, nein, das war unmöglich. Undenkbar in einer Welt voll schmucker Einfamilienhäuser mit bunten Geranien vor den blitzenden Fenstern, einer Welt voll aufgeklärter, gebildeter Menschen, einer Welt voll sauberer Seen und verschneiter Berge.

Ganz gewöhnliche Menschen, denen es gut ging, beendeten nicht ohne einen wirklich triftigen Grund Leben. Der Mensch war von Natur aus gut, unschuldig. Eine angeborene Neigung zum Bösen wurde nicht einmal in Betracht gezogen. Dass das Böse eine eigene Kraft sein könnte, nicht nur fehlgeleitetes Tun, das wollte nicht in diese ignoranten Köpfe. Irgendwo lagen die Ursachen, gab es die schlechten Umstände, die eine Tat entschuldbar machten.

Im Prinzip war das natürlich nicht nur in der kleinen Schweiz so, sondern in der ganzen sogenannten zivilisierten westlichen Welt.

Man verstand nicht, wie gefährlich dies war und man sich so dem Bösen auslieferte. Sie konnte es nicht mehr hören, die falsch eingeschätzten Motive, der Glaube, dass das Böse heilbar sei.

Hanna schüttelte den Kopf.

Das Böse konnte man nur abschaffen, wenn man den Menschen abschaffte. Sie war davon überzeugt, dass es Menschen gab, auf die die Welt ohne Weiteres verzichten konnte. Menschen, die unnütz, überflüssig, sogar schädlich waren. Verschwanden sie, gab es letztlich etwas weniger Schlechtes auf der Welt, wurde sie zu einem besseren Platz.

Diese Einsicht hatte sie vielleicht härter gemacht, vielleicht aber auch ganz einfach realitätsnaher.

Ein junger Mann überholte sie. Der Jogger erinnerte sie an Jonas, die gleiche Figur, die dunklen Haare. Hanna lächelte. Wie schön, dass sie ihn näher kennengelernt hatte. Was hatte sie sich geärgert im Februar, als sie auf dem Eis ausgerutscht und sich den Fuß verstaucht hatte. Jonas war ihr als Hilfe zugeteilt worden. Anfangs hatten sie nicht viel gesprochen. Bis er sie eines Tages auf die Worte ›Für die Natur‹ auf der Fotografie angesprochen hatte. Sie hatte ihm erklärt, warum das Bild mit den Worten so wichtig für sie war und warum es da stand. Nämlich, um ihr Leben stets wieder in die richtigen Relationen zu setzen, um es immer wieder ins Lot zu bringen. Das schien ihn zu faszinieren. An welche Natur sie denn speziell denke, hatte er wissen wollen. Und Hanna hatte zu erzählen begonnen. Von ihrem Leben in Afrika.

Kenia hatte sie zuerst aus der Luft gesehen. Sie waren nicht allzu hoch geflogen, und sie hatte ihre Nase platt ans Flugzeugfenster gedrückt. Deutlich hatte sie kleine Eingeborenendörfer erkannt, weite grüne Flächen, braune Pisten – waren das Straßen? Wie Narben zogen sie sich durch die ansonsten unversehrte Landschaft.

Das Flughafengebäude in Mombasa war schattig und beinahe kühl gewesen. Als sie allerdings Pass- und Zollkontrolle erledigt hatten und ins Freie traten, war sie auf der Treppe stehen geblieben und hatte nach Luft geschnappt. Nicht nur der sengenden Mittagsschwüle und des gleißenden Lichtes wegen. Dieses Gewimmel! Ein Durcheinander an Bewegungen, Gerüchen und Geräuschen hatte sie empfangen. Geblendet hatte sie nach ihrer Sonnenbrille gesucht und sie sich auf die Nase gesetzt. Allein die Pflanzen waren überwältigend: leuchtend rote, gelbe, pinke Farbkleckse. Die meisten waren ihr unbekannt, vereinzelte wie Hibiskus, Bougainvillea und Weihnachtssterne meinte sie zu erkennen. Und dann die Menschen. Schwarze Afrikaner, die Frauen in wunderschön bunt bedruckten Röcken, braune Araber in weißer Kleidung, Inder mit Turbanen und Inderinnen in anmutigen Saris. Sie bewunderte die afrikanischen Frauen mit ihren Lasten auf dem Kopf. Barfuß, aber wie elegant in ihrer Haltung. Mit dem Taxi fuhren sie in ihr Hotel. Ein weißes Gebäude, wieder mit herrlichsten Blumenrabatten vor dem Eingang, einer kühlen Lobby, wo man sie mit einem erfrischenden Fruchtsaft erwartete. Viele lächelnde schwarze Gesichter über blütenweißen Uniformen.

Nach einer wohltuenden Siesta war sie auf den Balkon getreten. Alles erschien ihr seltsam unwirklich, wie ein Traum. Sie, die kleine Hanna Bürger, mitten in Kenia, vor sich schlanke Palmen, die ihre grünen Fächer in den azurblauen Himmel reckten. Und dahinter war das tatsächlich nur Himmel? Nein, etwas dunkler – das Meer! Und was sie hier sah, war weder das Mittelmeer noch die Adria oder der Atlantik, sondern der Indische Ozean!

Am nächsten Tag fuhren sie in die Stadt und unter den zwei überdimensionalen Stoßzähnen – zwei riesige Bogen spannten sich über die Hauptstraße Mombasas, die ›Kilindini Road‹ – durch. Auch eine Schule bekamen sie zu Gesicht, einen Haufen Kinder in einem staubigen Kellerraum. Natürlich gehörte ein Besuch auf dem quirligen Markt dazu, wo sie von unzähligen Straßenhändlern angesprochen und umringt wurden. Ein farbiger Vormittag in dieser merkwürdig zusammengewürfelten Gesellschaft. Und so heiß, so wahnsinnig heiß! Schlussendlich waren es aber weder die Hitze noch die Sehenswürdigkeiten, die sich ihr am meisten eingeprägt hatten. Nicht der Hafen oder das alte ›Fort Jesus‹, auch nicht der indische Jain Tempel. Nein, was wirklich in ihrer Erinnerung haftete, waren diese schreienden Gegensätze. Auf der einen Seite diese mageren, elenden Bettler. Ausgemergelte Geschöpfe, die auf dem brütend heißen Gehsteig stumm dasaßen, mit ihrem Blechnapf vor sich, in die Geldstücke nur spärlich geworfen wurden. Verkrüppelte Wesen, die sich nur kriechend fortbewegen konnten oder sich auf den Händen mühsam von der Stelle rührten. Und wenige Schritte entfernt ein Luxushotel, hinter der nächsten Straßenecke Geschäfte mit Kostbarkeiten aus Leder und Elfenbein, Gold und Silber. Diese Schere, dieses Ungleichgewicht hatte ihr ein schlechtes Gewissen verursacht, und das dicke Fell war erst mit den Jahren gewachsen.

Nach zwei weiteren Tagen kamen sie mit dem Zug und viel Verspätung an einem grauen, regnerischen Morgen in Nairobi an. Die Nacht im Abteil war mit Abstand das Stickigste, was sie jemals erlebt hatte. Fenster und Türgriffe waren so niedrig, dass man sich bücken musste, um sie zu öffnen oder hindurch zu gucken. Später hatte sie erfahren, dass es sich um eine japanische Konstruktion handelte. Wieder war alles spannend und exotisch für sie gewesen. Weiß, Schwarz und Braun durcheinander, arabische Kinder, Moslemfrauen, eine Gruppe Inder. Aber die Nacht in dem kleinen, engen Schlafabteil war einfach furchtbar. Sie hatte kaum geschlafen, nicht nur der Hitze wegen. Irgendwann hatte sie es nicht mehr ausgehalten. Sie war aufgestanden, in den Korridor getreten und hatte dem gleichmäßigen Rattern des Zuges gelauscht. Wie ein abgeschossener Pfeil waren sie durch die afrikanische Nacht gesaust. Noch nie war sie Teil einer so multikulturellen Vielfalt gewesen. Aber statt eines Zusammengehörigkeitsgefühls machte sich plötzlich Angst breit. Sie fühlte sich fremd, und während sie in die unbekannte Finsternis hinaus starrte, hoffte und wünschte sie sich, dass die Entscheidung, hierher gekommen zu sein, richtig gewesen war. Dass alles gut kommen möge.

Es wurde langsam hell. Aber der Himmel war grau, ein trostloses, hoffnungsloses Grau, das ihre Stimmung nicht aufzuhellen vermochte. Dann aber vergaß sie für einen Moment ihre Furcht vor der ungewissen Zukunft. Nur wenige Meter vom Zug entfernt stand eine Gruppe Zebras! Gleich darauf sahen sie ein flaumiges Straußenpärchen und dann die lustigen kleinen Warzenschweine, die ihre Schwänze kerzengerade in den Himmel reckten, sobald sie auf der Flucht waren. Der Anblick der Tiere schaffte es, den Funken erneut zu entfachen. Sie fasste wieder Mut und freute sich auf das bevorstehende Abenteuer. Irgendwann hielt der Zug direkt vor ein paar Wellblechhütten. Das Leben spielte sich bis just an die Geleise ab. Sie beobachtete, wie eine Frau in einer Pfanne über offenem Feuer Küchlein frittierte. Magere Kinder kamen angesprungen, streckten ihre kleinen Hände bettelnd in die Höhe, einige liefen direkt zum Speisewagen. Aber als Hanna ihre Guetzlipackung hervorzauberte, standen plötzlich alle bei ihnen. Es hatte ihr wehgetan, zuzuschauen, wie sich die Kleinen um das Wenige stritten und sie ihnen nicht mehr geben konnte. Und gleichzeitig sagte sie sich, dass sie in Zukunft vielleicht eher würde helfen können und nicht immer so machtlos wäre wie als Fahrgast an einem Abteilfenster. Oder als Touristin in einer Stadt.

Als Hanna nicht mehr weitersprach, hatte Jonas schließlich gefragt: »Und, konnten Sie?« Hanna schien aufzuwachen, Unverständnis hatte sich auf ihrem Gesicht gezeigt, als wüsste sie nicht, wo sie war oder wer da vor ihr stand. Allerdings nur kurz, sofort hatte sie sich gefasst und ihr stilles Lächeln gelächelt. »Das werde ich Ihnen ein andermal erzählen. Sie müssen jetzt bestimmt weiter.« Damit hatte sie auf ihre Türe gedeutet. Jonas hatte sich verabschiedet und Hanna alleine gelassen.

Was damals mit einer zaghaften Annäherung begonnen hatte, hatte sich zu einer richtigen Freundschaft entwickelt. Und Jonas hatte schließlich fast täglich einen Grund gefunden, um sie besuchen zu können. Hanna freute sich darüber. Oft waren seine Besuche nur kurz, er kam, um ›Hallo‹ zu sagen, erkundigte sich, ob sie etwas wünschte und wie es ihr ginge. Aber bisweilen ließ es sich einrichten, dass er einer ihrer Erinnerungen lauschen konnte.

Zwischenzeitlich war ihr Fuß längst wieder in Ordnung, und sie konnte ihre regelmäßigen Märsche in gewohnter Frische machen. Dennoch war das heute für eine Weile der letzte gewesen. Morgen begann das kleine Theater. Morgen, oh Gott, war morgen bereits wieder Donnerstag? Und damit der obligate Besuch ihrer Schwiegertochter fällig? Das hatte ihr gerade noch gefehlt …

12.

›Der Aufstand der Stadtpolizisten‹, ›Die Polizei spielt mit
dem Feuer‹, ›Die Polizisten drohen mit Streik‹. Die Titel
sprangen ihn an. Wie gewöhnlich war Andrea als Erster im
Büro. Die Zeitung lag ausgebreitet vor ihm. Fast hätte er
sich den Mund am heißen Espresso verbrannt. Da waren
sie auf Seite 1, 2 und 17. Headlines. Und dies im doch eher
moderaten Tagesanzeiger. Jaja, hätten sie nur alle früher
reagiert. Es hätte niemals so weit zu kommen brauchen.

Ein bisschen hatte er an der PBV-Versammlung ja schon
gestaunt, dass, abgesehen von einer Handvoll Gegenstim-
men, alle 420 Anwesenden geschlossen für die Kampfmaßnahmen waren.

Eigentlich betrafen ihn in der Kripo all die Probleme
nur am Rande, mit denen die Kollegen in der Uniform
kämpften. Aber für ihn war klar gewesen, dass er sich mit
ihnen solidarisierte, wie der Rest der Detektive, Fahnder
und Fachgruppenspezialisten ebenfalls. Immerhin waren
sie doch so etwas wie eine Familie, und vielleicht schaff-
ten diese Probleme, was bisher unmöglich schien. Nämlich
die verschworene Gemeinschaft zu werden, die sie nach
außen vorgaben, im Innern aber keinesfalls waren. Ein
jeder wirtschaftete für sein eigenes Gärtchen, und wehe
dem, der sich traute, dazu etwas zu sagen oder vielleicht
gar etwas besser zu wissen meinte.

Die Firma war hierarchisch geordnet, und der Vergleich
mit einem vom Mann beherrschten Familiengefüge nicht so
arg weit hergeholt. Und wie war es denn in einer Familie?
Brüder und Schwestern stritten sich, Onkel und Tanten gin-

gen einem unglaublich auf die Nerven, man fühlte sich von Mutter oder Vater vernachlässigt, und doch, wenn's hart auf hart kam, hielt man zusammen. Im Moment standen die Zeichen zwar auf Sturm, sah es nach Streit mehr denn nach Versöhnung aus, man sah sich an der Basis gezwungen, unkonventionelle, kompromisslose Vorgehensweisen zu ergreifen. Aber es würde sich hoffentlich zeigen, dass man sich zusammenraufen konnte und Lösungen zu finden bereit war. Vorerst allerdings war man bereit, drastisch zum äußersten Mittel zu greifen.

Ab dem 15. April würden die Stadtpolizisten in einen kollektiven Streik treten, für 60 Tage. Man hatte beschlossen, nur noch Dienst nach Vorschrift zu leisten und Überstunden nicht mehr zu akzeptieren. Was so viel bedeutete, dass die Polizisten pünktlich Feierabend zu machen planten. Eine Anzeige kurz vor Dienstschluss würde warten müssen und auf die spätere Schicht vertröstet werden. Ebenso Fälle auf der Straße sollten konsequent abgegeben werden, sollten sie in die Wechselzeit fallen. Was unangenehme Wartezeiten für die Kundschaft zur Folge, aber letztendlich keinen Einfluss auf die effektive polizeiliche Arbeit haben würde. Außerdem wollte man sich während der zwei Monate auch nicht mehr rasieren. Die Unzufriedenheit sollte sichtbar, Einigkeit demonstriert und mit einer Stimme aufgetreten werden. Vermutlich klang alles dramatischer, als es in Wirklichkeit war. Und wenn er da in der Zeitung las, dass Pflichterfüllung nicht verhandelbar war und schon gar nicht bei der Polizei, dass die Aufrechterhaltung von Ruhe und Ordnung in Gefahr sein sollte, so war das einfach lächerlich. Der Streik hatte im besten Fall Symbolkraft.

Man hatte sich endlich wehren müssen, und zwar so, dass man gehört wurde. Das war in Ordnung. Immer mehr hatte man den Polizisten aufgehalst und die Bedingungen im Gegenzug nicht verbessert, sondern noch verschlechtert. All die zusätzlichen Ordnungsdienste, die in letzter Zeit der gewaltbereiten Fußballfans wegen geleistet werden mussten. Die 24-Stunden-Spaß-Gesellschaft, die größeren Alkoholkonsum und aggressiveres Verhalten zur Folge hatten. Die Polizisten arbeiteten jede fünfte Nacht durch und machten an vier von fünf Wochenenden Dienst. Als das Stadtparlament im Frühling also auch noch das Budget und damit die dringend benötigten zusätzlichen Polizeistellen abgeschmettert hatte, war ihnen der Kragen endgültig geplatzt. Diese Enttäuschung war der Tropfen gewesen, der das Fass endgültig zum Überlaufen gebracht hatte. Aber gebrodelt hatte es schon lange. Die Vorgesetzten hatten einfach nicht begriffen, wie ernst die Lage geworden war und wie unzufrieden die Mitarbeiter seit Längerem schon waren.

»Guten Morgen. Aha, du hast es also auch gelesen.« Rea betrat zackig das Büro, startete ihren mittlerweile organisierten Computer und war offensichtlich in Kampfstimmung. »Habe ich nicht immer gesagt, es gibt Wichtigeres als den Hut auf dem Kopf oder ob am Hemd ein oder zwei Knöpfchen offen sind? Aber solange sich der Boss für solche Dinge interessiert, statt sich für effektive Probleme einzusetzen, musste es ja so kommen.«

»Im Militär gibt es da einen guten Spruch: Jeder macht, was er kann.«

»Jaja, jedem das Seine. Während die einen Autofahrer kontrollieren, machen andere Jagd auf Illegale. Die dritten haben sich spezialisiert auf Prostituierte, und die vierten genießen ihre Aussicht auf das Limmatquai und verzeigen ihre eigenen Leute, indem sie die Polizisten verpfeifen, die ihren Reviergang durchs Fahrverbot drehen. Es liegt mir ja nichts ferner, als zu werten, und ich kann auch gar nicht beurteilen, was denn nun am anspruchsvollsten ist, wir haben halt alle verschiedene Aufträge und es ist doch wunderbar, dass jeder seinen Fähigkeiten entsprechend eingesetzt werden kann und sich hoffentlich an dem Platz befindet, an dem er höchste Befriedigung findet.« Die Ironie in ihrer Stimme war nicht zu überhören, weitaus ernsthafter fuhr sie aber seufzend fort: »Leider ist nur niemand da, der sieht, dass wir in Administration ersticken, uns der Ordnungsdienst auffrisst und die Überzeit gar nicht mehr kompensiert werden kann, weil wir zu wenig Leute haben, um den Dienst aufrecht erhalten zu können. Da muss man sich nicht wundern, wenn es so herauskommt.«

»Da komme ich ja gerade richtig. Guten Morgen.« Die Bürobesatzung war mit Gian nun vollzählig. Er sah den Tagesanzeiger auf Andreas Pult und meinte lakonisch: »Vielleicht geht ihnen ja nun endlich, endlich auf, wer tatsächlich arbeitet und wer sich nur wichtig macht.«

»Mit ewig neuen Projekten und Abteilungen«, ergänzte Rea und fuhr noch weiter: »An der Wurzel brauchen wir Verstärkung und keinen aufgeblähten Stab!«

Gian antwortete: »Richtig. Haben sie uns nicht gezwungen, so zu reagieren? Sonst passiert einfach nichts.«

»Doch es passiert schon was, aber nicht das, was wir wollen«, murmelte Rea. Dazu las sie die Titel aus dem Tagesanzeiger und lauter entfuhr ihr: »Wenn ich das schon höre: ›Es bricht die Anarchie aus!‹ Als ob wir es nicht mit verantwortungsbewussten Bürgern zu tun hätten! Nur weil die Polizisten mal nicht mehr bereit sind, länger zu arbeiten, heißt das doch nicht, dass die Menschen jetzt nur noch Verbotenes tun! So ein Schwachsinn. Der eine oder andere wird etwas länger warten müssen, bis er seine Sorgen los wird, aber deswegen bricht die Stadt nicht zusammen. Und wer weiß, vielleicht gibt es sogar Mitmenschen, die sich ein bisschen mehr Mühe geben werden? Versuchen, etwas zu vermeiden, ja eventuell lernen sie sogar, wieder miteinander zu reden, ohne dass sie immer sofort nach einem uniformierten Schiedsrichter schreien? Es ist doch wie in der Schule, genauso wie die Schüler nicht für den Lehrer lernen sollen, müssen sich die Bürger für die eigene Sicherheit an das Gesetz halten und nicht, weil der Polizist dasteht und aufpasst. Je mehr wir uns einmischen und je mehr sie sich auf uns verlassen, umso schlimmer wird's.«

»Glaubst du? Ist das nicht ein bisschen arg naiv? Ich denke …«

Andrea verließ hier die Arena und verabschiedete sich von den beiden, um im ›Abendrot‹ Hanna Bürger zu treffen. Er musste wissen, wie weit ihre Vorbereitungen schon gediehen waren. Eigentlich hätte er sie ja anrufen können, aber das Alterszentrum lag keine Viertelstunde zu Fuß vom Büro entfernt, und der herrliche Frühlingsmorgen ließ sich für einen Reviergang nutzen. Die Seestraße lag gerahmt von weiß blühenden Kirschbäumen vor ihm. In einem Windstoß tanzten Blütenblätter wie Schneeflocken auf den Gehsteig. Selbst die Agglomerationspendler schienen es für einmal nicht eilig zu haben und standen geduldig im allmorgendlichen Stau. Wie grün Zürich hier war. Was für ein anderes Quartier als der Kreis 4, wo er vorher gewohnt oder der Kreis 9, in dem er seine Kindheit verbracht hatte. Man hätte denken können, in einer völlig anderen Stadt zu sein.

Er war noch früh dran und entschied sich auf dem Hügel, der Bürglistraße zu folgen und so einen kleinen Umweg einzulegen. Unglaublich, hier inmitten der Stadt weideten Schafe am Fuße eines Weinberges, auf dessen höchstem Punkt eine herrschaftliche Villa thronte. Hm, wer da oben wohnte, hatte gewonnen. Bei der exponierten Kirche Enge ließ er sich spontan von seiner Eingebung leiten und folgte linkerhand dem Felsenkellerweg. Hatte er den Fußweg je vorher gesehen? Er konnte sich nicht erinnern. Unten kam er an die befahrene Beder-Straße, und fertig war es mit dem fast ländlichen Ambiente. Weiter ging's vorbei am Bederhof. Hier hatte er im letzten Jahr einiges erlebt und seine Beziehung mit Rebecca sozusagen ihren Anfang genommen. Er lächelte, als er daran dachte, wie wütend sie geworden war, als er sie in die Ermittlungen eingeweiht hatte. Die Beder-Bar war nach wie vor ihre Stammkneipe, und sie war dabei geblieben, sich den Frühstückskaffee hier zu gönnen, wenn er arbeiten musste. Links bog er in die Engimattstraße ein. Das Alterszentrum stand behäbig und eigentümlich schmucklos vor ihm. Hanna Bürgers Zimmer im 4. Stock war nach Nordosten ausgerichtet. So hatte sie zwar keine Abendsonne, aber der Morgen und die Aussicht waren spektakulär. Auf ihrem Balkönchen blühten rosa die japanische Kirsche und irgendein Strauch mit feinen weißen Blütenbällchen, er hatte keine Ahnung, worum es sich dabei handelte.

Als er mit dem Lift den obersten Stock erreichte und bei ihr klopfte, wurde er bereits mit guten Neuigkeiten erwartet. Hanna hatte alles in die Wege geleitet. Es war einfach gewesen, die erneut Verunfallte zu spielen. Man hatte ihr abgenommen, dass sie ungeschickt gestolpert war und ihr Fuß leider wieder schrecklich schmerzte, weswegen sie von Neuem auf Hilfe angewiesen war. Man war verständnisvoll und hilfsbereit. Hanna war davon überzeugt, dass es nicht lange dauern würde, bis die Diebin zuschlug. Sie glaubte nach wie vor daran, dass es eine der Frauen sein musste. Vermutlich hatte sie sogar einen Verdacht, teilte ihn Andrea aber nicht mit, und das war auch nur eine vage Vermutung von ihm. Jedenfalls hatte sie Berti, Silvia, Lucia und Jonas davon in Kenntnis gesetzt, wie viel Geld sich momentan in ihrem Tresor befand, und dass sie gedankenlos irgendwo ihren Schlüssel verlegt hatte. Aber das brauchte ja niemand zu wissen, hatte sie jeweils verschmitzt hinzugefügt und war dann unschuldig auf ein unverfängliches Thema gekommen. Lucia hatte ihr sogar geholfen, den Schlüssel zu suchen, aber Hanna hatte ihn so gut versteckt, dass dieses hoffnungslose Unterfangen von vornherein zum Scheitern verurteilt war. Silvia hatte Hanna leise gerügt und gemeint, es sei sehr leichtsinnig, so viel Geld ungeschützt im Zimmer zu lassen, sie solle es doch der Heimleitung zur sicheren Aufbewahrung geben. Was Hanna dankend ablehnte. Berti wiederum hatte Hanna in ihrem vertrauensvoll naiven Glauben unterstützt. Jaja, im Heim müsse sie bestimmt keine Angst vor einem Dieb haben, hier seien doch alle ehrlich. Jonas schien sich nicht für das Geld zu interessieren und war mit seinen Gedanken woanders gewesen. Er hatte überhaupt nicht reagiert und war nicht auf ihre Bemerkung eingegangen. Wessen Strategie stellte nur das perfekte Tarnspiel dar, und wer wollte sein Opfer in falscher Sicherheit wiegen? Man wusste es nicht, durfte aber gespannt sein. Dass gestern außerdem ihre Schwiegertochter auf Besuch gewesen war, und Hanna sich leider auch noch eine Moralpredigt von ihr hatte anhören müssen, war reichlich überflüssig gewesen. Sie hatte sie aber mit stoischer Ruhe über sich ergehen lassen. Dinge, die sich nicht ändern ließen, musste man eben hinnehmen.

Sie verblieben so, dass sich Hanna bei Andrea melden wollte, sobald sich etwas an der Situation geändert hatte. Derweil lagen die mit Paraffin und Silbernitrat präparierten Geldscheine bereit für die Hauptrolle, die sie im kommenden Stück spielen sollten. Darauf wartend, wer ihnen einen auffliegenden Auftritt mit schwarzen Folgen bescheren würde.

13.

Das Geld war weg. Hanna hatte es soeben bemerkt. Freitagabend, wie unpassend. Sie wollte diesem netten, jungen Detektiv nicht die Vorfreude auf das Wochenende verderben. Sicher hatte er eine hübsche Freundin, mit der er den Feierabend genießen wollte. Außerdem war er doch heute Vormittag erst hier gewesen. Die Meldung hatte bestimmt Zeit bis morgen. Dann allerdings würde sie ihn anrufen müssen, das ganze Wochenende konnte sie schlecht warten. Sie würde nichts berühren und im Notfall konnte sie immer noch lügen und sagen, dass sie den Diebstahl erst morgens entdeckt hatte. Was sie unter normalen Umständen auch getan hätte. Aber Jonas war zu Besuch gekommen. Er hatte sie um eine Fortsetzung ihrer Geschichte gebeten, sodass sie die Schachtel mit den alten Bildern aus dem Schrank geholt hatte und dabei ganz zufällig bemerkte, dass die Geldscheine nicht mehr an ihrem Platz waren.

Jonas hatte sich ans Fenster gesetzt. Sie war bequem im Polsterstuhl gesessen und hatte in den alten Fotografien geblättert. Wo waren sie stehen geblieben? Ach ja, richtig. Ihre erste Safari überhaupt.

Man wollte es versuchen, trotz schlechter Bedingungen. Es war kühl – immerhin lag Nairobi so hoch wie Mürren im Berner Oberland mit seinen 1600 Metern über Meer. Sie erinnerte sich an Samuel, den Fahrer. Ein dürrer Afrikaner, nicht mehr jung, aber mit einem Paar aufgeweckter Augen in seinem faltigen Gesicht.

Der Asphalt war nass, und Samuel fuhr vorsichtig und aufmerksam. Bevor sie die befestigte Ausfahrtstraße verließen, hatten sie bei einem kurzen Stopp tief in den ›Großen Graben‹ hinunter schauen können. Wirklich eindrucksvoll, wenn man sich vorstellte, dass sich hier mehr als 6000 Kilometer ausdehnten. Vom Jordantal über das Rote Meer, das Hochland Äthiopiens und Ostafrikas bis nach Mosambik. Vor geschätzten 35 Millionen Jahren hatten unvorstellbar gewaltige Kräfte aus dem Erdinnern und das Mahlwerk der Kontinentalplatten eine einzigartige Landschaft mit einer Fülle an abwechslungsreichem Leben geschaffen, die ihresgleichen suchte. Mit dem Rift Valley hatte die Natur ein Monument für die Welt geschaffen.

Ohne allzu große Schwierigkeiten erreichten sie das erste Massaidorf. Danach wurde die Straße stetig prekärer. Und bevor sie ganz in Lehm und Schlamm stecken bleiben konnten, entschloss sich Samuel dazu, Schneeketten zu montieren. Die eigneten sich also nicht nur für winterliche Verhältnisse, sondern konnten auch in Äquatornähe gute Dienste leisten. Paul schaute Samuel auch andere Tricks ab. So hatte ihr Fahrer zusätzlich zu den technischen Hilfsmitteln eine merkwürdige Fahrweise entwickelt. Ging es aufwärts, riss er das Steuer von links wieder hart nach rechts und zurück, jedes Mal wurde ein halber Meter gefahren. In dieser Zickzacktechnik kamen sie immerhin vorwärts, wenn auch im Schneckentempo.

Sie hatte keine Ahnung, wie lange sie so holpernd gefahren waren, als Samuel plötzlich auf die Bremse trat und mit dem Finger nach vorne zeigte. Ja, da! Keine zehn Meter von ihnen entfernt ragte ein langer Hals direkt aus einem Busch. Eine Giraffe! Sie wagten sich noch ein Stück näher, bis sie diesen Eiffelturm aus Fleisch und Blut und glänzendem, herrlich gemustertem Fell in seiner ganzen überwältigenden Pracht sehen konnten. Die Giraffendame ließ sich nicht stören von den lächerlichen kleinen Zweibeinern in ihrem Blechkästchen. Aber irgendwann hatte sie genug gefressen und verschwand in wiegendem Galopp außer Sichtweite.

Dornige Sträucher und zwergenhafte Bäumchen säumten die Straße, die noch schlechter wurde. Lehm wechselte sich ab mit Steinen. Tote Baumstümpfe, von der Sonne ausgebleicht, vom Wind ausgetrocknet und vom Regen ausgewaschen, standen farblos trotz aller Lebensfeindlichkeit dennoch unsterblich im hohen Gras. Sie erreichten eine kleine Anhöhe und legten eine kurze Pause ein. Als wären es lustige Sommersprossen in einem Gesicht, einem fröhlichen, freundlichen Gesicht, breiteten sich dunkelgrüne Bäume und Büsche im hellgrünen Gras vor ihnen aus. Überhaupt, wie grün und saftig das alles war. Eigentlich hatte sie es sich gelber und trockener vorgestellt.

Als sie weiterfuhren, beobachteten sie wenige Meter von der Straße entfernt mächtige Kaffernbüffel, die sich in einem Wasserloch wälzten. Sie waren so verkrustet, dass sie beinahe nicht vom Dreck unterschieden werden konnten. Etwas weiter ein Straußenpaar, wie flauschige Federbälle, aus denen ein langer dünner Hals wuchs. Der Hahn in seinem schwarz-weißen Kleid und die bescheiden graubraune Henne. Noch immer kamen sie nicht schnell vorwärts, und allmählich wurde es dunkel. Die afrikanische Nacht begann über sie zu kriechen, kam hervor aus dem Nichts. Von unten, von oben, von überall. Und kurz bevor die absolute Schwärze von ihnen Besitz ergreifen konnte, tauchte zum Glück aus dem Dunkel etwas auf – ein festes Etwas, von Menschenhand errichtet. Warme Lichter, bewegte Schatten. Ihre Unterkunft für die Nacht.

Als sie am nächsten Vormittag erneut ins Fahrzeug stiegen, drehte Samuel kühn das Steuer und verließ den Weg. Diesmal fuhren sie durch das Gras, direkt in die verheißungsvolle Savanne hinein. Immer wieder standen urplötzlich Gazellenherden vor ihnen. Bezaubernde kleine Thomsongazellen mit dem zierlichen Gehörn und den schwarzen Längsstreifen an den Flanken. Kein Wunder galt die Gazelle als Sinnbild der Anmut. Hanna beobachtete geduldig und wurde dafür belohnt. Oft entdeckte sie die gut getarnten Vier- und Zweibeiner als erste. Wie die Impalas unter den Bäumen, auf deren rot-gold-braunen Rücken Licht und Schatten spielten. Männchen und Weibchen standen getrennt, vielleicht 20 bis 30 Weibchen, zum Teil mit ihren Jungen – dann die Böcke mit ihrem wunderschönen Gehörn. Die Tiere waren nicht scheu. Sie ästen ruhig weiter, hoben höchstens für einen Augenblick die Köpfe, beäugten das Fahrzeug und fraßen dann weiter.

Überwiegend saß sie schweigend im Auto. Es hatte etwas Meditatives, das gleichmäßige Geräusch des Motors, das Schaukeln, die wunderbare Landschaft. Bis sie wieder aus ihren Tagträumen gerissen wurde. Da vorn, war das ein Fels? Nein, es bewegte sich und nahm plötzlich eine wohlbekannte Form an. Sie erkannte den Rüssel, die langen, prachtvollen Stoßzähne und enormen Ohren. Wieder konnten sie dem wilden Tier so nah kommen, dass sie hören konnten, wie der Elefant das Gras ausrupfte und genüsslich in sein Maul stopfte. Kauend stand der Koloss da. In erhabener Einsamkeit, der König seines Reichs, Herr über unzählige Kilometer Savanne. Ein Konzentrat an Gewicht und Kräften, das trotz oder vielleicht wegen seines Ausmaßes und der riesenhaften Überlegenheit eine gemütlich gelassene Behäbigkeit ausstrahlte, ja fast freundschaftlich wirkte.

Weiter fuhr Samuel tollkühn über das hügelige Gelände, zwang den Wagen durch Vertiefungen und Wasserläufe. Ab und zu hielt er an, um die Gegend mit dem Feldstecher abzusuchen. Sie erinnerte sich an eine Löwin. Eine Löwin ohne Gitter, ohne Schutzgraben – nur ein paar Meter von ihnen entfernt. Ein Baumstamm wuchs eine kurze Strecke am Boden entlang und bot der Großkatze damit ein willkommenes Bett. Sie hob ihren Kopf, drehte ihn ein Stück, gähnte herzhaft, legte ihn auf die gewaltigen Vorderpranken und schloss die Augen.

Als sie dann nebst einer riesigen Herde Gnus, begleitet von ihren Zweckfreunden, den Zebras – Gnus konnten gut riechen, Zebras gut sehen – und einigen Giraffen auch noch eine ganze Pavianfamilie sahen – Samuel nannte sie Baboons –, da fanden sie, dass dieser Vormittag ihnen ein gerüttelt Maß an Glück gebracht hatte.

Hanna war müde geworden, obwohl es immer schön war, sich zu erinnern. Aber das war alles schon zu lange her, und dazwischen so vieles andere geschehen. Sie entfernte die Brille von der Nase und wollte sich hinlegen.

Sie war erschöpft. Ob er wohl so gut wäre? Natürlich. Er nahm ihr die Bilder und Bücher vom Schoß, warf einen letzten Blick darauf und legte sie sorgfältig zurück in die Schachtel. Dann half er ihr, stützte sie, damit sie ins Bad gelangen konnte, und wartete diskret draußen, bis sie fertig war. Sie legte sich ins Bett. Er zog die Vorhänge zu und deckte sie sanft, fast liebevoll zu. Einen Moment glaubte sie, er würde ihr einen Gute-Nachtkuss geben, wie man es bei kleinen Kindern tat. Er lächelte sie aber nur liebevoll an und verließ dann schweigend das Zimmer.

Lala salama. Gute Nacht.

14.

»Nachdem es nun seit einer Woche fast sommerlich warm ist, habe ich meinem Mann erlaubt, die Grillsaison zu eröffnen.« Kathrin tippte mit dem Messer dezent an ihr Weinglas, und ein helles Klingeln ließ alle Gespräche verstummen. Man saß auf der hauseigenen Terrasse, und das traditionelle Grillfest stand bevor. Wie in jedem Jahr hatte sie es gemeinsam mit dem Schweden Hendrik und der Deutschen Jutta vorbereitet. »Alle, die seit Jahren mit uns feiern, wissen selbstverständlich längst, dass das Lieblingstier meines Göttergatten totes Fleisch auf dem Rost ist. Sobald die ersten wärmenden Frühlingssonnenstrahlen das Herz erfreuen, muss er den rostigen Grill entstauben, und am liebsten hätte er ihn schon vor einer Woche angeworfen. Seinen gierigen Raubtierblick sähe ich gerne manchmal in einer anderen Situation, aber er erscheint vor allem dann, wenn es nach rohem Fleisch riecht. Kai bekommt die glasigen Augen eines Süchtigen, sobald er die Flammen sieht, und die Grillzange ist sein attraktivstes Werkzeug. Jaja, so ein Exemplar habe ich daheim. Nicht, dass dies an und für sich etwas Schlimmes wäre, im Gegenteil, ich liebe ein knusprig gebratenes Kalbsmedaillon, und gegen ein ›Filet à l'orange‹ ist schon gar nichts einzuwenden. Oder kennt ihr seine ›Trutenplätzli alla salvia‹? Oder die Scampi mit Knoblauchbutter? Einfach göttlich, niemals möchte ich mehr darauf verzichten. Außerdem gibt es nichts Gemütlicheres, als sich an einem lauen Sommerabend – wohlgemerkt Sommerabend und nicht frühen Frühling – mit guten Freunden und einem vollmundigen Wein mit himmlischen Grillspezialitäten zu verköstigen. Nein, wirklich nicht. Das Problem ist nur, bei uns wird es nicht gemütlich. Der Göttergatte kann nicht vom Feuer lassen, die Goldkinder rütteln an den Grillbeinen, und ich versuche, gegen Rauchschwaden und Kindergezeter ankämpfend, gepflegte Konversation zu betreiben. Ich hoffe sehr, ihr unterstützt mich dabei!« Die Nachbarn applaudierten zustimmend, Kathrin war aber noch nicht ganz fertig: »War das anders, bevor wir Kinder hatten? Das kann ich euch flüstern. Also her mit den Würsten und stopft ihnen die Mäuler mit Chips! Auf einen gelungenen Abend, und mögen ihm auch in diesem Sommer wieder viele weitere folgen! Prost!« Damit hob sie ihr Glas, und das allgemeine Anstoßen begann. Nach dem ersten Schluck setzte sie sich hin und meinte geschafft: »Uff, endlich Ruhe, essend liebe ich meine Kinder. Und nun zu dir, Schatz, es riecht ganz fantastisch, glaubst du nicht, dass du dich auch zu uns setzen könntest?« Kai, ganz Herr der Lage, nahm die saftigen Fleischstücke vom Feuer, schichtete sie gekonnt auf eine Platte und näherte sich damit dem Tisch, wo die Ungeduldigsten sich bereits mit diversen Salaten über den ersten Heißhunger hinweggetröstet hatten. Galant machte er die Runde und jeder bediente sich.

»Mmmmh, auch eine Wurst will richtig gebraten sein. Bravo, hab einfach den größten Grillmeister aller Zeiten geheiratet. Ein Hoch auf den Göttergatten mit dem Raubtierblick und seinem Lieblingswerkzeug in der Hand! Es lebe die Grillsaison! Danke, Tiger.« Kathrin war glücklich.

Nach den ersten Bissen, die schweigend ihren Weg in den Magen fanden, konnte Jochen nicht mehr an sich halten. »Da wir gerade bei den Würsten sind, warum nennt man uns eigentlich Bockwürste?« Diese Frage beschäftigte ihn schon eine geraume Weile, und heute schien ihm das Thema unverfänglich genug, um es in die mampfende Runde zu werfen.

»Mich brauchst du nicht zu fragen, ich bin ja bloß ein ›Tschinggeli‹«, antwortete Andrea, der sich, Jochen gegenübersitzend, angesprochen gefühlt hatte.

»Ich habe auch keine Ahnung.« Rebecca, die daneben saß, zog die Schultern hoch. »Bin nur halbe Schweizerin, fragen wir doch Kathrin, ich glaube, sie ist eine reinrassige Eidgenossin.«

»Ganz ehrlich, ich kenn den Ausdruck auch erst, seit ich in Zürich wohne. Bei uns wart ihr immer die Gummihälse.« Kathrin kannte keine falschen Hemmungen. »Weißt du es, Kai?«

»Hm, den Gummihals kann ich euch erklären. Da meine Mutter selber Deutsche ist, und ich damit ein halber, muss ich die Ausdrücke und ihren Ursprung natürlich kennen. Also, Gummihals kommt daher, dass man uns Deutschen diese Autoritätsgläubigkeit nachsagt. Die Schweizer behaupten, dass wir zu allem nicken, was der Chef von uns verlangt. Was ich allerdings für einen fiesen Mythos halte.«

Als Jochen leicht pikiert aus der Wäsche guckte, fügte Kathrin entschuldigend hinzu: »Bitte nicht persönlich nehmen. Immerhin können wir zwischen den wenig schmeichelhaften Übernahmen Indianer oder Kuhschweizer wählen.«

Aber so rasch ließ sich Jochen nicht abspeisen und wenn man schon beim Thema war, warum dann nicht weiterfragen? »Was hat man gegen die Deutschen?«

»Nix. Das ist unser Komplex gegenüber dem großen Bruder. Der Schweizer beneidet den Deutschen um seine selbstbewusste Art. Wir sind nun mal viel gehemmter und zurückhaltender. In der ersten Begegnung ist der Schweizer meist freundlich und nett, aber sobald man ihm auf die Füße tritt, reagiert er unglaublich empfindlich.« Kathrin war zufrieden mit ihrer Antwort und glaubte an das, was sie sagte.

»Na ja, bisweilen grenzt das Selbstvertrauen auch an Unsensibilität und Arroganz.« Damian war eine Prise weniger freundlich und sah durchaus nicht nur Positives in der direkten Art des nördlichen Nachbarn.

»What are you talking about?« Allmählich fühlte sich Hendrik ausgeschlossen. Jutta führte das Gespräch fließend in Englisch weiter: »I'm just wondering how many Germans live in Zurich …«

Der Schweizer sprach ja im Grunde mit dem Deutschen ebenfalls lieber Englisch als Deutsch. In helvetischen Ohren hörte sich dieser in der Fremdsprache weit schlimmer an als er selbst. Wohingegen sich der Schweizer in der Hochsprache stets hausbacken und ungelenk neben dem eleganten und eloquenten Germanen vorkam. So fiel es Kathrin auch nicht schwer, die Konversation in Englisch weiterzuführen: »Let's have a look at our house.« Kai fand die Idee nicht besonders repräsentativ und meinte: »Na ja, wir wohnen immerhin in einem besseren Quartier, ich denke kaum, dass sich das so auf die Stadt übertragen lässt.«

»Gut, das stimmt«, gab Kathrin ihrem Mann recht. »Dennoch, spannend ist es trotzdem. Was finden wir alles?«

»Mehr Deutsche als Schweizer?« Jutta guckte fragend in die Gesichter rund um sie herum.

»Neeein. Das glaube ich nicht, oder? Elf Wohnungen. Beginnen wir unterm Dach. Damian und Simone mit ihrer Tochter Tamara – Schweizer. Darunter: Frankreich, Claire. England, John. Dann haben wir noch Hendrik, Schweden und Ygal, Israel. Daniela und Jochen, Deutschland. Der Herr Zwicki, Schweizer. Wir: Schweizer. Jutta und Karin: Deutschland. Sven: Deutschland. Wer bleibt noch?«

Rebecca warf ein: »Na, wir! Australien und Italien.«

»Ihr seid Schweizer, nicht?«, fragte Kathrin zur Kontrolle.

Rebecca blickte Andrea an, und er nickte.

So kam Kathrin zum Schluss: »Tja, dann gewinnen die Schweizer das Wohnungsduell also knapp.«

»Ich habe gelesen«, sagte Jutta, »dass Ende letzten Jahres knapp 30.000 Deutsche in Zürich lebten. Wie viele Einwohner hat die Stadt insgesamt?«

Kai überlegte kurz und antwortete: »Ich glaube um die 385.000, das macht nach Adam Riese … grob gerechnet ist jeder zwölfte Stadtzürcher ein Deutscher.«

»Nicht schlecht, Herr Specht.«

Nun kam Kai als Lehrer in sein Element und glänzte mit Wissen: »Die Deutschen stellen zwar die größte Ausländergruppe, aber sie lassen sich nur selten einbürgern.«

»Anybody hungry again?« Hendrik brachte die zweite Portion gebratener Fleischstücke. Und um das heikle Thema Ausländer endgültig zu wechseln, kam Kathrin aufs Grillieren zurück. »Ich habe übrigens Kai dieses Jahr einen Grillkurs geschenkt. Nun darf er sich offiziell Grillmeister nennen.«

»Hm, ich habe das Gerücht gehört, dass die höchste Auszeichnung, die man als Grilleure erreichen kann, der Grill-Bill ist.« Simone mischte sich ein und fuhr an Hendrik gewandt weiter: »Gerne noch so einen Hamburgerspieß für mich.«

»Ach ja? Und was zeichnet den Grill-Bill aus?« Kathrin hatte sich gleich drei Pouletschenkel an Kräutersoße geschnappt und während sie sie kindergerecht klein schnippelte, rief sie Robin und Finn an den Tisch, die bereits wieder gebannt dem Geschehen am Grill gefolgt waren.

»Du, das hab ich auch gelesen. War das nicht der, der sich die Steaks nicht beim Metzger kauft, sondern in der freien Wildbahn erlegt?«

»Ganz genau.« Simone nickte zustimmend.

»Rebecca, du kommt doch aus dem Land der absoluten Grillsheriffs. Sind nicht die Australier die ungekrönten Könige?« Die Blicke der Tafelrunde drehten sich neugierig in Richtung Rebecca, worauf die achselzuckend meinte: »Unter uns gesagt, der Ruf eilt uns nicht ganz gerechtfertigt voraus. Die meisten Aussies werfen nämlich nur den Elektrogrill an. Aus Südafrika kenne ich da andere Feuer- und Braai-Künstler. Aber das darf diesen Tisch nicht verlassen, sonst kann ich nie mehr in meine Heimat zurück.« Gelächter antwortete ihr. »Betonen möchte ich allerdings: Wenn es um den Enthusiasmus geht, dann sind wir bestimmt Sieger. Ein ›Barbie‹ gehört einfach immer dazu.« Sie nahm einen Schluck Rotwein und fragte: »Wer hat eigentlich den Wein beigesteuert? Sehr gute Wahl.«

Damian, der Weinhändler, freute sich über das Kompliment und begann mit einer ausschweifenden Beschreibung des edlen Tropfens. Andrea gesellte sich derweil zu John an den Grill, in beiden Händen trug er ein Feldschlösschen. »Want one?« John nickte und so standen die Männer einträchtig um die Glut, betrachteten sinnierend das vor sich hin schwitzende und runzelig werdende Fleisch.

Andrea fühlte sich richtig gut. Er warf einen Blick auf Rebecca, die in ein angeregtes Gespräch mit Ygal vertieft war. Als hätte sie seinen Blick gespürt, schaute sie auf und lächelte ihn an. Sein Herz machte einen Sprung.

»Oh yeah, you've got the jackpot.« John hatte den Blickwechsel beobachtet und schlug Andrea anerkennend auf die Schulter, dazu grinste er verschwörerisch. Jawohl, John brachte es genau auf den Punkt.

Es wurde spät in dieser Nacht, für die einen sogar früh. Von der Terrasse war man zu Hendrik in die Wohnung gezügelt, um keine Lärmklagen der anderen Nachbarn zu provozieren. Andrea und Rebecca verabschiedeten sich kurz nach Mitternacht – die Party war noch in vollem Gange – allerdings nicht, um gleich zu schlafen.

15.

Nun wurde es also spannend. Die Stunde der Wahrheit war gekommen. Er hatte Hanna seine Geschäfts-Natelnummer gegeben, und sie hatte ihn heute Morgen um neun Uhr angerufen. Er war noch im Bett gelegen. Hatte Rebeccas Nähe gespürt und bereits wieder Lust auf sie bekommen. Wie gut sie roch. Ihre Haut schimmerte hell neben seiner leicht olivfarbenen. Sie hatte den wunderschönen Alabasterteint der echten Rothaarigen. Gerade als seine Hände sich unter ihrem T-Shirt den Brüsten genähert hatten, war das störende Klingeln gekommen. Er hatte kurz überlegt, ob er überhaupt abnehmen sollte, die Verlockung, es nicht zu tun, war groß gewesen, aber sein Pflichtgefühl hatte gesiegt. Ungern hatte er das warme Bett verlassen und sich am Telefon gemeldet. Hanna entschuldigte sich und hoffte, dass sie nicht störe. Was er natürlich höflich verneinte. Sie weihte ihn ein, und er versprach, sofort vorbeizukommen.

Rebecca gab er einen kleinen Kuss auf die Nasenspitze. Aus verschlafenen Augen blinzelte sie ihn an und sagte lächelnd: »Guten Morgen.«

»Guten Morgen, hast du gut geschlafen?«

Sie nickte. »Wunderbar. Wer war das?«

»Die Frau Bürger aus dem ›Abendrot‹. Unsere Diebesfalle ist zugeschnappt.«

»Super. Musst du gleich los?«

»Ja leider. Wirst du noch hier sein, wenn ich zurückkomme?«

»Ich gehe um elf Uhr aus dem Haus.«

»Dann wird die alte Dame etwas länger warten müssen.« Mit diesen Worten warf er sich zurück aufs Bett und küsste Rebecca stürmischer als zuvor.

Hanna Bürger sah frisch und ausgeruht aus. »Ich kann Ihnen nicht genau sagen, wann das Geld verschwunden ist. Vermutlich im Verlaufe des gestrigen Nachmittags. Und ausgerechnet gestern hatte ich alle drei Frauen bei mir im Zimmer. Das Mittagessen wurde mir von Silvia gebracht, später kam Lucia vorbei und erkundigte sich, ob mir etwas fehlte, und das Nachtessen wiederum bekam ich von Berti. Ich habe mich jeweils extra nicht in die Nähe des Tresors gewagt, um eine mögliche Diebin nicht abzuschrecken. Es ist mir daher nicht möglich zu sagen, wer es gewesen sein könnte.« Entschuldigend schaute sie ihn an.

Andrea fragte: »Was ist mit Jonas? Hatte er keine Möglichkeit?«

Hanna antwortete vorsichtig: »Ich glaube nicht. Er kam zwar nach dem Nachtessen noch auf einen Besuch vorbei und hat mir auch ins Bett geholfen, aber ich hatte ihn, glaube ich zumindest, immer im Blickfeld.«

»Also können wir ihn ausschließen?« Andrea wollte es genau wissen.

»Ich denke schon.« Sie blickte ihm geradewegs in die Augen. Und er nickte. Natürlich hätte er nun sämtliche Verdächtigen herbestellen und womöglich sogar vor der Heimleitung einen filmreifen Auftritt hinlegen können, um die Täterin bloßzustellen. Aber reine Effekthascherei war nicht Andreas Stil. Er mochte es lieber diskret und unauffällig. Wenn es nach ihm ging, musste niemand etwas vom Vorfall erfahren. Es reichte, wenn sie die Diebin erwischten und die Vorfälle damit aufhörten.

»Okay. Wissen Sie zufällig, wer wann arbeitet?«

»Lucia war heute Morgen bereits bei mir, und ich glaube, Silvia hat Nachtdienst. Aber die Berti kommt erst am Dienstag wieder. Sie hat mir von ihrem langen Wochenende erzählt.«

Nach einer kurzen Besprechung war Hanna bereit, um nach Lucia zu läuten. Die Geldscheine waren mit Paraffin bestrichen worden, damit das anschließend aufgetragene Silbernitrat besser haften blieb. Nun mussten die Hände der Diebin mit dem Entwickler in Berührung kommen, dann würden sie sich schwarz verfärben, was sich zwei Wochen lang nicht abwaschen ließ. Im Prinzip handelte es sich um den gleichen Vorgang wie beim Entwickeln von Fotos.

Die kleine Mexikanerin kam. Geschwätzig, unbekümmert und fröhlich wie immer. Andrea stellte sich als entfernter Verwandter vor, der normalerweise im Ausland lebte, weswegen er Hanna nur selten besuchen konnte, jetzt die Zeit in der Schweiz aber für einige Besuche nützte. Ah ja, Lucia meinte, ihn bereits in den Gängen gesehen zu haben. Aus Italien? Ja, aber dann könnten sie ja italienisch-spanisch reden! Während sich Lucias Wortschwall über Andrea ergoss, versuchte Hanna vergeblich, aus einem alten Kleid einen Fleck zu entfernen. Sie bat Lucia um Hilfe. Was die natürlich nicht wusste, der Lappen war mit Entwickler getränkt, und sollte sie die Diebin sein, würden sie es innert Kürze an ihren Händen sehen können. Die müssten sich sogleich verfärben, sollte sie Kontakt mit den bearbeiteten Noten gehabt haben. Aber Lucias Hände blieben so hell und sauber wie immer. Die erste Verdächtige war somit aus dem Schneider.

Blieben Silvia und Berti.

Als sich wirklich nichts mehr finden ließ, was Lucia noch hätte erledigen können, verließ sie das Zimmer mit sichtlichem Bedauern. Wann hatte sie an ihrem Arbeitsplatz schon je die Gelegenheit, sich mit einem gut aussehenden jungen Mann in ihrer Muttersprache zu unterhalten? Um ihre Geschichte glaubwürdig sein zu lassen, blieb Andrea auch nach Lucias Abschied noch ein Weilchen bei Hanna.

»Es tut mir leid, dass ich Sie ausgerechnet am Wochenende herrufen musste.« Hanna entschuldigte sich erneut, obwohl es nicht ihre Schuld war, dass der Dieb zum jetzigen Zeitpunkt zugeschlagen hatte.

Andrea winkte ab. »Das macht wirklich nichts. Die Stunden werde ich ein andermal wieder beziehen können. Aber was ist mit Ihnen? Hatten Sie keine Pläne für das Wochenende?« Hanna schüttelte den Kopf. »Ach wissen Sie, in meinem Alter sind die Verpflichtungen, Einladungen und Aktivitäten auf ein Minimum geschrumpft. Da sind wir dankbar für jede Abwechslung, die das Leben noch bietet.« Andrea betrachtete sie nachdenklich, eigentlich hatte er Hanna Bürger für einen zufriedenen Menschen gehalten, aber vielleicht hatte er sich getäuscht? Na ja, einfach war es bestimmt nicht, dieses Altwerden, was hatte man denn noch? Als könnte sie seine Gedanken lesen, fuhr Hanna fort: »Im Grunde warten wir ja nur auf den Tod. Und nicht nur wir. Unsere Umgebung auch – entweder, weil man uns beerben will, oder weil man uns nicht mehr besuchen möchte, oder weil wir ganz einfach überflüssig und lästig sind.« Oha, das klang fast bitter. Andrea sagte noch immer nichts. Und in die Stille hinein fügte Hanna hinzu: »Aber hören Sie nicht auf eine alte Frau. Sie haben das ganze Leben noch vor sich. Genießen Sie es und machen Sie, worauf Sie Lust haben. Schieben Sie nichts auf, man weiß nie, was auf einen wartet.« Sie lächelte wieder. Und Andrea nickte. Dann wünschte sie, etwas an die frische Luft gebracht zu werden. Andrea fuhr Hanna im Rollstuhl in den Garten, wo sie unter dem lila Flieder ihren Lieblingsplatz hatte.

Schließlich verabschiedete er sich. Sie hatten sich für 21.15 Uhr heute Abend verabredet. Für gewöhnlich wurde Hanna um 21.30 Uhr ins Bett gebracht. Was heute Silvias Aufgabe sein würde.

Er hatte es nicht eilig und spazierte langsam aus dem blühenden Garten. Daheim wartete niemand auf ihn. Die Verabschiedung von Rebecca heute Morgen war leidenschaftlich gewesen, und für die nächsten Tage würde er wieder alleine wohnen. Es sei denn, er ginge wieder einmal zu seinen Eltern nach Hause. Bestimmt würde sich seine Mutter freuen. Spontan wählte er ihre Nummer.

In Rebeccas Wohnung angekommen, setzte er sich mit der Zeitung auf den Balkon. Mama war entzückt über seinen Anruf gewesen, und er hatte sich für morgen zum Mittagessen eingeladen. Schloss er die Augen, so war es, als wäre er in Italien. Rebecca behauptete zwar, ihr Balkon sei die Provence, aber das konnte nur daran liegen, dass sie keine Ahnung hatte, wie es in Apulien roch. Oregano, Basilikum, Majoran, Thymian, der Olivenbaum, mehr Kindheits-Ferienerinnerungen wurden für Andrea nirgends wach. Er hatte sich mit Rebecca darauf geeinigt, dass es auf ihrem Balkon mediterran duftete. Manchmal tat es ihm fast leid, das Land seiner Eltern derart den Bach runter gehen zu sehen. Italien war in so Vielem unerreicht. Wenn er da an die alten Künstler und Architekten dachte, die himmlische Küche, die schönsten Frauen und die wunderbare Landschaft, wie konnte ein Land, das all diese Dinge hervorbrachte, in der Politik so völlig versagen? Immer dieses Palaver und Lamento, nein, da war ihm die pragmatische Art der Schweizer doch viel näher. Seine Mutter träumte davon, wieder in die alte Heimat zu ziehen, wenn sein Vater nur erst pensioniert sein würde. Papa hingegen sah das wohl etwas realistischer und distanzierter. Natürlich liebte auch er Italien über alles, aber leben würde er nicht mehr da wollen. Andrea war sich sicher, dass seine Eltern nach bald 40 Jahren in Helvetien einen gut schweizerischen Kompromiss fänden. Was sie wohl zu Rebecca sagen würden? Noch hatte er sie ihnen nicht vorgestellt, die passende Gelegenheit hatte sich bisher nicht ergeben.

Im Moment flog seine Freundin quer durch Europa. Barcelona, Warschau, London. Hm, Flight Attendant, bestimmt war jeder Pilot scharf auf sie. Der Gedanke gefiel ihm überhaupt nicht.

Sie kam erst am Montag wieder heim, aber er würde sie mit einer Überraschung erwarten.

Eigentlich hatte er keinen Grund zum Jammern. Er war ja selber beschäftigt. Morgen hatte er ein Fußballmatch und danach würde er sich von Mama verwöhnen lassen, was schließlich auch nicht das Schlechteste war.

Pünktlich um 21.15 Uhr klopfte er bei Hanna. Der Schlüssel, den er von der Heimleitung erhalten hatte, tat gute Dienste. Unbemerkt hatte er sich selber ins Haus gelassen und war in den 4. Stock gelangt. Um sich eine Menge Erklärungen zu ersparen, war er mit Hanna übereingekommen, dass er sich im Schrank verbergen und erst zeigen sollte, falls Silvia die Täterin war. Hannas großzügiger Kleiderschrank eignete sich hervorragend als Versteck, und Andrea fand bequem Platz zwischen ihren Strickröcken. Ein dezenter Geruch nach Lavendel begrüßte ihn. Die Kleider fühlten sich weich an. Ein eigenartiges Gefühl. Er kam sich vor wie ein Spanner, wie er da gut verborgen stand und dem Gespräch der Frauen lauschte. Wie anders als die lebhafte Lucia diese Silvia doch war. Sie verlor nicht viele Worte, aber Andrea hörte sie fuhrwerken. In diesem Fall war Hanna überzeugt gewesen, würde es reichen, wenn sie den chemikaliengetränkten Lappen einfach gut sichtbar auf dem Tisch zurückließen. Silvias Gefühl für Ordnung würde es ihr verbieten, das Stoffstück so liegen zu lassen. Mit Sicherheit würde sie es nehmen, womöglich auswaschen und dann irgendwo zum Trocknen aufhängen. Sollten sich ihre Hände verfärben, hatte Andrea einen Code mit Hanna vereinbart. Sobald er »Was für eine dunkle Nacht, wir heute haben« hörte, träte er sofort aus seinem Versteck, und gäbe sich als Polizist zu erkennen.

Allem Anschein nach würde dies aber nicht nötig werden. Hanna lag im Bett, und Silvia wünschte ihr soeben eine Gute Nacht. Schon an der Zimmertür schien ihr noch etwas einzufallen. Entschlossen bewegte sie sich in Richtung Kleiderschrank und hatte bereits den Knauf in der Hand, als Andrea Hanna hörte: »Aua! Könnten Sie wohl so gut sein und nochmals zu mir kommen? Ich habe einen Krampf im Fuß.«

Uff, das war knapp gewesen. Andrea wagte wieder zu atmen. Natürlich hatte er nichts zu befürchten, aber auf eine peinliche Enttarnung verspürte er wenig Lust.

»Vielen Dank, es geht wieder.« Hanna lächelte Silvia dankbar an. Unschuldig fragte sie: »Suchen Sie etwas in meinem Schrank?«

»Ich wollte Ihre Kleidung für den nächsten Tag bereitlegen.«

»Ach, lassen Sie nur. Ich möchte morgen spontan entscheiden, was ich anziehen will, wenn ich das Wetter sehe.«

»Auch gut, dann schlafen Sie wohl.« Damit war Silvia definitiv aus dem Zimmer.

»Tja, Nummer zwei ist also auch raus. Bleibt noch Berti.« Hanna blickte ihn verschmitzt an. »Das ging gerade noch gut.«

»Gratulation. Sie haben wie ein Profi reagiert.« Andrea betrachtete die kleine Frau anerkennend. Kaltblütig und reaktionsschnell. Sie überraschte ihn immer wieder. Einerseits charmant und spitzbübisch, andererseits tiefsinnig, fast traurig und jetzt cool und geistesgegenwärtig.

»Danke. Mir stand ganz einfach nicht der Sinn danach, erklären zu müssen, was ein hübscher junger Mann in meinem Schrank zu suchen hat, und das um diese Zeit.« Der Schalk blitzte aus ihren Augen.

Andrea wartete ab, bis im Korridor Ruhe herrschte, und verließ das ›Abendrot‹ so unbeobachtet, wie er es betreten hatte.

Er fragte sich, ob tatsächlich Berti die Täterin war, oder ob sich Hanna irrte und es womöglich doch Jonas sein könnte?

16.

Sie stand wartend an der Bahnhofstraße. Die Inszenierung mit dem kaputten Fuß brauchte sie ja nun nicht mehr zu spielen. Das Geld war weg, und die Diebin infiziert mit den Chemikalien, die sich nicht mehr abwaschen ließen. Also konnte sie sich wieder frei bewegen, nach Lust und Laune unternehmen, wozu es sie gelüstete, und das war heute ganz ausnahmsweise die ›Bonzenfasnacht‹. Immerhin durften in diesem Jahr zum ersten Mal die Frauen offiziell am Sechseläuten-Umzug mitmarschieren. War wirklich höchste Zeit geworden. Skandalös, dieses sexistische Verhalten. Aber konnte man von konservativen Schweizern etwas anderes erwarten? Immerhin gab es das Frauenstimmrecht auch erst seit knapp 40 Jahren. Die Zünfte als Berufsorganisation aber schon im 13. Jahrhundert! Hanna hatte dieses hochmütige Getue nie gemocht und daher stets boykottiert. Für hohles Gerede hielt sie es, wenn die Zünfter betonten, es gehe ihnen darum, gesellig zu sein und eine Tradition zu leben. Elitär sei das nicht, wenn sie hoch zu Ross durch Zürich ritten. Es mochte ja sein, dass sie ursprünglich wichtige soziale Verantwortungen getragen hatten. Zunft kam von ziemen, und die Zünfte waren eine Gemeinschaft mit strengen Regeln. Sie hatten Löhne, Lehrlingsausbildungen, Qualitätsstandards, ja sogar das Benehmen der Zunftangehörigen bestimmt. Militär, Feuerwehr, Bestattungen, Sozialhilfe – alles war über die Zünfte gelaufen. Bis Napoleon kam und die alten Machtstrukturen abschaffte. Und seit 1866 waren sie also nur noch ein Trachten- und Geselligkeitsverein. Aber bis heute konnte ausschließlich Zünfter werden, wer ein Mann war, bereits aus einer Zünfter-Familie kam oder ein langes Aufnahmeverfahren bestand. Und wenn das nicht elitär war, dann wusste sie nicht, was denn sonst.

Nur bei den Kindern war das anders. Immerhin waren am Kinderumzug alle gleich. Ob Mädchen oder Junge, aus Zünfter-Familie oder nicht, alle durften auf dem 3,5 Kilometer langen ›Laufsteg‹ stolzieren. Aber die Kinder waren gestern dran gewesen. Heute fand der ›echte‹ Umzug statt.

Neben der Frauenzunft, der Gesellschaft zu Fraumünster, war in diesem Jahr noch etwas neu: Reitern und Kutschern war es verboten, Alkohol zu trinken. Eine völlig überflüssige Regelung, wie reihum empört beteuert wurde, man trank doch nicht, wenn man ritt! Hanna war sich da nicht so sicher, traute sie diesen Snobs doch einiges zu. War es Eifersucht oder Neid, dass sie so negative Gefühle gegen die Vereinler hegte? Vielleicht ein kleines bisschen, wenn sie ganz ehrlich war. Wer weiß, wie sie denken würde, wenn Paul dazugehört hätte? Oder ihr Vater? Aber wie auch immer. Auf jeden Fall war es nicht in Ordnung, die Frauen zu diskriminieren, ob sie nun aus einer Zünfter-Familie kamen oder nicht. Außerdem hatte sie für Umzüge aller Art nie viel übrig gehabt. Weder Fasnacht noch Street Parade, höchstens den Einzug der Samichläuse anfangs Dezember hatte sie jeweils noch über sich ergehen lassen, aber auch das nur den Kindern zuliebe.

Halt, da kamen sie ja: in ihren Stumpfhosen, Schnallenschuhen, Zipfelmützen, Lockenperücken, Uniform- und Drillichmänteln. Wie jedes Jahr waren sie pünktlich um 15.00 Uhr an der Pestalozziwiese abmarschiert. 25 Zünfte und zwei Gesellschaften defilierten an Tausenden von Zuschauern vorbei. Und der geschichtsträchtige Moment kam exakt um 15.09 Uhr: Ein weißer Hirsch auf blauem Grund bog in die Bahnhofstraße ein – das Banner der Frauenzunft. An zweiter Stelle nach der Zunft zum Weggen. Über zwei Jahrzehnte hatten sie darauf gewartet, dafür gekämpft, am Zug der Zünfte zum Feuer mitmarschieren zu dürfen. Noch waren sie nur Gäste, gnädig eingeladen von den Zunftmeistern. Im Herbst sollte dann definitiv entschieden werden, ob die Gesellschaft zu Fraumünster ganz integriert werden sollte. Verdient hätten sie es auf jeden Fall, nicht nur, weil sie sich kulturell und gemeinnützig engagierten, es war ein alter und längst überholter Zopf, dass Frauen nicht teilnehmen sollten. Kaum hatte Hanna das gedacht, als sie neben sich eine der Blumenfrauen naserümpfend sagen hörte: »Das ist doch kein richtiges Sechseläuten mehr. Nicht, dass ich etwas gegen Frauen hätte, bin ja selber eine, hahaha, aber nun wollen sie auch noch um den ›Böögg‹ reiten. Pfui, da haben sie einfach nichts verloren, man muss den Männern doch noch etwas gönnen.« Hanna konnte es nicht lassen und erwiderte trocken: »Soll das Sechseläuten nicht ein Frühlingsfest für alle sein? Dass es den Männern gefällt, von einem vorwiegend weiblichen Publikum am Straßenrand beklatscht zu werden, kann ich nachvollziehen. Aber gibt es irgendeinen stichhaltigen Grund, warum das den Frauen verwehrt bleiben soll?« Damit ließ sie die blöde Kuh stehen. Noch störender als das Dünkelhafte war diese Stutenbissigkeit. Dass man das eigene Geschlecht nicht unterstützte, ja im Gegenteil, noch schlecht machte, war verwerflich und unverzeihlich.

Hanna schlenderte weiter Richtung Bellevue und damit dem Sechseläutenplatz. Da sie nun schon einmal hier war, wollte sie auch die Verbrennung des ›Bööggs‹ verfolgen. In diesem Jahr sollte der Schneemann als Besonderheit nicht den typischen Reisigbesen in der Hand halten, sondern einen aus Föhrenscheitern gebundenen ›Chienbäse‹ aus Liestal, Baselland, dem Gastkanton. Das hatte sie zumindest gelesen. Noch hatte sie Zeit. Der weißen Puppe ging es erst ab 18.00 Uhr lautstark ans Eingemachte.

*

Er hatte noch immer seine orange KTM, die er sich während des Studiums geleistet hatte. Nicht diese aggressiven Potenzmaschinen, wie sie seine Kollegen fuhren. Eigentlich sah seine eher wie eine Cross- denn eine Straßenmaschine aus. Nach dem dreiwöchigen Motorradkurs in Thun, der zur zweijährigen Ausbildungszeit der Polizeischule gehörte, und wo sie die Prüfung für die schweren Maschinen zu bestehen hatten, war er nahe dran gewesen, sich etwas Größeres zu kaufen. Eigentlich hatte er heimlich sogar von einer gemütlichen Harley geträumt, diese Idee allerdings rasch begraben, da seine Ex-Freundin viel zu grün für solche Scherze war. Im besten Fall hatte sie Motorradfahrer belächelt, im schlechtesten als unverantwortliche Umweltverpester beschimpft. Die egoistisch ihren Lustfaktor auslebten, indem sie über Alpenpässe donnerten, während sich andere jeglichen Luxus verkniffen, zu Fuß, mit dem Fahrrad, ›Mobility‹ und ÖV unterwegs waren, geschweige denn sich ein eigenes Auto gönnten. Und so war er dann halt auch zum Velofahrer geworden. Was an sich gar keine schlechte Sache war, wie er eingestehen musste. So hatte er zumindest jeden Tag etwas Bewegung, und gerade in der Stadt, die chronisch verstopft war, kam man mit dem wendigen Fahrrad oft schneller ans Ziel als mit jedem motorisierten Untersatz.

Rebecca hatte sofort Feuer gefangen, als er sein Motorrad erwähnte. Sein Vater hatte ihn wieder einmal daran erinnert, dass das alte Teil im Schrebergartenhäuschen traurig vor sich hin rostete und er es endlich entsorgen solle, da der Platz anderweitig gebraucht werde. Jeden Frühling das gleiche Spiel. Und wie in jedem Jahr hätte sich sein Vater bestimmt wieder an den jämmerlichen Anblick gewöhnt und der Maschine ihr Plätzchen gelassen. Aber er hatte ja recht, und Andrea nahm sich vor, den Töff in diesem Frühjahr wirklich loszuwerden. Eigentlich hatte er Rebecca gegenüber nur laut gedacht und sich gefragt, was er mit dem alten Ding machen sollte. Nie wäre er auf die Idee gekommen, dass sie auf Crossmaschinen abfahren könnte. Aber warum eigentlich nicht? Er würde im nächsten Frei zu Roli in die Garage gehen. Vielleicht konnten sie das Bike gemeinsam zusammenschustern und aus seinem unwürdigen Dornröschenschlaf befreien.

Und siehe da, mit einer neuen Batterie, frischem Öl, etwas schmieren hier und ein bisschen fetten da, war es tatsächlich bald in Ordnung gebracht. Und als er sich draufsetzte, den Motor startete und Gas gab, machte es plötzlich unheimlich Spaß. Er grinste, schloss das Visier und drehte noch ein bisschen mehr auf. Wind, Tempo und Kraft wirkten gleichermaßen berauschend. Übermütig riss er für einen Moment die Lenkstange in die Höhe und fuhr nur auf dem Hinterrad. Nullkommaplötzlich schoss reines Adrenalin ins Blut und pumpte durch seinen Körper. WOW! Wie hatte er nur so lange auf dieses Gefühl verzichten können?

Ungeduldig wartete er in Kloten vor dem Operation Center der Fluggesellschaft. In diesem Moment trat Rebecca heraus, und als sie ihn erkannte, erhellte ein bezauberndes Lächeln ihr Gesicht. Wieder haute ihn ihre Schönheit fast um. Seit sie die Haare kurz trug, gefiel sie ihm noch besser. Rebecca freute sich riesig über den überraschenden Abholservice und staunte nicht schlecht, als sie das Motorrad entdeckte. Aber ohne großes Federlesen nahm sie auf dem Sozius Platz. Und als er den Kopf wandte, um zu kontrollieren, ob alles in Ordnung war, hatte sie dieses Lachen im Gesicht, wie ein Kind, das nicht genug vom Karussellfahren bekommen kann.

Zu Hause hatte sie kaum den Helm abgenommen, da rief sie als Erstes: »Lass uns ein richtiges Bike-Weekend planen!« Er versuchte, ihre Begeisterung zu bremsen und meinte zurückhaltend: »Aber das ist keine Tourenmaschine, es wird dir unbequem werden, schon nach wenigen Kilometern.«

Ihre Augen leuchteten weiter: »Das macht nichts. Bitte!«

»Na gut, warum nicht.« Er lachte. »Aber jetzt gehen wir erst mal ans Sechseläuten.«

Wenig später machten sie sich zu Fuß auf ins Getümmel. Rebecca hatte Hunger, und so kauften sie sich am Bürkliplatz einen Schüblig. »Mmmh, nichts reicht an eine Wurst vom Grill.« Mit viel Appetit und Wonne biss sie in das fettige Stück Fleisch. Sie war so dankbar für jede Kleinigkeit, nahm weder etwas für selbstverständlich, noch hatte sie Erwartungen. Verliebt betrachtete Andrea seine Freundin. Ob er sich je daran gewöhnen würde, diese fantastische Frau an seiner Seite zu haben? Die Umgebung machte es ihm an sich leicht. Niemand schien Rebecca zu sehen. Mit ihren 1.82 Meter und der Modelfigur war sie einfach zu groß und zu gut aussehend für den gewöhnlichen Schweizer. Alles, was nicht dem Durchschnitt entsprach, wurde unverkennbar schweizerisch mit Nichtbeachtung gestraft. Seine Kollegen waren als die urtypischen Eidgenossen die Paradebeispiele. Untereinander und in der Gruppe zwar schaurig mutig, aber sobald tatsächlich eine attraktive Frau vor ihnen stand, brachte keiner mehr den Mund auseinander oder traute sich auch nur, genau hinzuschauen.

Rebecca hatte Andrea einmal gestanden, dass sie ganz froh war, dass die Schweizer so tickten, so wurde sie nämlich nur ganz selten blöd angemacht oder belästigt. Wenn, dann meist von einem, der sich Mut angetrunken hatte und ganz bestimmt nicht mehr nüchtern war. Wie anders waren da die Italiener oder Franzosen. O là là … manchmal war es schön, wenn man als Frau wahrgenommen wurde, und es konnte auch ein Kompliment sein, wenn Männer Frauen zur Kenntnis nahmen und anerkennend betrachteten. Wenn aber nur gepfiffen und nachgerufen wurde, war das primitiv und bemüht. Und in den südlichen Gefilden hielten sich manche Exemplare ja für unwiderstehlich, leider Gottes waren sie das aber in den seltensten Fällen. Nein, da waren ihr die zurückhaltenden Schweizer doch lieber. Dann bevorzugte sie das Gar-nicht-wahrgenommen-werden gegenüber dem Gleich-ausgezogen-werden, selbst wenn es nur mit den Augen geschah.

»Und jetzt hab ich Lust aufs Riesenrad!« Begeistert wie ein kleines Mädchen, zog sie ihn zur Bahn. Im Gewimmel der Leute meinte Andrea, ein bekanntes Gesicht zu sehen. War das nicht Hanna Bürger? Das leuchtend weiße Haar …

»Warte.« Er hielt Rebecca zurück, aber es war schon zu spät, die zierliche Frau war bereits in der Menge verschwunden.

Er hatte sich nicht geirrt. Hanna war tatsächlich auf dem Bürkliplatz gewesen. Zu diesem Zeitpunkt aber auf dem Heimweg. Es hatte wehgetan, Bert und Gerda Arm in Arm zu sehen. Wie sie geturtelt hatten, wie zwei Teenager. Natürlich hatte Gerdas verstorbener Mann selber einer Zunft angehört, und Gerda lebte noch heute von diesen Beziehungen. Hanna war die Lust auf Vergnügen und fröhliche Menschen gründlich vergangen. Sie kämpfte sich durch die lachenden Menschen und war froh, als sie das Arboretum erreichte und endlich wieder Luft zum Atmen hatte. Es ärgerte sie, dass es ihr so viel ausmachte. Sie hatte Bert doch schon lange abgehakt. In ihrem Alter sollte sie wirklich langsam über solchen Gefühlen stehen. Sie seufzte. Alter schützte vor Torheit nicht. Na ja, der ›Böögg‹-Verbrennung hatte sie noch beigewohnt und damit konnte sie jetzt getrost nach Hause gehen. Der Kopf des Schneemannes hatte zehn Minuten und 56 Sekunden standgehalten, bevor er explodierte. Dies versprach, ein guter Sommer zu werden.

17.

Im Korridor näherten sich leise Schritte. Genau vor ihrem Zimmer kamen sie zum Stillstand. Langsam bewegte sich die Klinke nach unten und die Tür öffnete sich. Als der Spalt breit genug war, huschte er in ihr Zimmer.

Sie war schon eine ganze Weile wach und hatte dem ›Gügügüg‹ des Grünfinks im Balzflug gelauscht. Jonas war kurz vor dem Ende seiner Nachtschicht. Sie erklärte ihm, dass sie keine Hilfe mehr benötige, dass es ihr wieder gut ginge und sie selbstständig sei. Das wusste er schon. Er kam nicht deswegen. Ob sie bereit wäre, noch ein bisschen zu erzählen? Prüfend schaute sie ihn an und ahnte, warum er kam, warum er zuhören wollte. Eigentlich war sie zu müde, sie hatte schlecht geschlafen. Aber sie gab sich einen Ruck, womöglich half es auch ihr. Erleichtert wollte er ihr die Brille bringen und die Schachtel aus dem Schrank holen, aber sie winkte ab. Sie brauchte keine Hilfsmittel und blieb lieber im Bett liegen. Sie kannte ohnehin alles auswendig. Zufrieden setzte er sich auf seinen Platz, und mit geschlossenen Augen begann sie zu erzählen.

Sie kamen in die Serengeti. Diese endlose grüne Savanne. Bäume, die den Giraffen aus ihren saftigen Wipfeln Nahrung boten. Hügel, merkwürdige kleine Steingebilde, ›Felsinseln‹, wie Paul sie nannte. Lebende Geschöpfe im Gras, hinter den Anhöhen, auf den Inselbergen, in der Luft unter dem blauen afrikanischen Himmel. Einfach überall. Das Herz wurde ihr weit. Sie stellte sich hin, breitete die Arme aus und sog tief die reine Luft ein. Ein Schwarm Ibisse überflog sie in Formation. Die Sonne schien durch ihre weißen Flügel, und von unten wirkten sie filigran wie Schmetterlinge. Wieder sahen sie Antilopen, Gazellen und Zebras. Bis ein neues Tier auftauchte, eine Hyäne. Und dann entdeckten Paul und Samuel die dunklen Punkte am Himmel praktisch zeitgleich. Große schwarz-weiße Vögel, die in immer enger werdenden Kreisen flogen, bis sie sich ganz auf einen Punkt konzentrierten. Samuel folgte ohne Rücksicht auf das schwierige Gelände. Der Wagen hopste und sprang, aber sie merkten nichts davon. Sie hatten eine Fährte! Die Hyäne blieb stehen. Die Geier landeten im Gleitflug. Da, ein kleiner Schakal. Er wanderte hin und zurück, hielt respektvollen Abstand zu Hyäne und Greifvögeln. Alles wartete. Samuel legte den ersten Gang ein. Ganz langsam und vorsichtig fuhr er weiter. Dann stoppte er und zeigte wortlos mit dem Finger raus ins Gras. Da stand der Leopard. Ein prächtig gepunktetes Tier. Einen Augenblick hob es den Kopf, nahm die Gegenwart der Menschen zur Kenntnis, entschied, dass sie ihm nicht gefährlich werden würden, und widmete sich dann wieder seiner Beschäftigung, ein eben erlegtes Tier, eine junge Gazelle, auf einen Baum zu zerren. Es kam vor, dass große Tüpfelhyänen oder Löwen ihm seine Beute abluchsten, sodass er sich gezwungen sah, sie in Sicherheit zu bringen. Eine gewaltige Anstrengung, die ihm schließlich gelang. Endlich konnte er den Bauch der Gazelle aufreißen, die Innereien herauszerren und mit den gleichen Bewegungen, dem seitlichen Kauen, das auch bei Hauskatzen beobachtet werden konnte, verzehren. Eine kurze Pause und ein Stöhnen vor Sattheit. Die Hyäne wartete geduldig, den Blick unentwegt auf den Leoparden gerichtet – vielleicht fiel ja doch noch ein Stück für sie ab. Die Geier kreisten wieder, und ein gutes Stück entfernt wartete der Schakal. Alles hatte seine Reihenfolge, seine Ordnung, folgte einem ungeschriebenen Gesetz. Die Raubkatze ließ sich Zeit. Lag schwerfällig und wohlig satt auf einem dicken Ast. Ein-, zweimal blinzelte sie noch schläfrig, dann schien sie endgültig eingeschlafen zu sein. Dieses Schauspiel war einer kleinen Sensation gleichgekommen, denn Leoparden waren gewöhnlich extrem scheu und als nachtaktiv bekannt. Irgendwann mussten sie dann weiter, aber Samuel hielt noch diverse Male. Wie konnten sie einfach vorbeifahren, wenn plötzlich das ganze Gelände, soweit sie blicken konnten, eine einzige zusammenhängende Masse bärtiger Gnus war! Quadratkilometer voll gebogener Hörner, braun-grauer Felle, blanker Tieraugen und wedelnder Schwänze. Große Bullen. Trächtige, langsame Kühe. Mütter mit ihren saugenden Jungtieren, deren helles Fell noch fast gelblich wirkte und im Gras gute Tarnung versprach. Wenige Tage alte Kälbchen, die ungeschickt auf ihren dünnen Beinchen davonrannten und aufmerksam eingeholt wurden. Tausende waren da – viele Tausende. Selten war ihr bewusster gewesen, *wie* nah Leben und Sterben beieinanderlagen.

Hanna machte eine lange Pause. Aber sie war nicht eingeschlafen. Es machte sie nur so unendlich müde. Er hatte es ihr wohl angemerkt. Fast geräuschlos verließ er das Zimmer, als wollte er sie nicht aus ihren Erinnerungen reißen.

Sie stand auf. Ging zum Fenster und blickte hinaus. Es war hell geworden. Vor dem ›Abendrot‹ bildeten die bunten Primeln einen freundlich gepunkteten Teppich. Sehr passend zum Heim, diese Altweiber-Blumen. Die Primula vulgaris: Weich, rund, sanft und mit kurzem Stiel, steckte sie ihre gepuderten Köpfchen mit anderen zu einer Gruppe zusammen. Sie trugen die gleichen Farben, wie die in die Jahre gekommenen Frauen. Auch Hanna gehörte dazu. Ihre schneeweißen Haare – bereits mit 55 war sie weiß gewesen – und die blauen Augen harmonierten gut mit Pastelltönen. In ihrem Kleiderschrank hing die ganze Farbpalette, und sie trug ihre knielangen Strickkleider in Lila, Lavendel, Mauve, Fuchsia, Flieder, Melone, Koralle, Schilf, Türkis, Lindgrün, Marine oder Mint, es durfte auch einmal Vanille oder Eierschale sein, allerdings nur im Sommer, wenn sie einen etwas rosigeren Teint hatte. Sie wusste, dass ihre schlanke Figur in den zeitlosen Kleidern attraktiv zur Geltung kam. Vielleicht war sie nicht die auffallende Erscheinung, auf die der erste bewundernde Blick fiel. Aber wenn sich jemand die Mühe für den zweiten machte, so erfüllte sie jede Erwartung.

Deshalb ärgerte es sie auch so, dass sich Bert von dieser Josephine hatte blenden lassen. Es hatte alles so wunderbar begonnen. Friedas ehemaliges Zimmer war frei gewesen für den liebenswürdigen Bert. Hanna war von der Heimleitung gebeten worden, dem Neuzugang das Zentrum zu erklären. Sie hatte die Aufgabe gerne übernommen. Überall hatte sie ihn herumgeführt, seine interessierten Fragen beantwortet und ihn allen Bewohnern vorgestellt, denen sie begegnet waren. Ganz zuletzt hatte sie ihm den Garten gezeigt. Schon als Kind hatte sie immer das Beste für den Schluss aufgehoben, wollte Bert sozusagen ihren Lieblingsplatz als Dessert vorsetzen. Wie das Sahnehäubchen als Krönung auf eine einwandfreie Nachspeise gehörte. Als Beinah-Biologin nahm sie sich außergewöhnlich viel Zeit, um ihn das Herzstück des Heims erfahren zu lassen. Man konnte die Bepflanzung ohne Weiteres als Therapiegarten bezeichnen. Mehrere Hundert Arten von Gewächsen waren auf kleinstem Raum gepflanzt worden, ganz speziell ausgesucht für alte Menschen. Für Menschen, denen drei Meter schon lang vorkommen konnten, und weswegen auf diesen drei Metern bereits etwas passieren musste. Nichts war hier zufällig angelegt, und es waren vor allem sogenannte Jahreszeit-Boten, Erinnerungs- oder Duftpflanzen anwesend. Hanna konnte Bert mitteilen, dass extra Forschungsprojekte lanciert worden waren, um herauszufinden, was älteren Menschen gefiel. So war zum Beispiel entdeckt worden, dass naturnahe Gärten bei Menschen, die hier ihren Lebensabend verbrachten, überhaupt nicht ankamen. Stattdessen liebten sie Erinnerungspflanzen. Die meisten heutigen Heimbewohner hatten eine enge Beziehung zu ihrem Garten gepflegt, darin gejätet, gesät und geerntet. Andenken waren für alte Menschen unbezahlbar. Wenn die Gegenwart oft genug mühselig und die Zukunft kurz und sicher nicht besser werden würde, so blieb nur die Vergangenheit. Und was war geeigneter, um sie hervorzurufen, als die Pflanze, die mit allen Sinnen erfahren und auf allen Kanälen eingesogen werden konnte? Gesehen, gerochen, gefühlt, mithilfe des Windes auch gehört und vielleicht sogar geschmeckt werden konnte? Beliebte Beispiele waren die Beeren. Süß im Geschmack, erinnerte man sich aber auch an das mühsame Zurückschneiden der Erdbeere, die dornigen Äste der Brombeere, die von Würmchen befallene Himbeere, das Abstielen der Johannisbeere, oh, es gab so vieles, dessen man sich entsinnen und das man sich lachend erzählen konnte. Vom Stibitzen als Kind bis zum Einkochen als Mutter. Typische Frühlingsboten wiederum waren zum Beispiel Weidenkätzchen und Forsythien. Natürlich durften ebenso wenig charakteristische Pflanzen wie Flieder und Rosen fehlen. Die Rosen, die man bekommen oder verschenkt hatte. Romantische Verabredungen fanden ihren Weg zurück ins Heute. Hanna erzählte Bert, dass das Gerücht umginge, so manch ein Rosenkavalier pflücke heimlich für eine Herzdame im Heim aus der farbenprächtigen Auswahl. Und wer war nicht stolz gewesen, wenn er oder sie einen blühenden Rosengarten einst ihr Eigen genannt hatte? Noch heute wurde gefachsimpelt, ob und wann der Dünger für die Stöcke angebracht war. Nebst den Blumen waren auch Nutzpflanzen wichtig, so etwa Kräuter oder Obstbäume. Die Früchte durften aber nicht zu hoch hängen, nur Niedrigstämme also. Die Leute sollten an den Blumen riechen und sie pflücken, Früchte und Kräuter ernten können. Auch Begegnungen fanden statt. Die Wege waren kurz, aber geschwungen, der Garten unübersichtlich angelegt. Kam man an eine Kurve, so sollte man nicht gleich wissen, was einen dahinter erwartete. Viele alte Leute demotivierte es, wenn sie eine weite Strecke sahen, die sie nicht mehr zu laufen vermochten. Die Gärtner hier arbeiteten zwar ökologisch, aber das war nicht das wichtigste Kriterium. Menschen aus Hannas Generation wollten lieber perfekte Gebilde als biologische Krüppelwesen. Auch einheimisch musste nicht unbedingt sein, nur bekannt. Gerade der Flieder war ein gutes Beispiel, nicht aus den hiesigen Gefilden und trotzdem extrem wichtig für sie. Flieder war ihre Blume der Jugend. Unter einem lila Flieder hatte sie Paul zum ersten Mal direkt vor ihrem Elternhaus geküsst.

Was sie Bert natürlich nicht erzählt hatte.

Ihre Führung hatte Bert gefallen, und er hatte sie anschließend sogar zu einem Kaffee eingeladen. Schon lange hatte sie keinen so vergnüglichen Tag mehr verbracht. Wie selbstverständlich hatte es sich außerdem ergeben, dass Bert an ihren Mahlzeitentisch zu sitzen kam, und sie fortan gemeinsam frühstückten. Genau wie sie war er ein Frühaufsteher, und selbst an ausgedehnten Spaziergängen schien er Gefallen zu finden. So hatte Hanna nach Caramellas Tod endlich wieder eine kurzweilige Begleitung auf ihren Wanderungen in die Umgebung. Bert, erst seit Kurzem Witwer und nicht gewohnt, alleine zu sein, war dankbar für Gesellschaft. Seine Kinder hatten es für angebracht gehalten, ihn in ein Altersheim zu stecken. So weit war alles wunderbar und Hanna richtig glücklich. Bis Josephine aus ihrem Urlaub zurückgekommen war.

Aufgedonnert bis in die gefärbten Haarspitzen, hatte sie ihren Auftritt im Speisesaal zelebriert. Mit leicht gebräuntem Teint, frisch lackierten Fingernägeln und einem nigelnagelneuen Kleid sah man ihr die Wellnesswoche an. Als wäre Hanna gar nicht vorhanden, war sie mit den Worten »Man hat uns noch gar nicht vorgestellt. Josephine von Bodenmann«, zu ihnen an den Tisch getreten. Neben diesem Pfau war sich Hanna wie ein unscheinbarer Spatz vorgekommen. Ihr klassisches, dezentes Kleid in Altrosa wurde von Josephines pink Teil förmlich aufgesogen, und übrig blieb nichts als ein reizloser Schatten. Als Josephine Bert am Arm wegzog, um ihn ihren Freundinnen vorzustellen, schien es ihm zwar etwas unangenehm zu sein, Hanna alleine an ihrem Tisch zurückzulassen, aber er ließ es mit sich geschehen. Fortan saß Bert mit Josephine und ihrer Gilde am Tisch. Hanna hatte ihn noch zwei-, dreimal gefragt, ob er nicht Lust auf einen Spaziergang habe. Auf diese Vorschläge druckste er herum, und es hatte sich jeweils herausgestellt, dass er bereits mit der von Bodenmann verabredet war. Da hatte Hanna aufgegeben.

Bert ließ sich von der schreienden Papageienblume blenden, fühlte sich durch ihr Interesse geschmeichelt und vergaß das fade Mauerblümchen. Sie war selber schuld gewesen, wieder einmal hatte sie ihre Vorstellungen zu hoch gesteckt. Wie hatte sie erwarten können, dass Bert anders als 90 Prozent der Männer sein sollte?

Trotzdem war sie enttäuscht gewesen.

Selbst als Josephine kurz darauf verstorben war, hatte es sich nicht mehr eingerenkt zwischen Bert und ihr. Man grüßte sich höflich, aber leicht distanziert. Und Bert schien es peinlich zu sein, dass er Hanna quasi sitzen gelassen hatte. Bald schon sah sie ihn mit Gerda, die erstaunlich schnell aus Josephines Schatten herausgetreten war und ihren Platz offensichtlich mühelos und ohne großen Schmerz über den Verlust der Freundin übernommen hatte. Aus Gerda, noch zu Josephines Lebzeiten eine graue Maus, war über Nacht ein bunter Paradiesvogel geworden. Beinahe noch aufgetakelter als ihre angebliche Freundin, hallte ihr frivoles Gelächter unüberhörbar durch die Gänge. Wenn Bert sogar auf diese billige Darbietung hereinfiel, war er noch einfacher gestrickt, als sie geglaubt hatte, und mit Sicherheit keinen Pfifferling wert. Und anscheinend war er das, gestern war ihr der Beweis begegnet. Hemmungslos hatten die beiden am Sechseläuten miteinander geschäkert.

Hanna fühlte sich alt und einsam.

18.

Er kam von der Hausdurchsuchung. Die Diebin war überführt und befragt worden. Inzwischen hatte er auch vorschriftgemäß den Menschen aus der Kriminaltechnik zugezogen, der der mutmaßlichen Täterin höchstpersönlich den Entwickler aufgetragen hatte, sodass alles seine Richtigkeit hatte. Also doch die fette Berti. Sie hatte sofort alles gestanden. Die typisch brave Schweizerin, die zum ersten Mal mit der Polizei zu tun hatte. Wiederholungstäter waren oft freche Lügner oder sagten erst mal gar nichts. Niemand musste sich selber belasten und eine Aussage bei der Polizei machen. Aber naive Anfänger glaubten meist, wenn sie sofort so viel wie möglich zugäben, könnten sie mit milderen Strafen rechnen. Dabei vergaßen sie, dass sie Dinge beichteten, von denen die Polizei eventuell noch gar nichts wusste oder die ihnen unmöglich nachgewiesen hätten werden können. Eine Erleichterung für ihre Arbeit stellte ein Geständnis aber in jedem Fall dar, und so war Andrea äußerst zufrieden.

Natürlich war Berti fristlos entlassen worden. Hanna hatte nicht überrascht reagiert. Irgendwie tat sie ihr jetzt sogar fast leid. Es war wie bei allem gewesen, die Gelegenheit hatte sie zur Diebin gemacht. Die Statistik zeigte, dass die meisten Menschen hier, mit einem sicheren Job und ohne Vorstrafen, in erster Linie bei der Arbeit betrogen. Diese universelle Regel basierte darauf, dass man Veranlagung, Milieu und Lebensumstände in Betracht ziehen musste. Mit anderen Worten: Der angeborene Hang zur Kriminalität plus seine Sozialisierung und die Gelegenheit machten den Dieb. Berti war kein schlechter Mensch, im Gegenteil. Im Grunde war sie hilfsbereit und gutmütig. Nur schwach. Dass sie zuweilen Schwierigkeiten hatte, mit dem Unterscheiden zwischen Mein und Dein, war Hanna nicht verborgen geblieben. Sobald ihre kleinen Schweinsäuglein irgendwo etwas Essbares entdeckten, versagten ihr alle anderen Sinne, und selbst wenn der Geist willig war, verlor sie jedes Mal gegen das schwache Fleisch. Den angebrochenen Konfektpackungen, schlechten Augen und der Vergesslichkeit der alten Leute verdankte sie mit die beträchtliche Kilozahl, die sie auf die Waage brachte. Nur weil sie herumliegende Guetzli direkt in ihrem gefräßigen Mund entsorgte oder hie und da mit ihren Wurstfingern ein übrig gebliebenes Praliné stibitzte, machte sie dies aber noch lange nicht zu einer professionellen Diebin.

Nun hatte sich allerdings gezeigt, dass Berti auch anderen Versuchungen nicht hatte widerstehen können. Begonnen hatte es tatsächlich ganz harmlos. Mit einem Teegebäck hier und einer Bonbonniere da. Das war wohl aufgefallen, aber solche Bagatellen wollte niemand melden. So ging es weiter, und sie wurde mutiger. Den Esswaren folgten einzelne Münzen, und weil sich auch hierzu niemand wehrte, warum dann nicht mit anderem versuchen? Hatte sie erst einmal die Hemmschwelle übertreten, gab es kein Halten mehr. Oft erinnerten sich die alten Menschen nicht daran, wo sie irgendwelche Geldnoten versteckt hielten. Aus Scham über die eigene Vergesslichkeit teilten sie häufig niemandem mit, dass sie etwas vermissten. Anderen glaubte man ganz einfach nicht, wenn sie den Verlust diverser Kleinigkeiten beklagten. So hatte sich Berti über Jahre ungestraft unrechtmäßig bereichert. Nicht einmal, dass sie die Dinge tatsächlich gebraucht hätte, es wurde eher zur gedankenlosen Gewohnheit, zur grenzerkundenden Spielerei. Sah sie etwas herumliegen oder stieß beim Aufräumen zufällig darauf, steckte sie es sich mit der Zeit ganz selbstverständlich in die Tasche, ein mechanischer Automatismus. Es gehörte sozusagen ihr, war der verdiente Finderlohn. Allmählich war ihr das aber nicht mehr genug, sie merkte, dass sich ihr Taschengeld mit diesen regelmäßigen Nebeneinkünften feudal aufbessern ließ. Sie wusste von den meisten Bewohnern, wo sie die Schlüssel aufbewahrten und es war ihr ein Leichtes, die Inhalte der Tresore zu entwenden. Darüber hinaus kam ihr ihre kommunikative Art zugute, viele der alten Menschen hatten außer ihr keine Bezugsperson. Silvias Auftritt lud nicht zum Plaudern ein, Jonas war ihnen zu weit weg, und die meisten begegneten ihm eher argwöhnisch. Bei Lucia fürchteten sie, missverstanden zu werden, und zudem sprach die Mexikanerin selber dermaßen viel, dass sie mehr Zuhörer denn Erzähler sein konnten. Berti aber mit ihrer Leibesfülle wirkte gemütlich und vertrauenserweckend. Man erzählte ihr, wenn man Geld für ein Geschenk abgehoben hatte, wenn die Rechnungen fällig waren und man deswegen ungewöhnlich viel Bargeld im Zimmer hatte. Und dieses Wissen lud zur Ausnutzung ein.

Gerieten nicht sogar Polizisten immer wieder ins Stolpern? Männer und Frauen, die doch eigentlich gefeit gegen solche Missgriffe sein sollten? Ein tadelloser Leumund war eben oft nur so lange unantastbar, bis die Versuchung zu groß geworden war. Dann trennte sich der Spreu vom Weizen. Leider landeten trotz strengem Auswahlverfahren nicht nur die guten Erbsen im Töpfchen. Vielleicht höhlte aber auch der stete Tropfen den Stein, und wer ständig Widerwärtigkeiten ausgesetzt war, wurde selber zu einer? Mit schöner Regelmäßigkeit musste ein Korpsangehöriger freigestellt werden, weil er sich unrechtmäßig bereichert hatte, sei es an Effekten von Verhafteten oder bei einer Hausdurchsuchung, wo schwuppdiwupp etwas in die eigene Tasche wanderte. Sogar die gemeinsame Kaffeekasse war vor Langfingern nicht sicher. Und das Gerücht, dass der eine oder andere sein Eigenheim mit beschlagnahmten Drogengeldern mitfinanziert hatte, weil das Katz und Maus-Spiel des Betäubungsmittelschauplatzes zu Letten- und Blattspitzzeiten – als Zürich noch trauriger Magnet der offenen Szene gewesen war, der Drogen-Supermarkt Europas oder auch ›Needle-Park‹ genannt – zur Selbstbedienung förmlich einlud, hielt sich hartnäckig. Ebenso unerschütterlich glaubte Andrea aber daran, dass, wer die Hemmschwelle zum Vergehen einmal übertreten hatte, immer wieder Täter wurde und so früher oder später Fehler beging, die ihm oder ihr den Kopf kosteten.

Und die anderen Polizisten? Musste man Sittenapostel oder Übermensch sein, um diesen Job befriedigend zu erfüllen? So einer, der aus jedem Kiffer gleich einen Drogenbaron machte? Aus jedem Pizzakurier, der mal übers Trottoir fuhr, einen Schwerverbrecher? Natürlich waren die Rollercowboys ›a pain in the ass‹ und die SVG-Übertretungen, die sie begingen, fanden auf keiner Kuhhaut Platz, aber die Kirche musste im Dorf bleiben. Waren es doch nur Jungs, die einen äußerst mühsamen, schlecht bezahlten Job erledigten und niemanden mit böser Absicht schädigen wollten. Es sei denn, sie wurden zu rücksichtslos und waghalsig in ihren Manövern, dann durften die Augen nicht mehr zugedrückt werden. Ähnlich verhielt es sich mit den Taxichauffeuren. Ja, sie stellten ihre Wagen an jede erlaubte und unerlaubte mögliche Stelle, aber was sollten die armen Hunde denn anderes in einer Stadt, die zwar lustvoll Lizenzen aber nur knauserig Stellplätze verteilte? Nichts Nervigeres, als Kollegen, die die moralinsaure Überlegenheit für sich gepachtet hatten. Die Saubermänner, die ihre erhobenen Zeigefinger zwanghaft mit Wonne auf jede Verfehlung ihrer Mitmenschen drückten, dabei aber ihre eigene Ehefrau betrogen oder privat selber gerne einen über den Durst tranken und dann völlig ausrasteten, nur weil sie nicht in jedem Club erwünscht waren. Diejenigen, die glaubten, weil sie eine Uniform trügen, müssten sie allen Mitmenschen vorschreiben, wie sie ihr Leben zu leben hatten.

Aber zum Glück gab es noch dieses Mittelding mit dem richtigen Augenmaß. Diejenigen, denen die Gratwanderung zwischen Bagatellisieren und Ballonaufblasen verhältnismäßig gelang. Andrea hielt eine gewisse Schlitzohrigkeit durchaus für einen Vorteil im Polizistenalltag. Sie konnte einem helfen, die richtigen Fragen zu stellen und an den richtigen Stellen zu suchen. Womöglich eher einen Zugang zum Klienten zu finden. Man geriet nicht gleich aus dem Häuschen, nur weil etwas nicht vorschriftsgemäß war. Und manchmal brauchte es unkonventionelle Ideen, um ans Ziel zu kommen.

Seinen Absturz hatte er mit 17 gehabt. Als ihm der Trainer klipp und klar mitgeteilt hatte, dass aus ihm nie ein Fußballprofi würde und er allerhöchstens in der 1. Liga würde mitspielen können. Damals war eine Welt für ihn zusammengebrochen. Er hatte den Fußball ganz an den Nagel gehängt und sich stattdessen den Italienern aus der Nachbarschaft angeschlossen. Auf einem frisierten Mofa war er mit der Clique durch die Gegend gerotzt, hatte ab und zu Pott geraucht und die eine oder andere illegale Party besucht. Erstaunlicherweise hatte er sich für die Schule immer zusammenreißen können und so die Matura trotz allem geschafft. Irgendwann war dann der Punkt gekommen, an dem er sich hatte entscheiden müssen, für die eine oder andere Seite. Der Schritt in die Kriminalität war manchmal nur winzig. Oft genug hatte er es bei seinen ehemaligen Kollegen beobachten können. Wie aus kleinen Übertretungen plötzlich grobe Verstöße wurden. Und heute waren sie im System festgehalten, und das nicht auf Seite der Geschädigten. Ja, er war froh, dass für ihn der Militärdienst zum richtigen Zeitpunkt gekommen war, wo er herausgefunden hatte, was ihm entsprach. Und dass er bei der Polizei nicht nur einen sicheren, sondern für sich auch relativ befriedigenden Arbeitsplatz erhalten hatte. Heute spielte er sogar wieder Fußball, aber aus reiner Freude an der Bewegung und nicht mit dem ehrgeizigen Ziel, Geld damit zu verdienen.

Berti war verhaftet worden, anschließend hatte man ihre Wohnung durchsucht und dabei Beweise sichergestellt. Das eine und andere Stück war gefunden worden, dessen Besitzer im Alterszentrum wohnte. Er würde nochmals ins ›Abendrot‹ zurückkehren müssen und diverse Befragungen durchführen. Aber vorerst war das Wichtigste geschafft. Die Täterin gefasst und neue Vorfälle würde es keine mehr geben. Alles, was jetzt noch kam, war zeitraubende Kleinarbeit, die aber nicht eilte. Er war guter Laune, als er ins Büro und mitten in eine hitzige Diskussion zwischen Gian und Rea geriet.

»Willst du damit sagen, dass wir Polizisten kleinlich sind? Oder dass wir es lieben, uns unbeliebt zu machen?« Gian war nicht einverstanden mit Rea, Andrea hörte es an seinem missbilligenden Tonfall.

»Nein. Natürlich nicht«, beeilte sich Rea zu erklären. »Ich würde sagen, es gibt sie zwar, die pingeligen Exemplare, ebenso wie es die gibt, die unausgegorene Machtgelüste ausleben. Aber die meisten haben wohl ganz einfach einen ausgeprägten Sinn für Recht und Gerechtigkeit.«

»Also gut, damit kann ich mich einverstanden erklären.«

»Ich halte eine praktische Hilfe für den Umgang mit dem Polizisten für angebracht. All die unnötigen Missverständnisse und kuriosen Zusammenstöße sollten doch vermieden werden können. Warum müssen wir Kampfmaßnahmen ergreifen? Offensichtlich wird aneinander vorbeigeredet und von gegenseitigem Fingerspitzengefühl ist schon gar nichts zu spüren. Man weiß einfach nicht, wie man mit uns umzugehen hat. Wie wir uns fühlen, was in uns vorgeht.«

»Himmel hilf, ein ›Spürst-du-mich-Kurs‹!« Wieder wollte Gian Rea nicht richtig verstehen. Sie konterte: »Ach hör doch auf. Du bist der Erste, der von einer Gebrauchsanweisung für den Umgang mit dem Gesetzeshüter profitieren könnte. Worauf legen wir Wert oder möchten wir verzichten? Was sind unsere Aufgaben, Freuden, Leiden, Interessen und Krankheiten? Welches sind die größten Irrtümer und schlimmsten Fehler in der Interaktion mit dem verlängerten Arm des Gesetzes? Wer steckt in dieser Uniform? Mir schwebt ein Handbuch vor; genau wie die blaue Parkkarte läge es in jeder Polizeiwache einladend auf dem Tresen und sämtliche Streifenwagen wären mit einigen bestückt.«

Andrea mischte sich ein, Rea brachte da nämlich etwas zur Sprache, was ihm auch schon aufgefallen war: »Die Idee ist vielleicht gar nicht so schlecht. Das Verhältnis zwischen Bürger und Polizist ist manchmal richtiggehend schizophren. Einerseits fühlt man sich dem Mann oder der Frau in Dienstbekleidung überlegen, zumindest intellektuell. Sind das nicht alles Einfaltspinsel, die in diesem blauen Tenü stecken? Andererseits weiß man, dass man trotzdem kuschen muss, weil die Uniform ja eine gewisse Befehlsgewalt innehat. Und das wiederum führt zwangsweise zu Unzufriedenheit und Frustration und dazu, dass man Polizisten nicht mag. Man wird vermutlich zu etwas gezwungen, das man nicht möchte, im Mindesten zu etwas, das die eigene Entscheidungsfreiheit einschränkt. Und wenn es nur das Herzeigen der Papiere ist. Das Verständnis füreinander müsste tatsächlich unbedingt mal ausgedeutscht werden.«

»Hm, und wer soll das lesen?«

»An erster Stelle jene, die uns nur als Feindbild wahrnehmen. Dankbare Abnehmer dürften aber auch die armen

Tröpfe sein, die schweißnasse Hände kriegen, sobald ein Streifenwagen im Rückspiegel auftaucht. Die den Scheibenwischer statt des Blinkers erwischen, wenn unverhofft ein Polizeiauto in ihre Richtung abbiegt. Nicht zu vergessen die, denen als Erstes durch den Kopf schießt: »Was mache ich falsch?«, wenn ein weiß-orange gestreiftes Fahrzeug am Straßenrand auftaucht. Und last, but not least müsste vor allem intern eine Bedienungsanleitung mit den einfachsten Verhaltensregeln auf ein großes Echo stoßen. Mit einem Manual hätten wir die Problemlösung vieler Albträume und könnten uns auf beiden Seiten das eine oder andere Unbehagen sowie viele graue Haare ersparen.«

Ganz überzeugt war Gian noch immer nicht: »Dein Wort in des Kommandanten Ohr ... du bist wohl leider schon reichlich spät mit dieser Idee.«

»Ach was, es ist niemals zu spät, mit so etwas zu beginnen! Seit Gebrauchsanweisungen für exotische oder nachbarliche Länder wie Pilze aus dem Boden schießen, bin ich zum Schluss gekommen, dass der Bedarf innerhalb unseres Ländchens noch viel größer ist. Offenbar ist es gar nicht so einfach, sich dem Gesetzeshüter gegenüber richtig zu benehmen.«

»Wie wär's mit der goldenen Regel: Widersprich niemals einem Polizisten. Egal, in welcher Situation und egal, ob du hundertmal recht hast. Und wenn es noch so ungesund ist, schluck für einmal deinen Ärger runter und mach deiner Wut später Luft. Niemand schätzt es, wenn es ein anderer vermeintlich besser weiß und der Polizist am allerwenigsten. Er sitzt nun einmal am längeren Hebel, und irgendetwas wird sich finden lassen. Ein abgelaufenes Abgasdokument, eine vergessene Meldung der Adressänderung, zu wenig Profil an den Reifen ...«

»Sehr gut! Du bist engagiert!«, jubelte Rea entzückt. »Genau von solchen Dingen rede ich.«

»Hm, da wüsste ich auch was beizusteuern: Zweite goldene Regel: Halte dich an die Verkehrsregeln, zumindest dann, wenn die Polizei in Sicht ist. Auch als Fußgänger und Velofahrer. Es ist eine Frage des Respekts, und du bringst die Beamten in eine unangenehme Lage, wenn du die Gesetze mit Füßen trittst, solange sie in deinem Gesichtsfeld sind. Vergiss nicht: Strafe gedroht und nicht gehalten, da mag das Böse lustig walten!«

»Wow, weiter, ich höre!«

Nach Andrea fuhr Gian wieder weiter fort: »Dritte goldene Regel: Verbrüdere dich nicht mit den Falschen. Bleib sachlich, sei objektiv und lass dich nicht von deinen Emotionen leiten, wenn du irgendwo Zeuge einer Polizeikontrolle wirst. Grundsätzlich hat die Polizei einen Grund, wenn sie etwas unternimmt. Solltest du nach reiflichem Überlegen und genauer Betrachtung immer noch finden, die Beamten hätten ungerechtfertigt gehandelt, dann darfst du selbstverständlich verbal und anständig eingreifen. Aber in den meisten Fällen wird es sich erübrigt haben.«

Andrea setzte noch einen drauf: »Viertens: Nimm dir einen anderen zum Feind. Du suchst einen Aggressor und findest ihn in der Uniform? Verständlich, wenn du dich an Parkbußen erinnerst. Aber machst du es dir damit nicht ein bisschen zu einfach? Auch wenn es manchmal schwierig zu glauben ist, der Polizist ist grundsätzlich auf deiner Seite. Sofern du dich ans Gesetz hältst. Und das tust du ja normalerweise, abgesehen von kleineren Übertretungen, die wir alle begehen und die kaum einen Polizisten wirklich interessieren.« Nach einer kurzen Pause setzte er ergänzend hinzu: »Ausgenommen die Pedanten, die es auch in dieser Berufsgattung gibt.«

»Fünftens: Verkneif dir originelle Sprüche wie: ›Hast du nichts Sinnvolleres zu tun? Immerhin bezahle ich mit meinen Steuern deinen Lohn.‹ Hahaha, außerordentlich witzig. Darauf können wir bestens verzichten. Überlass ruhig uns, was wir als sinnvoll erachten und was nicht.«

Nach so vielen kollegialen Vorschlägen konnte Rea nicht zurückstehen: »Und die sechste Regel steuere ich noch bei: Geschlechtervorteil. Versuch es, wenn immer möglich, so einzurichten, dass du es als Mann mit einer Frau und umgekehrt als Frau mit einem Mann zu tun hast. Die Toleranz gegenüber dem anderen Geschlecht ist ungleich höher. Als Frauen haben wir das Gefühl, alle weiblichen Tricks zu kennen und jede Masche zu durchschauen, sind ganz einfach genervt und werden daher wenig Verständnis und Wohlwollen aufbringen. Genauso wird der männliche Polizist die Spiele und Verhaltensregeln des Mannes wenig goutieren.«

»Stimmt das?«, fragte Gian erstaunt. »Hm, ist mir zwar noch nie aufgefallen, aber eventuell hat es was …«

»Wir sind richtig gut! So viel also zu den externen Regeln. Was ist mit den internen?« Rea wollte den Schwung ausnützen und gleich weitermachen.

»Um ehrlich zu sein, ich muss mich um anderes kümmern, darauf kommen wir später mal zu sprechen.« Andrea hatte genug. Und außerdem tatsächlich vor dem Wochenende noch einiges zu erledigen. Rea machte einen halbherzigen Versuch: »Aber wir sind doch gerade so toll in Fahrt …«

»Stimmt, aber ich muss vor dem Feierabend noch unbedingt diesen Rapport abschließen. Wie wär's stattdessen danach, bei einem Bier im Sternen ›da Guido‹?« Selbst Gian nahm ihr den Wind aus den Segeln. Andrea und Rea nickten zustimmend, und so hörte man für die nächsten Stunden nur noch das Klackern der Computertasten und das Gedudel aus dem Radio.

19.

Mit geschlossenen Augen lag er im Bett und lauschte ihren gleichmäßigen Atemzügen. Im Ohr hatte er noch ihre letzten Worte, bevor sie eingeschlafen war: »Es ist wunderbar hier, aber ich wäre auch mit einem Zelt zufrieden gewesen.« Seine Rebecca. Kaum wagte er sich zu rühren, aus Angst, sie aufzuwecken.

Es war ein perfekter Tag gewesen.

Rebecca hatte darauf bestanden: Wochenende, das Wetter spielte mit, nichts, das gegen eine Motorradtour gesprochen hätte. Er hatte sich überzeugen lassen, in der Stadt war heute ohnehin der Teufel los. Unmengen von Menschen tummelten sich rund ums Seebecken, die Innenstadt blieb gesperrt für die Läufer. Der Zürich-Marathon war bereits in vollem Gange, als sie aufgestanden waren. Die Saison war eröffnet, bis in den Herbst gab es kaum ein Wochenende ohne Veranstaltung am See.

Beim Kaffee am Frühstückstisch hatte sie plötzlich aus heiterem Himmel gesagt: »Ich überlege mir, ob ich im nächsten Jahr auch teilnehmen sollte. Wollen wir uns gemeinsam anmelden?« Er hatte sie erstaunt angeschaut, ja, sie meinte es ernst, es war kein Scherz.

»Hm, warum nicht?« Er hatte zwar vorher nie mit dem Gedanken gespielt, das Leben könnte mal ein Marathon werden, aber abgeneigt war er nicht. Ihre gemütlichen Joggingrunden müssten dann allerdings bis zur Schmerzgrenze ausgedehnt werden. Nun, für dieses Jahr war es zu spät und bis zum nächsten noch eine lange Zeit, in welcher vieles Platz finden und geschehen konnte. Jetzt wollten sie erst mal mit dem Motorrad losbrausen. Er besaß einen zweiten Helm und sie eine alte Lederjacke. Außer der Kreditkarte, etwas Bargeld, frischer Unterwäsche und der Zahnbürste hatten sie nichts mitgenommen. Er hatte einen Plan, und sie sollte sich überraschen lassen. Bei herrlichem Frühlingswetter mit schon hohen Temperaturen waren sie gestartet, und sie hatte sich vertrauensvoll an ihn gepresst. Er hatte ihren Körper gespürt, und sie war in den Kurven gelegen, als täte sie nie etwas anderes und hätte überhaupt keine Angst.

Sie hatten die neue Westumfahrung genommen, obwohl das Sihltal an und für sich bestimmt schöner gewesen wäre. Entscheidend war gewesen, dass es durch den Üetliberg kürzer und schneller ging. Er hatte Rebecca die KTM nicht zu lange zumuten wollen. Bald hatte sie ein grandioser Blick auf die Rigi und Schwyzer sowie Urner Alpen belohnt. Tunnel um Tunnel hatten sie durchfahren, begonnen beim Üetliberg, Islisberg, Rueteli, Reussport und wie sie alle hießen. Bis zum Tunnel Giswil waren es mindestens ein Dutzend. Die Fahrt ähnelte einem Trip durch einen Emmentalerkäse. Die künstlich beleuchteten Röhren im Wechsel mit dem gleißenden Sonnenschein waren anstrengend für die Augen. Aber nach jedem dunklen Schlund, der sie verschluckte und wieder in die Helligkeit spuckte, wartete eine noch spektakulärere Entschädigung auf.

War es nicht ein bisschen wie in seinem Leben? Im letzten Herbst war er in dieses düstere Loch gefallen, nachdem Nicole mit ihm Schluss gemacht hatte, und er hätte sich niemals träumen lassen, dass es ihm ein halbes Jahr später besser gehen würde als jemals zuvor. War er nicht hier und fuhr Motorrad mit einer Traumfrau, die ebenso viel Spaß daran hatte wie er selber? Für einen kurzen Moment hatte er absolutes Glück gefühlt.

Sie hatten die Postkartenidylle der Zentralschweiz erreicht. Charmante Dörfer an blauen Seen inmitten prächtigster Bergwelt. Als hätten sie einen Spielzeugfernseher in der Hand, bei dem auf jeden Knopfdruck ein neues Bild erschien, erblickten sie den Vierwaldstättersee, dem Loppertunnel folgte der Alpnachersee, Tunnel Sachslen, Zollhaus, ein kurzer Blick auf den Sarnersee, und gleich ging's wieder in den Tunnel Giswil. Bis Kaiserstuhl hatten sie eine schöne Höhe bewältigt. Der Wasserstand des Lungernsees war niedrig. In wenigen Wochen würde es hier ganz anders aussehen. Dann floss das Schmelzwasser herunter und erhöhte den Spiegel in kaltem Gletschergrün bis zu den saftigen Wiesen. Kaum eine Siedlung lag so idyllisch wie Lungern. Eingebettet in die Bergwelt am Ufer des Sees, schien die Welt hier noch in Ordnung zu sein.

Im Haslital ging es weiter bergauf. Sie hatten vom Kanton Obwalden in den Kanton Bern gewechselt und schließlich, nach insgesamt einer Stunde Fahrzeit, die Passhöhe erreicht. Der Brünig mit seinen 1008 Metern war kein imposanter Pass, entsprach damit aber der lieblichen Gegend des Berner Oberlandes. Sie hatten eine kurze

Pause eingelegt, einen Kaffee getrunken und die in Meiringen startenden Kampfjets gehört.

»Einmal im Leben in so einer Maschine sitzen ...« Rebecca hatte verträumt zugeschaut, wie die Düsenjäger in den Himmel stachen. Verwundert hatte Andrea seine Freundin von der Seite betrachtet, sie überraschte ihn immer wieder. Derartige Ideen formten sich also hinter der makellosen Stirn. Er hatte ja keine Ahnung.

»Stell dir vor, wie es einen da in den Sitz drückt, mit welcher Geschwindigkeit und Kraft du in den Himmel geschossen wirst! Bestimmt grandios.« Er hatte genickt. Und noch während er sich überlegt hatte, ob es einer Frau auf dem Sozius einer KTM gefallen konnte, wenn sie von einem Düsenjet träumte, hatte er gespürt, wie sie sich an ihn schmiegte. Er hatte den Gedanken fallen gelassen und den Augenblick genossen.

Weiter war's gegangen, vorbei an Brienzer- und Thunersee. Die Gegend hatte er immer gemocht und sich hier mal wie in seiner Westentasche ausgekannt. Während drei Wochen waren sie in Thun kaserniert gewesen und jeden Tag eine andere Tour gefahren.

Die Bilderbuchszenerie war an Rebecca nicht verschwendet. Sie war in den letzten Jahren in so viele Städte und Länder rund um den Globus geflogen, dass sie sie kaum noch aufzuzählen vermochte. Aber die Schweiz kannte sie viel zu wenig. Selbst als ihre Eltern noch gelebt hatten, waren sie im Urlaub meist nach Südfrankreich in ihr Ferienhaus gereist. Und waren sie in der Heimat geblieben, hatten ihre Eltern das Bündnerland der Zentralschweiz vorgezogen.

Er hatte eine Nacht im Hotel Krone in Thun reserviert. Das Viersternehaus befand sich mitten in der pittoresken

Altstadt und lag nur wenige Schritte von der Aare entfernt. Gewählt hatte er es aber vor allem, weil es ein Haus mit viel Geschichte und Tradition war. Eigentlich sprengte es sein Budget, aber andererseits, man gönnte sich ja sonst nichts. Und Rebeccas Freude am altehrwürdigen Hotel war den Preis allemal wert. Nachdem sie ihr Zimmer bezogen hatten, schlenderten sie zum Schloss hoch. Andrea hatte sich vorbereitet und konnte Rebecca mit Daten imponieren: »Das Schloss Thun – unverwechselbares Wahrzeichen der Stadt – wurde 1190 anstelle der ritterlichen Burg bis auf die Höhe des Rittersaals erbaut. Im 13. Jahrhundert ging das Schloss an die Kyburger über, welche es um das heutige obere Geschoss erweiterten. Und der mächtige Dachstuhl wurde, wenn ich mich richtig erinnere, in den Dreißigerjahren des 15. Jahrhunderts gebaut.«

»Wow, was du alles weißt, mein Freund, das wandelnde Geschichtsbuch! Eigentlich habe ich erwartet, dass du mir alles über das Kasernenleben berichten würdest.«

»Tja, wenn dich das mehr interessiert? Nicht zu vergessen die wilden Disconächte im ›Orvis‹.«

»Aha, nun sieh mal einer an, da kommen ja ganz neue Seiten zum Vorschein. Erzähl!«

»Um ehrlich zu sein, Jahreszahlen liegen mir besser.«

Rebecca hatte gelacht. »Einverstanden, lassen wir unsere Vergangenheit ruhen.« Damit hatte sie ihm einen dicken Kuss auf den Mund gedrückt. Eine Weile noch bummelten sie durch die Stadt, wo sich Rebecca für die einzigartigen Hochtrottoirs begeistert hatte, welche die Hauptgasse kennzeichneten. Edle Geschäfte wechselten sich mit schmucken Boutiquen und trendigen Shops ab. Allerdings waren sie beide keine ›Shopper‹, und sie hatten es beim ›Schaufensterlädelen‹ belassen. Bis sie an die Aare kamen und Andrea sich erinnerte, wie sie sich abends, während des Motorradkurses jeweils in die Fluten gestürzt und flussabwärts hatten treiben lassen. Er hatte Rebecca davon erzählt, und diesmal hatte es ihn nicht erstaunt, als ihre Augen zu glänzen begonnen hatten und sie den Besuch unbedingt im Sommer wiederholen wollte, weil sie genau solche Dinge ebenfalls erleben wollte! Hand in Hand waren sie über die uralte Holzbrücke spaziert, die sich über den hier rauschenden Fluss spannte und im Sommer über und über mit weißen, rosa und roten Geranien behängt war. Mitten auf der Brücke hatten sie sich geküsst und waren schlussendlich im Garten des alten Waisenhauses auf der anderen Seite des Flusses gelandet.

»Ich hab einen Bärenhunger, was ist mit dir?« Rebecca hatte ihn fragend angeschaut.

»Hm, es scheint mein Schicksal zu sein, dass ich mich von italienischer Küche ernähren muss«, grinste Andrea, nachdem er einen Blick in die Menükarte geworfen hatte.

»Oje, möchtest du lieber woanders hin?«

»Ach was, italienisch kann man immer essen!«

Sie hatten sich an den einladend gedeckten Tischen unter den blühenden Kastanienbäumen niedergelassen und in die Speisekarte vertieft. Rebecca hatte die Tagliatelle verdi ai gamberoni e pomodori freschi und er das Scaloppine di vitello al gorgonzola e pere bestellt. Dazu hatten sie den Barolo gewählt und als Aperitif zwei offene Biere im Garten getrunken. Danach hatten sie sich aber in die Wirtshausstube gesetzt. Es war immer noch April und die Abende kühl. Während sie auf ihr Essen gewartet hatten, erzählte er Rebecca von seinem Fall. Dem Altersheim, den Diebstählen, Hanna Bürger, den Angestellten und wie ihm beinahe bei jedem Besuch der Leichenwagen begegnet war.

Sie hatte ihm aufmerksam zugehört und schließlich trocken gemeint: »Sind das nicht ein bisschen viel Tote, selbst für ein Altersheim?«

»Ehrlich gesagt, das frage ich mich auch.« In diesem Moment war das Essen gekommen und sie hatten ihr Gespräch unterbrochen. »Mmh, fantastisch.« Rebecca hatte sich die erste Gabel voll in den Mund geschoben. Eine Weile hatten sie schweigend gegessen, beide ließen sie sich ihr Gericht schmecken. Auch etwas, das er an ihr schätzte. Wenn sie aß, dann aß sie. Sie brauchte keine Plauderei dazu, der Genuss einer Mahlzeit war ihr genug. Da sie selber gerne kochte, wusste sie den Aufwand der Zubereitung eines wirklich guten Essens zu schätzen. Sie beschrieb es als das Erfreulichste überhaupt, wenn man sich mit Hunger an einen schön gedeckten Tisch in angenehmer Atmosphäre setzen und einfach nur schlemmen durfte. Wer ein gutes Essen zuzubereiten wusste, durfte als König bezeichnet werden, wer es aber richtig zu huldigen wusste, war die wahre Kaiserin. Da Andrea kein großartiger Koch war, durfte Rebecca leider das Kaiserinnendasein nur auswärts ausleben. Dafür wurden ihre königlichen Bemühungen geschätzt. Allerdings hielt sie Andrea eher für einen Gourmand denn einen Gourmet. Obwohl sie ihm zugestand, dass er ein gut gebratenes Stück Fleisch durchaus zu geniessen wusste. Immerhin war er von seiner Mama ohnehin Außergewöhnliches gewohnt. Klar stimmte das, dennoch wollte er unbedingt betonen, wie sehr er würdigte, was Rebecca ihm jeweils zauberte, und ihre Kunststücke konnten es auch mit denen seiner Mutter aufnehmen! Und überhaupt, er zöge ihre Mahlzeiten denen seiner Mama jederzeit vor! Beim Dessert angekommen, hatte Rebecca die eine und andere Anekdote der letzten Rotation zum Besten gegeben. Andrea hätte ihr stundenlang zuhören mögen.

Auf die Verstorbenen im ›Abendrot‹ waren sie nicht mehr zu sprechen gekommen.

Aber jetzt hier im Bett fielen sie ihm wieder ein. Er würde sich die nächsten Tage genauer damit befassen.

Die tiefen Atemzüge neben ihm schläferten ihn ein. Was war das für ein Auto? Saß da Hanna Bürger drin? Sie winkte ihm zu, und dann gab sie Gas. Aber da vorne stand ja Rebecca mitten auf der Straße! Er wollte schreien, doch es kam kein Ton heraus.

20.

»Hm, sagt mal, kann es sein, dass er mit mir flirtet?« Mit diesen Worten betrat Rea das Büro.

»Wer?« Gian war Welten entfernt gewesen und brauchte ein bisschen Zeit, um ins Zimmer und zu Rea zurückzufinden. Als er allerdings soweit war, kam er nicht umhin zu bemerken, wie anziehend seine Kollegin wieder aussah. Ihre natürliche Ausstrahlung wurde durch den sportlichen Kleiderstil reizvoll unterstrichen. Meist trug sie Jeans, T-Shirts und Turnschuhe, ihre braunen schulterlangen Haare offen. Mit ihren 1,75 Meter und den strahlend blauen Augen fiel sie trotz der unprätentiösen Aufmachung positiv auf.

»Na, euer Chef, der Jörg.«

»Also doch. Hab ich's nicht gesagt?! Wir haben dich gewarnt!« Gian klang aufgebracht. »Was will er von dir?«

»Er schmiert mir halt Honig ums Maul und hat mir eine besondere Aufgabe aufgehalst, die er angeblich nur mir zutraut.«

»Oje oje, du wirst doch hoffentlich nicht auf den Schmalzzahn hereinfallen?« Diesmal klang Gian wirklich besorgt.

»Nee, nur keine Angst. Aber ich schlage vor, ihr unterstützt mich ein bisschen.« Für Rea war das Thema Chef im Moment abgehakt. Geheimnisvoll schaute sie die Männer an und rückte schließlich mit der Sprache heraus. Ein bekannter Verlag hatte die Stadtpolizei gebeten, einen Tatort-Krimi aus Expertensicht zu rezensieren. Diesen Auftrag hatte Jörg Rea zugeschanzt, welche nun ihrerseits die beiden Kollegen anheuern wollte. Gian, einem unterhaltsamen TV-Film jederzeit seiner ohnehin ins Stocken geratenen Arbeit den Vorzug gebend, war sofort Feuer und Flamme für den Vorschlag. Rea vertröstete ihn allerdings auf den Feierabend, versprach im Gegenzug, als auch Andrea seine Hilfe zusicherte, für das leibliche Wohl zu sorgen, indem sie Pizza, Chips und Bier organisieren wollte.

So kam es, dass der Aufenthaltsraum-Kühlschrank im Verlaufe des Nachmittags mit Bier gefüllt wurde, sich raschelnde Chipstüten auf den Arbeitstischen einfanden und der Videorekorder einmal nicht der Ansicht irgendwelcher Sicherheitskopien diente, sondern für einen Spielfilm missbraucht wurde.

Pünktlich um 17.00 Uhr fragte Rea: »Bereit?« Sie trug drei Feldschlösschen im Arm und die Fernbedienung in der Hand. »Prost, auf einen gelungenen Fernsehabend.«

»Salve, auf die Freundschaft.«

Die drei Flaschen schlugen aneinander, und sie machten es sich bequem. Rea war mit einem Stift und Schreibblock bewaffnet, Gian legte seine Füße auf den Tisch, und Andrea ließ die Rückenlehne bis zum Anschlag schwingen.

»Wie heißt der Titel?«, erkundigte er sich, nachdem er bequem saß und eine gute Aussicht auf das Fernsehgerät hatte.

»Eine bessere Welt«, antwortete Rea.

»Aha, wie vielversprechend. Da wird mit großer Kelle angerührt, nichts Bescheideneres als eine bessere Welt, wow.« Ironisch schob er nach: »Tja, wer träumt nicht davon?«

»Sind wir nicht zur Polizei, weil wir sie uns wünschen?«, fragte Rea ernsthafter zurück.

»Au bitte, du wirst doch nicht aus diesem naiven Glauben heraus in unsere Firma eingetreten sein?« Gian sah Rea zweifelnd an. Worauf sie fast trotzig entgegnete: »Warum nicht? Ist sicher nicht das schlechteste Motiv.«

Andrea mischte sich ein. »Wollen wir nicht loslegen, bevor ihr nun wieder ins Philosophieren kommt? Ich will den Film sehen!«

»Okay, alles klar. Und darf ich euch daran erinnern, dass das Bier nur bezahlt ist für diejenigen, die mitarbeiten!«

»Erpressung.« Gian murmelte es in seine Flasche, bevor er einen zünftigen Schluck nahm. Schulterzuckend meinte sie: »Mit Speck fängt man Mäuse.«

Für eine Weile wurde es ruhig im Büro, und alle drei verfolgten gespannt das Geschehen am Bildschirm.

Sehr zu Reas Missfallen musste sie feststellen, dass leider Gottes auch in diesem Tatort, wie in beinahe jedem Spielfilm, die Uniformpolizei als simple Spatzenhirne dargestellt wurde. Warum bediente man sich immer wieder dieses Klischees? Es ärgerte sie und würde ihr ohnehin schlechtes Image in der Bevölkerung noch untermauern und niemals zum Besseren wenden. Sie war davon überzeugt, dass selbst firmenintern diese Wertung fest in den Köpfen verankert und daher das unerfreuliche Kastendenken der Kripo gegenüber der Streife im Film treffend der Wirklichkeit entnommen war. Ein äußerst unbefriedigendes Kapitel.

Wenig überraschend wollte einem die Filmindustrie hingegen einmal mehr weismachen, dass Polizisten in der Freizeit an ihren Fällen weiter ermittelten, obwohl dies in der Realität höchst selten vorkam, wenn nicht ganz und gar inexistent war. Aber irgendwoher musste Spannung kommen, und offensichtlich liebte man den Kriminalisten, der seinen Job als Lebensaufgabe sah und nicht nur seine Arbeit erledigte, sondern mit Leib und Seele Gesetzeshüter war. Polizist sein nicht nur als profanes Geldverdienen, sondern als Berufung.

Abgesehen davon, dass sich die gewöhnliche Polizeiarbeit in der Schweiz und in Deutschland im Prinzip nicht grundlegend unterscheiden konnte – überall musste das Böse vom Guten besiegt werden – wichen die Wege zum Ziel im nördlichen Nachbarland anscheinend mit Strukturen und Gesetzgebung um Einiges von dem ab, was die drei aus ihrer Praxis gewohnt waren. Nebst unterschiedlicher Kompetenzverteilung – niemals würde sich ein Zürcher Polizeipsychologe um etwas anderes als das seelische Wohlbefinden Betroffener kümmern, ganz im Gegensatz zum Deutschen, der sich durchaus in Polizeiliches einmischen durfte – war dafür die Liaison zwischen Psychologe und Kommissarin etwas, das, wie in jeder großen Firma, durchaus auch im Zürcher Korps nicht nur vorstellbar, sondern bekannt war.

»So, das war's dann wohl.« Nach satten 88 Minuten drückte Rea auf den Knopf der Fernbedienung, worauf der Bildschirm schwarz wurde. Sie nahm eine Handvoll Chips, stopfte sie in den Mund, strich ihre fettigen Finger an der Jeans ab und zückte ihren Stift. »Was ist euch aufgefallen, was kann ich mir notieren? « Erwartungsvoll betrachtete sie die beiden Männer.

»Uff, ich brauch erst noch was zu trinken.« Gian ließ einen lauten Rülpser los. »Ups, 'tschuldigung.«

Andrea grinste und packte die leeren Flaschen. »Hast du unten noch mehr davon?«, fragte er Rea.

»Ja klar, bringst mir auch noch eins?« Andrea nickte und verzog sich. Beim Hinausgehen hörte er, wie Gian zu Rea sagte: »Den sind wir los. Und was machen wir zwei Hübschen jetzt?« Unverbesserlicher Kerl. Als Andrea jedoch frisch bewaffnet zurückkam, waren die beiden in eine konstruktive Diskussion vertieft.

Gian kratzte sich nachdenklich in seinem langsam wuchernden Bart und meinte: »Tja, also ich weiß nicht, ob ich Andrea verpfeifen würde, nur weil er mit einer Klientin Sex hat.«

»Aber es geht hier doch nicht um den Sex! Es geht darum, dass er sie begünstigt hat, weil er sozusagen ›vergaß‹, dass sie alkoholisiert Auto fuhr!«

»Trotzdem. Kollegen sind doch wichtiger als alles andere …«

»Deine Loyalität in allen Ehren, aber es gibt Grenzen.«

»Hoffen wir, dass wir nie in die Situation geraten.«

»Wenn die Situation da ist, ist es zu spät. Gedanken muss man sich vorher machen.« Davon war Rea überzeugt.

»Glaubst du? Also, ich bin ein Schnelldenker.« Gian hatte noch nie an zu wenig Selbstbewusstsein gelitten.

Worauf Andrea nicht widerstehen konnte und einen kleinen Seitenhieb losließ: »Das ist mir neu. Was mir hingegen bekannt vorkommt, ist, wie sich die ungewollte Notgemeinschaft der beiden Kommissare im Verlauf des Films zu einem akzeptabel funktionierenden Team, wenn nicht gar zu einer auf gegenseitiger Sympathie bauenden Freundschaft, entwickelt.«

»Wem sagst du das, was schweißt schließlich mehr zusammen, als sich gegen gemeinsame Feinde zu verbünden? Kennen wir doch alle.« Rea nickte.

»Welche Feinde meint ihr?« Gian kam nicht ganz mit.

»Aha, so viel zum Schnelldenker … das nenne ich dann eher die nasse Lunte … Ist dir nicht aufgefallen, dass Mey und Steier von Chef und Polizeipsychologen gleichermaßen klar gemacht wird, dass es sich bei ihrem Fall um gar keinen Fall handelt, und sie sich gefälligst um ihre eigentliche Arbeit zu kümmern hätten? «, fragte Rea leicht vorwurfsvoll.

»Danke für die Aufklärung!«

»Kommen wir nochmals auf den Titel zurück: Eine bessere Welt. Ich wage zu bezweifeln, dass die Welt tatsächlich besser geworden ist am Ende des Films, aber immerhin irrt in Frankfurt ein Irrer weniger durch die Straßen. Offenbar ist die Stadt ja voll davon, wie uns der Frankfurter Film-Polizist mitteilte.« Rea versuchte, den Kreis langsam zu schließen. »Bringen wir es auf den Punkt: Das Gefühl, die Welt zu verbessern, stellt sich bei der Polizeiarbeit kaum ein. Meiner Meinung nach besteht in Tat und Wahrheit vielmehr die Gefahr, dass die Schönheiten unseres Planeten in Vergessenheit geraten, und übrig bleibt dann nur noch ein politisch völlig unkorrekter und wenig schmeichelhafter Kosename wie ›Mongo-City‹, den Zürcher Gesetzeshüter gerne verteilen.«

»Ja, da muss ich dir wohl leider recht geben. Ich sehe das genauso.« Andrea war einverstanden mit ihrem Fazit. Gian hingegen schien noch einmal zu erwachen und brachte eine neue Idee auf: »Glaubt ihr nicht auch, dass es Menschen gibt, auf die die Welt verzichten könnte? Ohne die die Erde zu einem besseren Platz würde?«

»Hm, ich denke nicht, dass es uns ansteht, darüber zu urteilen, wer denn nun auf der Welt sein darf und wer nicht.« Rea teilte die Ansicht ihres Kollegen nicht.

»Aber was machst du als Polizistin denn anderes, als böse Menschen wegzusperren?«

»Halt, halt, ich entscheide doch nicht, ob jemand gut oder böse ist! Ich kontrolliere nur, ob jedermann nach den Regeln spielt. Ob Gesetze eingehalten werden! Das ist ein Riesenunterschied. Dass in einer Gemeinschaft von Menschen Vorschriften gelten müssen, ist klar. Und daran hat man sich zu halten. Ansonsten funktioniert es leider nicht. Aber das hat doch nichts damit zu tun, ob ich jemanden gut oder böse finde. Ich urteile sowieso nicht über den Menschen, wenn, dann über seine Tat«, widersprach Rea.

»Okay, einverstanden. Dennoch finde ich es legitim, Menschen, die Schlechtes tun, ganz und gar zu verwahren«, Andrea schien in Gedanken und Gian vervollständigte seinen Satz, »... oder gleich an die Wand zu stellen.«

»Ich entschuldige euch jetzt mit der späten Stunde und dem Bierkonsum. Ansonsten wäre unverzeihlich, was du da raus lässt.« Rea schüttelte den Kopf und warf Gian einen verständnislosen Blick zu.

Andrea fühlte sich missverstanden und versuchte zu erklären: »Nein, ehrlich, ich verstehe, dass man die Verwahrung eingeführt hat. Wenn ich mir vorstelle, ich hätte ein Kind, das missbraucht, gequält und getötet worden wäre, da würde ich wollen, dass der Täter nie mehr auf freien Fuß käme.«

Gian wusste genau, was er meinte: »Da könnte ich für nichts mehr garantieren, das kann ich dir laut sagen. Da gäbe es nur noch eins für mich ...«

»Kinder, Kinder, wenn ihr euch hören könntet! Wir sind doch nicht Gott. Und für etwas haben wir schließlich unsere Gesetzesbücher. Aber ich denke, wir brechen jetzt ohnehin ab.« Rea warf einen Blick auf ihre Uhr am Handgelenk. »Für mich wird es Zeit. Tausend Dank für eure wertvolle Mitarbeit.« Mit diesen Worten sowie zwei Kusshänden, die sie den Männern zuwarf, erhob sie sich von ihrem Sessel und packte die bereits wieder ausgetrunkenen Flaschen.

Auch Andrea sprang auf, nachdem er gesehen hatte, wie spät es war. »Tatsächlich, verdammt, dabei wollte ich heute mal früh in die Heia.«

Nur Gian seufzte bedauernd: »Schade, 's war doch gerade so gemütlich ... ich hätt durchaus noch ein Bierchen vertragen ...«

21.

Beim Herkommen waren ihr die Juden in ihren Pelzmützen und schwarzen Mänteln aufgefallen. Ob das mit Pessach zusammenhing? Sie lebten in einer geheimnisvollen Parallelwelt, von der sie viel zu wenig wusste, im Grunde überhaupt keine Ahnung hatte.

Es war Ostersonntag, und sie besuchte den Gottesdienst im Großmünster. Hanna ging nicht in die Kirche, weil sie an Gott glaubte. Das hatte sie noch nie. Vielmehr mochte sie die beruhigende Atmosphäre, zuweilen auch die Predigten. Heute hielt Käthi La Roche ihren Abschiedsgottesdienst. Hannas Gedanken schweiften ab. Wie schade, dass Irma das nicht mehr miterleben konnte. Sie hatte immer eine Schwäche für die erste Theologin in Zwinglis Kirche gehabt.

Heute waren sie wieder gekommen. Sie hatte sie gesehen. Diese Scheinheiligen. Saßen da mit ihren versteinerten Mienen und spielten die traurigen Verwandten. An jedem hohen Feiertag wiederholte sich das Schmierentheater. Sie besuchten ihre Mutter, Schwiegermutter und Oma, der sie das Recht auf einen würdigen Tod verweigerten. Und danach gingen sie frömmlerisch in die Kirche. Wer aber mindestens wöchentlich an diesem Bett saß, Geschichten und Gedichte vorlas, Musikstücke laufen ließ, ihre Hand hielt und traurige Monologe führte, das war Hanna. Wie sehr sie Irma wünschte, dass man sie sterben ließe. Warum durfte sie nicht einfach gehen?

Sie vermisste ihre Freundin.

Irma war ihr gleich sympathisch gewesen. Mit dem feinen Lächeln und dem Schalk in den Augen. Anfangs hatte sie nicht viel geredet, aber wenn, dann hatten ihre Worte Hand und Fuß, waren wohl überlegt und voll verstecktem Humor. Sie beobachtete und bildete sich dann ihre Meinung. Zu Beginn war Hanna richtig nervös gewesen, wenn sie Irma sah. Je mehr sie von der anderen Frau kennenlernte, umso besser leiden konnte sie sie. Sie hatte so sehr gehofft, die Zuneigung möge gegenseitig sein. Sie wollte sich von ihrer besten Seite zeigen, hatte Herzklopfen bekommen, wenn

Irma sich zu ihr setzte. Eine Freundin zu finden, war etwas ganz Spezielles. Fast ein bisschen wie verliebt sein. So als flögen lauter Schmetterlinge im Bauch. Zerbrechlich zuerst und hoffnungsvoll, bis die Freundschaft immer größer und stärker wurde, weil man spürte, man konnte der anderen vertrauen, wurde nicht enttäuscht – vielmehr verstanden. Als wären sie verwandte Seelen. Ja, mit Irma hatte sie sich einzigartig gut verstanden. Vielleicht sogar besser noch als mit Paul. So schön sie es mit ihrem Ehemann gehabt hatte, es hatte immer Dinge gegeben, die er nicht nachvollziehen konnte, und sie hatte es jeweils das ›Männlein–Weiblein-Denken‹ genannt. Aber mit Irma war das anders. Sie spürte genau, dass sie die gleichen Gedankengänge vollzogen. Mitten im Satz konnte sie an Irmas Gesicht ablesen, dass diese bereits wusste, was sie meinte. Zuweilen war es, als könnten sie in den Kopf der anderen blicken und deren Ideen vervollständigen. Es war verblüffend und wunderschön. Irma gehörte zu den Menschen, in deren Gegenwart sich Hanna einfach wohlfühlte. Nach einem Treffen mit ihr waren ihre Batterien wieder aufgeladen, sie wurde nicht ausgesogen, sondern konnte Energie tanken.

Und wie sie zusammen gelacht hatten, zuweilen gekichert wie zwei Teenager. Oft über Situationskomik, ungewollte Missgeschicke und beobachtete Pannen. Mit Irma konnte sie über alles reden, persönliche Probleme ansprechen, tägliche Kleinigkeiten austauschen, Gelesenes besprechen oder Weltgeschehen erörtern. Was hatten sie sich zum Beispiel über Sarkozy mokiert, den kleinen, aufgeblasenen Wichtigtuer mit seinem Napoleon-Komplex. Oder über Berlusconi, diesen alten Lustmolch oder ›Glüschtler‹, wie ihn Irma genannt hatte. Es wäre noch viel lustiger gewesen, wenn es nicht eigentlich tragisch war, dass in Europa solche Männer an der Macht waren. Bei der Wahl Obamas hingegen, die sie gemeinsam verfolgt hatten, hatte sich Irma Tränen der Rührung abgewischt. Es war ein so unbeschreiblich bewegendes Gefühl gewesen, zu sehen, dass er es als erster schwarzer Mann ganz an die Spitze geschafft hatte, dass die Amerikaner immer noch fähig waren, auch im Positiven zu überraschen.

Sie hatten sich ausgetauscht, über Aktuelles aber auch längst Vergangenes. Und wie wäre es schön, mit Irma jetzt über den arabischen Frühling zu diskutieren. Sie war immer so informiert und belesen gewesen. Sie war vielleicht nicht gereist, sie deswegen aber für weniger weltgewandt zu halten, wäre ein Irrtum gewesen. Irma wusste über beinahe jede politische Strömung Bescheid, hatte sich geografisch und kulturell immer weitergebildet, und ein Gespräch mit ihr war stets eine Bereicherung gewesen. Irma hatte Hanna um ihre Zeit in Afrika beneidet. Wie gerne hätte auch sie mehr von dieser Erde gesehen. Stattdessen waren sie Jahr für Jahr nach St. Emilion gereist, wo Franz, ihr Mann, das Ferienhaus gekauft hatte. Natürlich war es wunderschön im Departement Gironde, der Wein und das Essen fantastisch, aber altbewährt und wenig spannend. Franz hatte genau das gesucht. Er hatte genug Aufregung und Stress im Beruf, da wollte er sich in den Ferien erholen, er wollte ankommen, sich daheim fühlen und das konnte er am besten, wenn ihm alles bekannt war. Und Irma hatte es hingenommen, obwohl sie in diesem Punkt so ganz anders war. Sich Abwechslung gewünscht hätte. Neugierig auf fremde Kontinente, andere Sprachen, exotische Speisen, neue Menschen gewesen wäre.

Man hätte sie beide für Schwestern halten können, die gleiche Figur, die gleiche Größe. Nur war Irma im Gegensatz zu Hanna blond gewesen, und ihr Haar hatte noch immer einen goldigen Schimmer. Einst war sie eine schöne Frau gewesen.

Das alles war jetzt Erinnerung. Nur die Verpackung war übrig geblieben. Die Schale. Schlimm für Hanna, ihre Freundin so zu sehen. Das wächserne Gesicht, der eingefallene manchmal offene Mund, die geschlossenen Augen, die trockenen, kalten Hände. Die Haut spannte sich über die Knochen wie dünnes Pergament, ihre Nase ragte spitz aus dem Gesicht, zuweilen sah sie aus wie eine Mumie. Aus Irma war innert Kürze eine Greisin geworden. Diese Hülle hatte so überhaupt nichts mehr gemein mit der einst sprühenden, intelligenten und interessierten Person, die Irma zeit ihres Lebens gewesen war.

In den ersten Wochen nach dem Schlaganfall hatte Hanna die Familie noch verstehen können. Es war schwierig, Abschied von einer geliebten Person zu nehmen. Als sich aber herausstellte, dass Irma mit an Sicherheit grenzender Wahrscheinlichkeit nie mehr aufwachen würde und ohne Maschinen nicht mehr lebensfähig war, hatte sie nicht mehr nachvollziehen können, warum man ihr dieses unwürdige Dahinsiechen antat. Christlich-verlogen war das. Konnten sie denn nicht sehen, dass Irma längst nicht mehr anwesend war? Dass man ihr Leiden nur verlängerte? Wie konnte man einem Menschen, der einem angeblich so wichtig war, so etwas antun? Es überstieg Hannas Vorstellungsvermögen. Sie hatte das Gespräch gesucht mit dem Sohn und der Schwiegertochter. Aber gebracht hatte es rein gar nix. Oder doch, soviel, dass die Verwandten Hanna jetzt wie Luft behandelten und geflissentlich übersahen. Und sie vermutlich sogar Verräterin schimpften.

Dabei wurde in der Schweiz in wenigen Wochen über

den sogenannten Sterbetourismus abgestimmt, und es sah ganz danach aus, als würde man den selbst gewählten Freitod für Kranke weiterhin erlauben. Sterbetourismus, was für ein unsägliches Wort. Als könnte man Sterben und Ferien miteinander verheiraten. Dass aber vor allem ›Dignitas‹ ausländische Sterbewillige anzog, war unbestritten. Mitte Mai sollte das Volk über zwei Initiativen abstimmen, die schärfere Bestimmungen wollten. Aber warum sollte nicht selbstbestimmt sterben dürfen, wer unerträglich litt? Da war man großzügig und würde es wohl auch bleiben, davon war Hanna überzeugt. Die Initiatoren hatten kaum eine Chance mit ihren Vorschlägen. Dennoch, Irma würde es nichts bringen. Ihre Verwandten verweigerten ihr, was ihr zustand. Irma konnte nicht mehr selbstständig leben, es reichte, wenn man ihre lebenserhaltenden Maschinen abstellte. Es brauchte nichts weiter. Nicht wie bei der Sterbehilfe, wo Gift eingenommen wurde, um ein Leben zu beenden.

Im Unterschied zu Hanna hätte Irma gerne mehr Kinder gehabt. Es war aber bei diesem einen Sohn geblieben. Vielleicht hätte eine Tochter mehr Verständnis?

Wie es wohl bei ihren eigenen wäre? Ob sie ihre Mutter gehen ließen? Ganz bestimmt. Hanna zweifelte nicht daran, dass ihre Töchter und auch der Sohn sachlich unsentimental entscheiden würden. So hatte sie sie erzogen. Ingrid und Ruth hatten bisweilen einen harten Zug an sich, aber selbst Isabella und Alex mit ihren eher weichen Herzen ließen nicht Gefühle über den Verstand regieren.

Ganz abgesehen davon war es natürlich falsch verstandene Menschlichkeit, wenn man jemanden an Maschinen angeschlossen leben ließ, obwohl er oder sie nur noch physisch anwesend waren.

Wie sehr sie Irma gönnen würde, wenn sie sich verabschieden dürfte. Gerade jetzt an Ostern. Und gerade Irma, diesem Engel in Menschengestalt.

Mit Irma hatte sie eine tiefe und herzliche Verbundenheit geteilt, was sie immer als wertvollste Gabe empfunden hatte. Und niemals hätte sie erwartet, dass sie im hohen Alter noch so reich beschenkt werden sollte. Umso bitterer war der Verlust nun zu verkraften.

Die Menschen erhoben sich. Waren sie schon beim Abendmahl, hatte sie den ganzen Wortgottesdienst verpasst?

Sie verließ die Kirche. Auf den Leib Christi konnte sie verzichten. Draußen empfing sie angenehme Wärme, es war kühl gewesen im Münster. Wie sie die Treppe zum Limmatquai hinunter stieg, fiel ihr Blick auf das Zunfthaus zum Rüden. Als die Kinder noch klein gewesen waren, gingen sie jeweils am Ostermontagvormittag zum ›Zwängzgerlen‹ auf den Rüdenplatz. Ein alter Zürcher Brauch. Dabei streckten die Kinder ihre bemalten Eier den Erwachsenen hin, die wiederum warfen ein Zwanzigrappenstück darauf. Blieb die Münze im Ei stecken, durfte der Werfer das Ei behalten, ging sie allerdings daneben, was gewöhnlich der Fall war, gehörten Ei und Geld dem Kind. Isabella hatte ihre Eier niemals hergegeben, ihre kleinen Kunstwerke waren ihr viel zu teuer, als dass sie sie nur zum Spiel angeboten hätte.

22.

Sie war überhaupt nicht erpicht auf das Osteressen bei ihrem Sohn. Aber die Einladung ausschlagen, war undenkbar. Die Zusammenkunft am Ostermontag hatte Tradition. Und wurde in jedem Jahr wiederholt. Eigentlich war jeweils die ganze Familie eingeladen, aber da die restlichen Mitglieder im Ausland weilten, war Hanna in diesem Jahr die Einzige, die in den Genuss der Geselligkeit kam. Wenigstens waren die Großkinder aus dem Osternestersuchen herausgewachsen. Alles, was ihnen Hanna noch mitbrachte, waren zwei Bücher, die sie bei ihrem letzten Besuch im Orell Füssli gefunden hatte. Pummelig waren ihre Enkel, auch wenn das in der Familie niemand offen zugeben wollte. Ihr Sohn nannte seinen Nachwuchs kräftig gebaut, und die Schwiegertochter hieß es Babyspeck. Dass sie seit vielen Jahren dem Kleinkindalter entwachsen waren, schien ihr nicht aufzufallen. Nein, sie waren ganz einfach übergewichtig, sodass Hanna längst keine Süßigkeiten mehr mitbrachte. Enttäuschung hin oder her. Selbst ihr Sohn trug einen Wohlstandsbauch spazieren, und wie seine Frau unter der zu kaschieren versuchenden Kleidung aussah, wollte Hanna nicht wissen.

Die Reise nach St. Gallen im Zug dauerte im ICN jeweils genau 70 Minuten. Die gute Stunde genoss sie zusammen mit der Rückreise am meisten. Am Treffpunkt des Hauptbahnhofs wartete Alex stets zuverlässig auf sie, und gemeinsam fuhren sie im dunkelblauen Mittelklasse-Kombi in das biedere Einfamilienhaus-Quartier wenig außerhalb der Stadt. Am Rückspiegel baumelte ein Stoff-Diddl und es roch nach Raumerfrischer. Ja, aus ihrem Sohn war ein furchtbarer Bünzli geworden. Hanna seufzte innerlich. Alex war immer ein liebes Kind gewesen. Anpassungsfähig und harmoniesüchtig hatte er es nicht ausgehalten, wenn sich seine Schwestern stritten. Als es um die Berufswahl ging, zeigte er zu wenig Ehrgeiz fürs Gymnasium und da er keine Vorstellung davon hatte, was er werden sollte, hatte man ihm eine Stelle bei der Stadtverwaltung gesucht, wo er die Ausbildung zu einem hundskommunen Kaufmann absolvierte. Immerhin mit Berufsmittelschuldiplom. Er war nicht dumm, aber weder besonders intelligent noch fleißig. Kurz nach dem Abschluss hatte ihn ein Kollege an die OFFA – die Ostschweizerische Frühlings- und Freizeitmesse – mitgeschleppt, dort war ihm Martina über den Weg gelaufen. Und sie hatte ihn nicht mehr aus ihren Fängen gelassen. Mit der Ehe hatten sie sich allerdings erstaunlich lange Zeit gelassen. Erst als Nachwuchs unterwegs war, trauten sie sich. Hanna hatte Martina ja in Verdacht, dass sie ihren Sohn mit dieser Schwangerschaft unter Druck gesetzt hatte. Der weiche Alex hatte der berechnenden Martina nichts entgegenzusetzen, und so wurde halt geheiratet. Die wilde Ehe war so ziemlich das Verwegenste, das ihr farbloser Sohn in seinem konventionellen Leben gewagt hatte.

Nach der Geburt des ersten Kindes hatte Martina ihre Arbeitsstelle sofort gekündigt. Sie schien es leichten Herzens zu tun. Und seither machte sie auf Hausfrau und – herrin. Stöhnte über die viele Arbeit, die Eigenheim, Garten und Kinder mit sich brachten. Der ›Garten‹ bestand aus einer kleinen Blumenrabatte vor und ein paar Gemüsebeeten im Schatten hinter dem Haus. Hanna hatte der Schwiegertochter mehrmals beizubringen versucht, dass ein so angelegtes Projekt zum Scheitern verurteilt sein musste. Aber Martina jammerte lieber jedes Jahr von Neuem über ihre Misserfolge, statt dass sie dem Gemüse etwas mehr Sonne gegönnt hätte. Der Rest des Umschwungs war Rasen, und den zu mähen, Alex' Aufgabe.

Sie parkten vor dem gepflegten Häuschen. Natürlich hatte sich Martina ins Zeug gelegt. Man setzte sich an den frühlingshaft dekorierten Tisch. Frische Schnittblumen standen in der Mitte und kleine, aluverpackte Schokoeier waren gleichmäßig auf der Tafel verteilt. Das Silberbesteck und die Stoffservietten verströmten einen Hauch Eleganz, der aber nicht so richtig zur gewöhnlichen Familie passen wollte.

Martina brachte den wunderschön bunten Bohnensalat mit Käse-Crostini: Unter das Grün der Bohnen waren kleine rote Cherry-Tomaten, violette Zwiebelringe und hellbraun geröstete Pinienkerne gemischt worden. Für die Crostini hatte sie auf ein dunkles Zwirbelbrot Knoblauch mit Bratbutter gestrichen und gemeinsam mit dem in Schnitze geschnittenen Tomme waren sie im vorgeheizten Ofen mehrere Minuten überbacken worden. Vanessa, die Enkelin, reihte fein säuberlich alle Zwiebelstücke am Tellerrand auf, und Kevin, ihr Bruder, weigerte sich ganz, vom Salat zu probieren. Hanna hingegen war nach der üppigen Vorspeise im Grunde schon satt, musste aber gestehen, dass das Hauptgericht ebenfalls verführerisch duftete. Das mit einer Komposition aus Mandeln, Paniermehl, Knoblauch, Rosmarin und Rahm gefüllte Rindsfilet war während zwei Stunden niedergegart worden und schmeckte butterzart. Auch die Rotweinsoße dazu war fein abgeschmeckt und unterstrich mit Rosmarin den zurückhaltenden Kräutergeschmack des Fleisches. Mit den gebratenen Kartoffelwürfeln und den glasierten Rüebli sahen die angerichteten Teller formvollendet aus und hätten jedem Sternekoch alle Ehre gemacht. Das musste man ihr lassen, kochen konnte sie. Kein Wunder war die ganze Familie dicklich. Nach einer kurzen Pause servierte Martina schließlich den optischen Höhepunkt. Quarkmousse-Schnitten mit Erdbeeren. Auf das helle Biskuit, das die Hausherrin selbstverständlich am Vortag selber gebacken hatte, war eine federleichte, weiße Quarkmousse gestrichen worden und obendrauf lagen dekorativ geschnittene Erdbeerstreifen. Erfrischend fruchtig und weder zu süß noch zu schwer. Hanna hatte lange nicht mehr so viel und so gut gegessen. Sie machte Martina ein Kompliment, das die Schwiegertochter offensichtlich freute.

Nach dem Kaffee brachen sie zu einem Spaziergang auf. Hanna war froh, das stickige Wohnzimmer verlassen zu dürfen. So gut das Essen geschmeckt hatte, die Konversation war stockend gewesen, und sie sehnte sich nach frischer Luft und Bewegung. Noch mehr genossen hätte sie die Runde ohne die Begleitung ihrer langweiligen Schwiegertochter, ihres wortkargen Sohnes und der keifenden Großkinder. Ihr Enkelsohn köpfte mit einem gezielten Kick, abgesehen davon, dass er seine Schwester ständig ärgerte, auch noch jeden goldenen Löwenzahn, der seinen Weg kreuzte. Das Gejammer der Enkelin wollte kein Ende nehmen, ihr war zu heiß, der Bruder gemein, die Schuhe zu eng, das Licht zu hell.

Ja, es war warm, das Wetter in der Tat grandios. Mindestens 25 Grad Celsius, wie Hanna schätzte. Über den ›Tonnisberg‹ kamen sie vorbei am ›Beuzenhuus‹, schlenderten dann auf einem Wiesenweg bis zum Bienenhäuschen und schließlich übers ›Loch‹ wieder zurück. Hanna

staunte, dass der erste Schnitt schon gemacht war. Birn-
und Kirschbaumblüten waren bereits vorbei. Nur die
Apfelbäume standen noch in vollem Blust. Im Wald roch es
nach Harz und Holz. Sie hörte den ersten Kuckuck in diesem Jahr, und am Waldrand hoppelte gar ein Hase davon.
Weiter unten blökten junge Schafe auf der Weide, daneben sprudelte zwar kein fröhliches Bächlein, aber sie hörte
das Plätschern des Brunnens und unwillkürlich musste sie
an Fausts Osterspaziergang denken, wo es hieß: *Vom Eise
befreit sind Strom und Bäche durch des Frühlings holden,
belebenden Blick. Im Tale grünet Hoffnungsglück.* Beim
Anblick der Jungtiere, der mehr gelben als grünen Wiesen und weiß getupften Bäume erkannte selbst Hanna die
Schönheiten der Jahreszeit wieder. Und sie musste zugeben, dass Alex beim Erwerb seines Häuschens durchaus
Geschmack bewiesen hatte. Kein Wunder galt der Son-
nenberg als bevorzugte Wohnlage. Ein Südhang. Eines
Tages hatte er in der Zeitung vom Kauf eines frei stehen-
den Einfamilienhauses in der Agglomeration der Stadt
gelesen. Es erschien ihm wie ein Geschenk des Himmels.
Die Drei-Zimmer-Stadtwohnung war ihnen mit zwei Kindern zu klein und zu eng geworden. Bei der Übernahme
war das Häuschen nicht neu gewesen, aber ein frischer
weißer Anstrich gab ihm eine freundliche Ausstrahlung,
die charmant über altersbedingte Mängel und eine gewisse
Unmodernität hinwegtröstete. Wie es im glitzrigen Win-
terkleid, im Blustmeer des Frühlings, dem gleißenden Som-
merlicht oder im mystisch nebligen Herbstgewand seinen
wohlwollenden Optimismus verströmte, hatte es manchmal fast etwas Märchenhaftes an sich. Das Beste am Häuschen aber war natürlich die Aussicht. Ließ man dem Blick
von der Terrasse aus freie Wahl, schweifte er zuerst über

die saftigen Wiesen, blieb dann kurz am spielzeugähnlichen Stadtausschnitt St. Gallens stehen, um dann unweigerlich an der magischen Bergwelt des Alpsteins hängen zu bleiben. Wo der Säntis mit seiner spitz in den Himmel ragenden Antenne den unverwechselbaren Erkennungshöhepunkt darbot.

Seit bald zehn Jahren lebte Alex nun zufrieden mit seiner Familie in diesem Schmuckstück.

Es war späterer Nachmittag geworden. Man brachte Hanna auf den Zug. Der herrliche Spaziergang hatte sie milder gestimmt. Oder waren es die Menschen, die hier in der Ostschweiz einfach einen Tick freundlicher als in Zürich schauten und grüßten?

Als sie Martina bei der Verabschiedung die Hand gab, meinte sie jedenfalls ehrlich: »Vielen Dank, es war ein schöner Tag.« Martina strahlte. Ach, im Grunde war sie wohl ganz in Ordnung.

Die ganze Familie winkte ihr zu, die Kinder sogar mit ihren Taschentüchern.

Und als sie aus dem Zugabteil ihren Sohn betrachtete, der seine Frau und die Kinder mit einem gewissen Stolz im Arm hielt, verstand sie plötzlich, dass dieses kleine Glück für Alex genau das Richtige war. Dass es alles war, was er brauchte. Sein weißes Häuschen, seine Frau und die Kinder.

23.

Kein Lüftchen regte sich. Es herrschte beinahe Totenstille. Selbst die Vögel waren verstummt. Alles, was nicht niet- und nagelfest war, hatte man in Sicherheit gebracht. Die sprichwörtliche Ruhe vor dem Sturm, nur die Luft war geladen und knisternd. Es braute sich etwas zusammen.

Und wenig später brach es auch schon urplötzlich mit einer unglaublichen Gewalt über sie herein. Das erste Sommergewitter. Blitze wurden vom Himmel auf die Erde geschleudert, Donner folgte in einer Lautstärke, wie sie ihn kaum je gehört hatte. Schlag auf Schlag ging es weiter, zwischen den einzelnen Wetterleuchten blieb keine Zeit zum Aufatmen. Noch fiel kein Wasser, kein Vorhang, der gedämpft hätte. Nein, es war trocken, wodurch eine fast gefährliche und unheimliche Stimmung entstand.

War das ein erstickter Schrei oder ein Gurgeln gewesen? Keine Sekunde hatte die Pause zwischen einem Donner und dem nächsten Blitz gedauert, hatte man tatsächlich etwas gehört? Oder hatte sie der just in diesem Moment einsetzende Wolkenbruch genarrt? Riesige Tropfen fielen schwer auf die heiße Erde. Prasselten immer schneller werdend auf das Dach und ihren Balkon. Perlen zersprangen am Fenster. Angespannt lauschte sie in den Spätnachmittag hinaus. Sie musste sich getäuscht haben. Nur der trommelnde Regen. Wurde sie langsam paranoid?

Auf der Heimfahrt im Zug hatte einiges auf das bevorstehende Unwetter hingedeutet. Beeindruckt hatte sie die Bildung der Ambosse beobachtet und war dankbar gewesen, als sie das ›Abendrot‹ noch trockenen Fußes erreicht

173

hatte. Das Nachtessen ließ sie heute ausfallen. Das Mittagsmahl hatte ihren Tagesenergiebedarf mehr als gedeckt. Dafür hatte sie noch kurz bei Irma vorbeigeschaut. Dann war sie in ihr Zimmer gegangen und hatte gewartet.

Jemand klopfte leise an die Tür. Es war Jonas. Sie hatte mit ihm gerechnet.

An diesem Tag wollte die Sonne nicht richtig durchkommen. Es war hell und es regnete nicht, aber die Erde war noch aufgeweicht vom Regen tags zuvor, und eine graue Wolkendecke enthielt ihnen den Sonnenschein vor. Mitten in der grenzenlos scheinenden Steppe, die sie zu durchfahren hatten, bevor sie das heutige Ziel, den Ngorongorokrater, erreichten, rannte ihnen mit gewaltigen Sprüngen eine Zebraherde direkt vor den Wagen. Eine unglaubliche Masse. Plötzlich waren da nur noch Zebras. Jagende, galoppierende Streifen. Hengste und Stuten, die mit gesenkten Köpfen vorwärts preschten, in solchen Mengen, dass sie trotz der Feuchtigkeit Staubwolken aus dem Gras hoch wirbelten. Kleine Jungtiere, die kaum das Tempo halten konnten, Mütter, die auf den Nachwuchs warteten, große alte Tiere, es nahm und nahm kein Ende! Das dumpfe Dröhnen von unzähligen Hufen, von Tausenden, Zehntausenden von Beinen. Es war keine Übertreibung, wenn sie sagte: Streifen, soweit das Auge reichte. Tierkörper, stiebende Hufe, Prusten, Staub, Dampf – Quadratkilometer voll verdichteten Lebens. Die Zebras hetzten, hetzten, hetzten, und auch sie fuhren schließlich weiter. Die ersten Massai Bomas tauchten auf – diese runden Ansammlungen niedriger Hütten. Am Wege weideten Rinder- und Ziegenherden. Oft wurden sie von Kindern gehütet, ein paar Mal sahen sie erwachsene Hirten. Schlank standen sie in ihren roten Wollgewändern mit den langen Stöcken da. Ihre Silhouetten erinnerten Hanna aus der Ferne an Schirmakazien, wenn sie die Hirtenstäbe über den Schultern trugen und ihre Arme lässig darüber hängen ließen. Wie ein großes T mit Flughäuten.

Es ging bergauf, der Weg führte in engen Kurven durch dichten Regenwald. Die Straße teilten sie sich mit großen Pavianfamilien, die sich kaum stören ließen und einmal mehr klarstellten, wer hier das Sagen hatte. Auf dem Kraterrand ließ sie Samuel aus dem Wagen steigen und die atemberaubende Aussicht auf den grünen Kraterboden, wo Tiere fast wie im Paradies in unfassbarer Zahl lebten, bewundern. Mit einer Fläche, halb so groß wie der Bodensee oder anders ausgedrückt 16 x 20 Kilometer, war er die größte nicht mit Wasser gefüllte Caldera der Welt. Zum Glück waren sie aus den Alpen an Haarnadelkurven gewöhnt, der Weg abwärts hatte es wahrlich in sich! Steil und steinig, kaum breiter als ihr Fahrzeug. In diesem merkwürdigen Kessel, dieser Vertiefung zwischen den Bergen, fuhren sie querfeldein. Dabei entdeckten sie zum ersten Mal die große Elenantilope, die Hanna an das Braunvieh daheim erinnerte. Geblieben waren ihr auch Bilder der Weißbartgnus, die ihre Kälbchen säugten. Ungestört von ihnen und dem Wagen. Hier waren die Menschen nur geduldete Gäste, und Angst hatte niemand vor ihnen – weder die Vier- noch die Zweibeiner. Wieder sahen sie große Herden Thomson-Gazellen, Zebras, nur ein paar Meter weiter zwei Löwenmännchen, wunderschön mit ihren gewaltigen Mähnen – beinahe schwarz, was ihnen zeigte, dass es sich um alte Tiere handelte –, ihren muskulösen Körpern und den riesigen Pranken. Sie lagen auf einer kleinen Erhöhung, ganz ruhig, ganz entspannt, gut getarnt in der Landschaft. Am

See schreckte etwas mehrere Hundert herrliche Flamingos auf, sie flogen hoch und zogen wie eine rosa Wolke an ihnen vorbei. Irgendwann machte Samuel eine stumme Handbewegung: Wenige Meter vor ihnen standen drei Nashörner! Gelassen, fast freundlich. Ein weißer Kuhreiher hopste auf ihren breiten Rücken herum und befreite sie von Parasiten. In aller Seelenruhe konnten sie die eigenartigen Tiere mit den säulenähnlichen Beinen, den enormen Köpfen, den komischen kleinen Ohren und den Hörnern auf der Nase beobachten. Bald darauf begann es leider zu regnen. Vorher aber erlebten sie den überwältigenden Abschluss der Safari. Im hohen Gras bewegte sich etwas Riesiges. Sie wagte kaum zu atmen, während sich der Wagen langsam und vorsichtig näherte. Hatte sie nicht gelesen, dass Elefanten in den Krater kamen, um zu sterben, wenn sie mit der Sippe nicht mehr mithalten konnten? Es musste ein alter Bulle sein. Einst ein kolossaler Elefant, ein Gigant, jetzt aber wirkte er eingefallen und müde. Seine Ohren glichen zerknitterten Leintüchern. Seine Stoßzähne waren nicht die enormen, gelblich-weißen Krummsäbel, sondern zwei traurig abgebrochene Stummel. Was war geschehen, dass so etwas hatte passieren können? Das Tier stand regungslos da, weder freundlich noch unfreundlich. Er war eben da, er war zu Hause und duldete die Menschen, weil sie so klein und unbedeutend waren. Ein Sinnbild für Erhaben- und Gelassenheit. Gleichmütig und bedächtig wanderte er durch das hohe Gras davon, um sein Mahl an einem anderen Ort fortzusetzen. In diesem Augenblick fielen die ersten Regentropfen.

In Zürich hatte es derweil aufgehört zu regnen. Die Gewitterzelle war weitergezogen. Alles war wieder ruhig und friedlich. Sie hatte nicht bemerkt, wie Jonas den Raum verlassen hatte. Die letzten Wasserperlen suchten sich einen Weg der Scheibe entlang, unwiederbringlich nach unten.

Sie hoffte auf eine ruhige, angenehme Nacht.

24.

Seit sie nicht mehr das halbe Osterwochenende im Auto verbringen mussten, um nach Süditalien und zurück zu brausen, wo die obligatorischen Familienbesuche absolviert wurden, war Ostern viel stressloser, ja beinahe schon erholsam geworden. Allein bis nach Bari hatten sie jeweils zwischen zehn und 15 Stunden gebraucht – je nach Gemütszustand seines Vaters, gute Laune bedeutete viel Gas und meist weniger Stunden, bei schlechter hielt er sich an die vorgeschriebenen Geschwindigkeitsbegrenzungen, soweit dies in Italien überhaupt möglich war und man sich nicht vielmehr dem Fließverkehr anpassen musste – und sie brauchten mindestens einen Drittel länger. Es war jeweils, als würde der Fahrer seine Familie für seine Verstimmung verantwortlich machen, denn die zusätzlichen Stunden wurden unbedingt als Strafe empfunden. Am allerschlimmsten waren jeweils die letzten 60 Kilometer durch Apuliens Hinterland, sie waren Andrea oft länger als die Strecke durch ganz Italien erschienen.

Selbstverständlich gehörte der Ostergottesdienst nach wie vor zum Programm, genau wie der anschließende

Apéro mit der italienischen Gemeinde. Immerhin kniff sie heute nicht mehr ein jeder in die Wange, aber ›bello‹ und ›bella‹ waren sie immer noch – und dann daheim das reichhaltige Essen. Wie es sich gehörte, war Paula nach Hause gekommen, alleine. Andrea hatte seine unabhängige kleine Schwester, die bis anhin jedem Verehrer die kalte Schulter gezeigt hatte, kaum wiedererkannt. Praktisch die ganze Zeit über hing sie an ihrem Telefonino, um mit ihrem Franco zu schäkern. Er hatte niemals den beschützenden großen Bruder zu spielen brauchen, was ohnehin nicht einfach gewesen wäre. Als Mädchen war Paula rundlich gewesen und von den Jungs in Ruhe gelassen worden. Und als sich während der Ausbildung zur Bankkauffrau das ehemals dicke Räuplein in einen wunderschönen Schmetterling verwandelte, hatte sich Paula lange genug gegen die Hänseleien der Mitschüler zu wehren gehabt und sich eine spitze Zunge antrainiert, um sich jetzt noch durch aufdringliche Bewunderer einschüchtern zu lassen. Paula, die heute Sex-Appeal und Klasse ausstrahlte, hatte sich weder von ihrem Bruder noch jemals von jemand anderem Vorschriften machen lassen. Nein, seine kleine Schwester hatte immer selber auf sich aufpassen können. Stets gewusst, was sie wollte und was richtig für sie war. Und das war zum jetzigen Zeitpunkt also Franco.

Noch einmal hatte sie eine Bombe platzen lassen. Allerdings war die Überraschung diesmal nicht mehr so groß gewesen wie im letzten Oktober, als sie unverhofft ihre Verlobung bekannt gegeben hatte. Und wenn man Paula kannte, hatte man im Gegenteil vielmehr annehmen müssen, dass sie Nägel mit Köpfen machen würde, was bedeutete, dass die Hochzeit nicht mehr allzu lange auf sich warten ließe. Und tatsächlich, sie hatte sie darauf vorbereitet, dass Ende Juni ein gewaltiges Fest geplant war. Andrea hatte diese Ansage begrüßt, seine Mutter lag ihm seit Monaten deswegen in den Ohren. Was er glaube, ob es ein großes Fest geben oder nur im engsten Familienkreise eine Ziviltrauung stattfinden werde? Was für ein Kleid Paula wohl tragen und was von ihr, der Mutter, erwartet würde? Mit welchen Blumen? Wo die Hochzeit stattfinden könnte? In Zürich, wo Paula aufgewachsen und zur Schule gegangen war? In Mailand, wo sie seit einigen Jahren lebte, arbeitete und mit ihrem Franco glücklich war? In Cisternino, ihrer eigenen Heimat, wo sie jedes Jahr mehrmals die Ferien und Feiertage verbracht hatten? Und dann das Essen, ein entscheidender Punkt für seine von der italienischen Küche besessene Mutter. So berechtigt diese Fragen waren – bei Paula konnte er sich alles vorstellen, und man konnte es unmöglich voraussagen – es beschäftigte ihn nur am Rande. Wofür sich Paula auch entscheiden mochte, er wusste, dass es genau ihren Vorstellungen entsprechen, sie alles perfekt organisieren und exakt hineinpassen würde. Insofern betraf es ihn also kaum, abgesehen von den Sorgen seiner Mutter, die er sich als liebevoller Sohn geduldig angehört hatte.

Nun war also zumindest der Rahmen bekannt. Seine Schwester wünschte sich eine Trauung auf dem Anwesen der Gandolfis, Francos Eltern. Das Gut musste irgendwo in der Toscana liegen, in der Provinz Siena, und offensichtlich entsprach es genau Paulas Idee einer Hochzeitslocation. Sie schwärmte von ›La Torricella‹, dem sanft renovierten Bauernhaus im charakteristisch toskanischen Baustil aus dem 18. Jahrhundert. Sie würden beeindruckt sein vom einmaligen Panoramablick! Über die lieblichen Hügel, bepflanzt mit Weinstöcken und Olivenbäumen, konnte man bis zum Meer sehen! An klaren Tagen gar bis nach Korsika! Wenn das Wetter mitspielte, wovon sie fast selbstverständlich auszugehen schien, würde die Zeremonie auf der Terrasse stattfinden. Die ersten Häppchen konnten sie im kühlen Schatten der Pergola einnehmen, für das Essen würden die besten Köche der Gegend sorgen. Hach, es gäbe eine Märchenhochzeit ... Tja, da hatte seine Schwester wohl einen fetten Fisch am Haken und war im Begriff, eine gute Partie zu machen, wie man so schön sagte. Er gönnte es ihr von ganzem Herzen.

Vor dem Riesenzirkus, der diese Hochzeit zu werden versprach, hatte er selber noch große Pläne. Mitte Mai flog er für einen Monat nach Australien und würde da eine hoffentlich unvergessliche Zeit mit Rebecca verbringen. Er freute sich unbändig darauf. Geplant war eine Reise mit einem 4x4 von Perth nach Darwin. Rebecca flog ein paar Tage früher, um das Wiedersehen mit ihren Eltern zu feiern, die sie mehrere Jahre nicht gesehen hatte. Eigentlich waren sie ihr Onkel und die Tante. Der Bruder ihrer Mutter und seine Frau hatten Rebecca liebevoll aufgenommen, nachdem ihre leiblichen Eltern bei einem Flugunfall ums Leben gekommen waren.

Auch Andrea sollte sie kennenlernen. Danach aber würden sie beide ganz alleine durch Australiens Weite ziehen. Wer hätte im letzten Herbst gedacht, dass die abgesagten Ferien nun sogar ihr Gutes hatten? Er hatte sie bis jetzt aufheben können und verfügte momentan über sechs Wochen in diesem Jahr. Es würden also selbst nach dieser Reise durch Down under zwei weitere übrig bleiben.

Nachdem Paula wieder abgereist war, hatte er sich am Ostermontag mit seinen Fußballkollegen in der Bäckeranlage getroffen. Kinder hatten Ostereier gesucht, Eltern aßen Schokoladehasen, man ›tütschte‹ Eier, die Alkiszene saß friedlich in ihrer Ecke. Das urbane Leben gefiel ihm und er konnte sich nichts Passenderes für sich vorstellen. Sie hatten eine Weile Fußball gespielt und danach grilliert. Ein gelungener Abschluss des opulenten Osterweekends. Seit er in der 5. Liga kickte, war das Fußballspiel zum Plausch mutiert. Anders war das gewesen, als er noch der 2. Liga angehörte, regelmäßig dreimal in der Woche trainierte und wirklich Ehrgeiz gezeigt hatte. Inzwischen war das Training auf einmal wöchentlich geschrumpft, und nicht einmal das schaffte er immer. Heute standen der Spaß, die Kollegialität und das Spiel im Vordergrund, nicht dass er deswegen nicht mehr gewinnen wollte. Wenn sie auf dem Platz standen, war der Sieg immer oberstes Ziel. Aber es war nicht mehr verbissener Ernst, sondern das gemütliche Beisammensein danach gehörte ebenso wichtig dazu. Es gab FC-Kameraden, die kannte er an die 30 Jahre lang, das schweißte zusammen. Gestern hatte der gesellige Abend allerdings abrupt geendet. Als die ersten schweren Regentropfen gefallen waren, hatte man Hals über Kopf das Areal verlassen und war nach Hause geflüchtet.

Rebecca war am Ostersonntagvormittag nach Los Angeles geflogen, und er erwartete sie erst heute Abend zurück.

Es war, als kündigte sich der Sommer an. Viel zu früh in diesem Jahr. Schon im März lagen die Temperaturen 1,6–2,3 Grad Celsius über dem Durchschnitt, und der April hatte sogar noch einen draufgesetzt. Bis zum 19. hatte die Messstation Fluntern beim Zoo knapp 187 Sonnenstunden gezählt. Das waren deutlich mehr als die 139, die im Durchschnitt während des gesamten Monates anfielen. Sie waren also auf Rekordkurs. Bis am 24. April, dem Ostermontag, hatten sie schon mehrere Sommertage erlebt, Tage, an denen das Thermometer über 25 Grad geklettert war. Heuer war das erste Wochenende nach dem Vollmond im Frühling spät und Ostern daher fast am spätestmöglichen Datum überhaupt.

Das Gewitter gestern hatte gut getan, war jedoch nur ein Tropfen auf den heißen Stein gewesen. Sie bräuchten viel mehr Wasser, die Natur war am Verdursten. Und wieder strahlte heute die Sonne von einem wolkenlosen Himmel, der aussah, als würde es ihm gefallen. Wäre er doch zu Fuß gegangen. Die Autos standen Schlange in der Seestraße, und obwohl er es nicht sehen konnte, wusste er, dass es an der Alfred-Escher-Straße und am Mythenquai noch schlimmer aussehen musste. Die Blechkarawane zog sich bis an den Stadtrand und darüber hinaus. Zürcher litten nicht an falscher Bescheidenheit, hier zeigte ein jeder mit gesundem Selbstbewusstsein, was er hatte. Ganz besonders, was den fahrbaren Untersatz betraf, und mit ungeduldigem Egoismus behupte man sich gegenseitig aus den Protzkarossen. Unglaublich, diese Dichte an Offroadern, Land Rovern, Porsche Cayennes und Ferraris. Fast schon grotesk wirkten die in letzter Zeit immer mal wieder auftauchenden Pseudo-Hummer. Was diese amerikanischen Kriegsfahrzeuge in Schweizer Städten verloren hatten, konnte er sich beim besten Willen nicht erklären. Verirrten sie sich lieber in zu engen Gassen und auf zu schmalen Straßen, statt in den Wüsten des Nahen Ostens? Wirtschaftskrise? Dass er nicht lachte. Andrea quetschte den alten roten Dienstford frech zwischen einen dunkelgrünen Jaguar und einen silbrigen Lexus. Mehr schlecht als recht geduldet in der ansonsten dezent grau-schwarzen Lackmasse. Das auffallend knallige Rot, das andernfalls schnittigen Sportcoupés vorbehalten war, wirkte an seinem schäbigen Fahrzeug billig.

Auf der Bederstraße fuhr er vorbei am Sihlbergpark. Schrecklich, wie das aussah. Die Wiese war nach dem Osterwochenende übersät mit Abfall. Er seufzte. Der Littering-Artikel war wohl tatsächlich ein Muss. Irgendwie wollten die Menschen einfach gemaßregelt werden. Funktionierte die Gesellschaft denn nicht mehr als gutes Vorbild mit mahnendem Charakter? Offensichtlich nicht. Er seufzte innerlich ein zweites Mal.

Schließlich erreichte er das ›Abendrot‹. War das schon wieder der Leichenbestatter? Hm, irgendetwas stimmte hier nicht. Wurde eigentlich in einem Altersheim automatisch angenommen, man sei an Altersschwäche gestorben? Oder wurden auch jemals Obduktionen angeordnet und durchgeführt? Er versuchte sich zu erinnern, die wievielte tote Person das war, seit er das Zentrum regelmäßig besuchte. Gerade, als er bei drei angekommen war, hupte wieder jemand. Jaja, schon gut, er wollte ja besser einparken.

In der Seniorenresidenz kannte man ihn inzwischen, und ein jeder wusste, dass er der Detektiv der Stadtpolizei war. Irgendwie war trotz aller Vorsichtsmaßnahmen etwas durchgesickert, und wie ein Lauffeuer hatte sich die ganze Geschichte herumgesprochen. So peinlich es ihm war, so rührend waren die alten Menschen manchmal in ihrer Dankbarkeit. Etwas wie ein Heldenstatus war ihm verliehen worden, er hatte sie sozusagen gerettet. Man schaute zu ihm auf, drückte seine Hand, dankte ihm. Eine Frau hatte ihm gar eine Tafel Schokolade geschenkt, als sich herausgestellt hatte, dass Berti ihre Diamantbrosche zu Hause gehabt hatte. Und Frau Junker hatte ihm vorgeschlagen, einen Apéro zu seinen Ehren zu halten, worauf er allerdings dankend verzichten wollte. Nichts war ihm unangenehmer, als dermaßen im Mittelpunkt zu stehen. Vor allem, da er nun wirklich nicht viel vollbracht und einen ganz gewöhnlichen Diebstahl aufgeklärt hatte, was zur ›Kilowäsche‹ im Polizeialltag gehörte. Er konnte sich nicht mehr unauffällig durchs Haus bewegen. Überall wurde ihm aufgelauert, wurde er angesprochen und wollte man ein paar Worte mit ihm wechseln. Der Respekt und die Achtung dem Alter gegenüber geboten es ihm, sich die Zeit für seine Bewunderer zu nehmen. Außerdem hatte er ohnehin bald Ferien, und dies war der einzige Fall, den er noch vorher abzuschließen hoffte.

Endlich hatte er sich losreißen können, allerdings nicht ohne dass ihm die alte Frau noch ein »Wiedersehen macht Freude!« hinterher rief, und erklomm nun die Stufen in den 4. Stock, den Lift für einmal links liegen lassend. Da er ansonsten im Dunkeln gekommen oder direkt ins oberste Geschoss gesaust war, hatte er nie darauf geachtet, dass jedes Stockwerk anders gestaltet war. Nicht nur farblich waren sie alle in einem anderen Erdton gehalten, sondern auch mit dem Wandschmuck wurden in jedem Korridor neue Akzente gesetzt. Der Empfang strahlte in einem lichten Orange, und die Wände schmückte Klee. Im 1. Stock war Heimat offensichtlicher zu erkennen, naive Künstler hingen an ockerfarbenen Wänden. Der in Hellgrün gestrichene 2. Stock wiederum konnte mit wunderschönen, schwarz-weißen Fotoporträts alter Menschen aus diversen Kulturkreisen aufwarten. Natürlich durfte in einem Schweizer Altersheim Albert Anker nicht fehlen, es erstaunte daher wenig, dass im 3. Obergeschoss ›Die kleine Kartoffelschälerin‹ neben ›Schlafender Knabe im Heu‹ und ›Die Kinderkrippe‹ betrachtet werden konnte. Und zuletzt im 4. Stock und einem bräunlichen Ambiente prangten sagenhafte Luftaufnahmen der Schweiz. Er war oben angekommen und warf im Vorbeigehen einen bewundernden Blick auf die Weinberge zwischen Montreux und Lausanne am Lac Léman. Als hätten die Zähne eines Kamms ihre Spuren in den Hügeln hinterlassen. Das Lavaux gehörte mit Recht zum Unesco-Weltkulturerbe, bestimmt würde es Rebecca auch gefallen. Vielleicht fuhren sie mal hin? Oha, war da etwas runtergefallen? Hatte er hinter der Tür nicht ein Klirren gehört? Er blieb stehen. Und noch einmal, als fiele ein Körper zu Boden. Andrea hörte ein heftiges Schnaufen. Dann war plötzlich Ruhe. Sollte er klopfen? Rufen? In diesem Moment drang »Hänschen klein, ging allein in die weite Welt hinein …« durch die geschlossene Zimmertür. Jemand pfiff vergnügt vor sich hin. Er musste sich geirrt haben. Außerdem hatte er keine Zeit, zwei Türen weiter vorne wartete Hanna Bürger bestimmt bereits auf ihn, er war spät dran.

Kaum fünf Minuten waren vergangen, als er wieder auf dem Korridor stand. Er hatte nur das Fläschchen mit dem Entwickler abholen wollen, das sie noch immer in Hannas Badezimmer stehen gehabt hatten. Hoppla, beinahe wäre er mit Jonas zusammengestoßen. Der Junge war temperamentvoll aus einem Zimmer getreten, noch immer ein übermütiges Liedchen auf den Lippen, das allerdings in Andreas Gegenwart sofort erstarb. Überrascht, ja erschrocken schaute er ihm einen Moment lang in die Augen. Wie ein Tier, das in eine Falle getreten war.

Dieser Blick, er erinnerte irgendwie an einen ertappten Täter. Schuldbewusst.

25.

Es war ihr gelungen, Jonas' Interesse für Afrikas Tierwelt zu wecken. Zweifellos. Wieder ein Mensch, ein junger Mensch, der bereit war, sich für das Wertvollste auf Erden einzusetzen. Seine Kraft und Energie in den Dienst einer sinnvollen Sache zu stecken. Eines Tages war er freudestrahlend in ihr Zimmer gekommen und hatte ihr von diesen freiwilligen Projekten erzählt. Unternehmen, die es sich zum Ziel machten, Wildreservate zu erhalten und zu bewirtschaften. Er hatte sich im Internet schlaugemacht und alles, was ihm jetzt fehlte, war das nötige Kleingeld. Denn eine Teilnahme war nicht ganz billig, da man das Unterfangen mitfinanzierte. Aber auch da würde sich ein Weg finden lassen, hatte sie lächelnd zu ihm gesagt. Und ihre zuversichtlichen Worte hatten ihm gutgetan.

Wohlstandsverwahrlost. Ja, das Wort war ihr spontan im Zusammenhang mit Jonas eingefallen. Eine reiche Familie, die sich kaum um ihren Nachwuchs kümmerte. Aus der einen und anderen Bemerkung die er gemacht hatte, ergab sich mit der Zeit ein stimmiges Bild. Sein Vater, der laute Patriarch, immer mit einem Stumpen im Mund, scherte sich wenig um andere. Wer das Geld verdiente, regierte. Zuweilen ging seine bestimmende Art ins Rücksichtslose, und seine Familie behandelte er respektlos.

Dennoch hatte Jonas keine unglückliche Kindheit gehabt. Klar, sein Vater war bisweilen unpassend streng, aber ihn hatte er ohnehin selten zu Gesicht bekommen. Und ja, auch seine Mutter hatte die eine oder andere Macke, aber Hanna irrte, wenn sie glaubte, er habe sich von ihr nicht geliebt gefühlt oder sei unerwünscht gewesen. Dass seine Mutter Alkoholikerin war, hatte Jonas erst im Gymnasium begriffen. Die Augen waren ihm aufgegangen, als er sie einmal beim heimlichen Trinken erwischt hatte. Er war frühzeitig aus der Schule heimgekommen, und sie war im Wohnzimmer am Tisch gesessen, eine halb leere Flasche Wodka vor sich. Es hatte ihn nicht überrascht, vielmehr erklärte es ihr fahriges und unkonzentriertes Verhalten, das er fälschlicherweise für Desinteresse an seiner Person gehalten hatte. Das aber wohl eher einer Ohnmacht und einem Nicht-gewachsen-sein mit der Situation entsprang. Es hatte ihn mehr beruhigt denn beunruhigt. Vermutlich wusste die ganze Umgebung, dass sie eine Trinkerin war, aber es kümmerte niemanden. Am wenigsten seinen Vater, der sich schon lange nicht mehr mit seiner Mutter abgab, sondern diverse Affären auslebte. Mittlerweile machte er sich nicht einmal mehr die Mühe, sie zu verheimlichen. Seit Jonas' fünf Jahre ältere Schwester aus dem Haus war, wurde kein Schein mehr gewahrt. Ariane war nach der Matura nach Genf geflüchtet, hatte dort ihr Studium der Politikwissenschaften mit Bravour bestanden und arbeitete heute für die UNO. Wenn es nicht unbedingt sein musste, kam sie nicht nach Hause, und Jonas hatte sie in den letzten Jahren kaum gesehen. Er selber war nie auffällig gewesen. Hatte weder die sprühende Intelligenz seiner Schwester noch deren Ehrgeiz. Er war Durchschnitt, und zwar in allen Belangen. Dennoch hatte sein Vater erwartungsgemäß irgendwie erreicht, dass er ins Gymnasium kam. Entweder hatte er seinen Lehrer bestochen oder bedroht, davon war Jonas überzeugt, denn mit seinen Noten war er kein Mittelschüler. Er hatte die Probezeit prompt nicht überstanden, schaffte es aber mit viel Nachhilfeunterricht beim zweiten Anlauf. Im dritten Jahr legte er zudem eine Ehrenrunde ein. Und nun machte er also Zivildienst, weil er weder eine Waffe tragen wollte noch eine Karriere im Militär anstrebte, wie es ihm sein Vater vorgelebt hatte. Natürlich war es eine leise Rebellion gegen seinen Erzeuger, der seinerseits gegen den Ersatzdienst wetterte: »Ein bisschen auf die Zähne beißen hat noch keinem geschadet. Alles Weicheier, diese Zivis. Weiberkram. Scheiße von den Ärschen Behinderter oder Alter wischen, das macht doch kein richtiger Mann.« Immerhin hatte er sich diese Bemerkungen in Jonas' Gegenwart verkniffen, seit dieser ihnen mitgeteilt hatte, dass er keinen Militärdienst leisten würde. Aber Jonas wusste genau, dass sein Vater hinter seinem Rücken genau gleich weiter lästerte, und dass er einmal mehr eine Enttäuschung für ihn war. Aber machte das etwas? Sein Vater schien ihm kein nachahmenswertes Ideal zu sein. Er empfand sich auch nicht als schwach, sondern hielt es einfach für smarter, nicht den offenen Konflikt zu suchen. Und war seine Strategie nicht aufgegangen? Hatte er sich nicht immer durchgesetzt und schließlich bekommen, was er wollte? Seine Aufstände fanden versteckt statt. So wussten seine Eltern noch heute nicht, dass er sich vor zwei Jahren einen fliegenden Adler hatte auf den Rücken tätowieren lassen. Sie hatten ihn seit Langem nicht mehr nackt gesehen. Auch dass er zu den Kiffern gehörte, war ihnen nie aufgefallen. Vielleicht hatten sie es auch einfach nicht wissen wollen. Ihre Zugehfrau hatte seiner Mutter bestimmt des Öfteren kleine Minigripp-Säckchen mit Marihuana übergeben, die sie in seinen Taschen gefunden hatte, wenn sie die Wäsche machte. Aber immer waren sie stillschweigend in einer seiner Pultschubladen wieder aufgetaucht. Jedem seine kleine Sucht, waren wohl die

Gedanken seiner Mutter. Nur einmal war sein Vater handgreiflich geworden. Als Jonas mit einem Lippenpiercing nach Hause gekommen war, hatte ihm sein Vater dermaßen draufgehauen, dass man die Narbe noch heute sehen konnte. Dazu hatte er geschrien: »Dann kannst du dir ja gleich auf die Stirn schreiben: Ich bin schwul! Mit so was kommst du mir nicht mehr ins Haus!«

Sein Vater war ein dummer, alter, kranker aber reicher Polterer.

Er hatte sich nicht mehr piercen lassen, stattdessen eine Schlange gekauft. Da er sich ein giftiges Exemplar besorgt hatte, brauchte er eine Bewilligung. Allerdings hatte er bald festgestellt, dass in der Schweiz vieles im Umgang mit den Reptilien nicht eindeutig geregelt war, da Bund und Kantone gegenseitig aufeinander verwiesen und sich gar teilweise widersprachen. Folglich war einiges Auslegungssache. Jonas allerdings informierte sich exakt über die Wechselblüter. Er hatte keine Angst vor den Tieren, wusste aber, dass es für Laien kaum möglich war, harmlose von giftigen Schlangen zu unterscheiden. Dass es sich bei Tieren mit geschlitzten Pupillen um Giftschlangen, bei solchen mit runden hingegen um ungiftige handelte, war nichts als ein irriger Volksglaube. Bei den einheimischen Reptilien stimmte es zwar, konnte aber auf keinen Fall generell angenommen werden. Für ihn war von Anfang an klar gewesen, dass er eine giftige wollte. Deshalb durfte es am nötigen Respekt und der angemessenen Vorsicht niemals mangeln. Es war nicht ganz einfach gewesen, aber schließlich war es ihm gelungen, sich eine Zwergpuffotter zu organisieren. Die afrikanische Schlange gehörte zur Familie der Vipern. Einmal war sie ihm entwischt. Einen kurzen Moment war er in Panik geraten. Nach dem ersten

Schock allerdings war er ganz ruhig geworden und hatte einen kühlen Kopf bewahrt. Und darauf war er sogar ein bisschen stolz. Jede Schlange war fähig zu schwimmen, und ausgerissene Tiere suchten sich ihren Fluchtweg deshalb gerne durch sanitäre Anlagen. Also war er als Erstes in die diversen Badezimmer ihrer Villa gegangen und hatte sofort alle WC-Deckel geschlossen. Dann war ihm eingefallen, dass sich Schlangen meist ein ruhiges, dunkles Plätzchen, gerne feucht, suchten. Und tatsächlich, nach kurzem Überlegen, hatte er sie hinter dem Waschturm in der Waschküche entdeckt. Er hatte hektische Bewegungen vermieden und ein Tuch über das Tier geworfen. Durch die Dunkelheit und den Kontakt mit dem Stoff fühlte sich die Schlange geborgen, und er hatte sie ganz einfach in einen Eimer und zurück ins Terrarium legen können. Wäre er gebissen worden, hätten genau die gleichen Regeln gegolten, bloß keine Aufregung, denn allein schon durch den erhöhten Puls hätte sich seine Situation verschlechtert. Er hätte die Sanität gerufen. Und dass das Gift nur unwissende Anfänger mit dem Mund aussaugten, sollte einem der gesunde Menschenverstand eingeben. Eine Verletzung im Zahnfleisch konnte verheerende Folgen haben! Mittlerweile war er ein kleiner Herpetologe. Die Tiere faszinierten ihn. Geschmeidig, stark, gefährlich, lautlos, nicht alltäglich, auf ihre ganz eigene Art wunderschön. Und zuweilen tödlich.

Ja, Jonas verstand. Er liebte Tiere genau wie sie. Wie würde ihm Afrika gefallen. Auch für ihn sollte ›Hakuna Matata‹ – kein Problem, die Lieblingsworte der Menschen in Ostafrika, gelten. Die Uhren gingen anders in Kenia und in Tansania, ›pole, pole‹ – langsam, langsam. Er sollte mit einem grün gekleideten Wildwart hinaus ins

Gelände gehen können. An einen dieser Begleiter erinnerte sich Hanna besonders. Was war sie fasziniert von seinem rechten Ohr gewesen: Das Ohrläppchen war durchbohrt und so gedehnt, dass sich ein übergroßes Loch gebildet hatte, so groß, dass der obere Teil der Ohrmuschel hindurch gesteckt werden konnte. Im Verlauf ihrer Zeit in Afrika hatte sie viele merkwürdige Ohrformationen – oder Deformationen – zu sehen bekommen. Ja, mit eigenen Augen müsste Jonas sehen, mit allen Sinnen erleben dürfen. Vormittage wie jenen damals, dessen Höhepunkt sie weit draußen erlebten, weg von der Fahrstraße, mitten in der Natur. Wieder hatten sie unzählige Löwen gesehen, faule, schlafende Katzen. Es gab nichts Entspannteres als ein altes Männchen, das sich genussvoll im Gras wälzte, auf dem Rücken liegen blieb und seinen runden Bauch von der Sonne bestrahlen ließ. Es blieb diesmal nicht bei den Löwen. Systematisch suchte der Wildwart das Gelände mit einem Fernglas ab. Und plötzlich ließ er das Glas sinken und machte sie darauf aufmerksam, dass etwas weiter vorne ein paar Geparde lagen. Sie wussten selber, wie scheu diese Katzen waren und dass sie, sobald sie den Wagen bemerkten, wohl hochspringen würden. Also hieß es aufpassen. Sie waren bereit. Pole, pole, langsam, ganz langsam und so leise wie möglich fuhren sie durch das Gras. Da vorne rechts – bewegte sich da etwas? Ja … tatsächlich! Ein Tier sprang auf, lief ein paar Meter, blieb stehen. Sie wagten noch ein Stückchen. Im Gras, da, wo das erste Tier herkam, lagen noch mehr, etwas kleinere, vielleicht waren es halbwüchsige Junge? Diese grazilen, unglaublich schnellen Katzen mit dem runden Kopf, dem schlanken, eleganten Körper, dem sehr langen Schwanz und den geschmeidigen, feinen Hundebeinen. Ganz so scheu, wie sie erwartet hatten, waren sie nicht, oder vielleicht war die Neugier größer als die Angst? Jedenfalls blieb das größte Tier einige Minuten ruhig stehen. Noch jetzt konnte sie diese wunderbaren Geschöpfe vor sich sehen – noch sah sie ihre Bewegungen, als es ihnen schließlich doch etwas ungemütlich wurde, sodass sie in eleganten und schnellen Sprüngen das Weite suchten. Nachher waren sie doppelt dankbar für dieses Erlebnis, denn plötzlich war die Sonne weg, und kurz danach fielen einmal mehr die ersten Regentropfen.

Nichts wünschte Hanna Jonas mehr, als solche Begegnungen. Sie unterhielt sich noch etwas mit ihm. War nicht sein Vater gesundheitlich angeschlagen? Doch, er war an Diabetes Typ II erkrankt. Vor Jahren schon. Kein Wunder bei seinem Lebenswandel. Ein Hedonist, wie er im Buche stand. Stark übergewichtig rauchte und trank er zu viel und hatte zu wenig Bewegung. Aber selbst die Krankheit konnte wenig an seinen ausschweifenden Lebensgewohnheiten ändern, und so brauchte er schließlich eine Insulintherapie. War das nicht gefährlich? Hanna hatte einmal gelesen, es gebe sogar tödliche Dosen … und ob sein Vater denn immer sehr zuverlässig sei? Mehr brauchte sie nicht zu sagen.

26.

»Wisst ihr eigentlich, wer der Spaßvogel war, der die ange-
schriebenen Molankegel an den runden Tisch gestellt hat?«
Rea warf die Frage in den Raum, nachdem sie alle drei fleißig den Nachmittag durchgearbeitet hatten. Sie spielte auf
ein Bild an, das vor einigen Tagen per Mail kursiert hatte
und auf dem der runde Tisch, an welchem man die Probleme der Polizisten konstruktiv lösen wollte, witzig nachge-
spielt worden waren. Allerdings stellten nicht Schauspieler
den politischen Vorsteher, den Kommandanten, den Vermitt-
ler – ein selbstständiger Berater für Strategieentwicklung und
Unternehmensführung – und den Präsidenten des Polizeibeamtenverbandes dar, sondern die orangen Verkehrshilfen,
auch Molankegel genannt, hatten die Rollen übernommen.

»Welche Molankegel? An welchen runden Tisch?« Die
Frage traf Andrea unerwartet. Er schrieb an einem kom-
plizierten Rapport und hatte seine Gedanken zusammen-
halten müssen.

»Sag bloß, du hast das Bild nicht bekommen? Ich muss
sagen, die orange Uniform stand ihnen gar nicht schlecht.«
Gian wusste sofort, worauf Rea hinaus wollte.

»Tja, unsere Führung sah das wohl anders. Die Fotografie war keinen Tag im Netz, und wie ich jetzt erfahren
habe, musste sich der ›Täter‹ offiziell dafür entschuldigen.
So viel zu: Humor in allen Lebenslagen.« Rea konnte nicht
ganz nachvollziehen, warum man so empfindlich reagierte.

»Ich hab ja immer schon gesagt, sie sind allesamt
schrecklich kleinkariert, völlig humorlos und zudem auch
noch richtige kleine Sissi«, doppelte Gian nach.

»Ja, lassen wir den Töff doch mal richtig an und bringen wir es auf den Punkt: Die Gesprächskultur in unserem Betrieb ist lausig ...«

»... die Unzufriedenheit riesig, die Front verhärtet.«

»Ergo, wir befinden uns in einer äußerst schwierigen Zeit. Aber wurden wir nicht geschult, in genau so ausweglos scheinenden Situationen tagtäglich eine befriedigende Lösung zu finden? Zeigen wir, dass wir mehr drauf haben als den Stock schwingen, Gummi schießen, Handschellentechniken, mit der Pistole fuchteln oder Kampfmaßnahmen!«

»Wow, das ist mal wieder die Rea, die wir kennen.« Obwohl leicht ironisch, mochte es Gian, wenn seine Kollegin so richtig in Fahrt kam. An seine Spötteleien gewohnt, fuhr sie denn auch unbeirrt weiter: »Ist nicht das Wort unsere stärkste Waffe? Vertrauen schenken und Verantwortung tragen, müssen die Schlüsselbegriffe sein. Wir wollen wissen, was oben beschlossen wird, und als gleichwertige Partner wahrgenommen werden. Im Gegenzug versuchen wir uns so zu fühlen, als säßen wir im selben Boot und zögen am gleichen Strick. Eine Firma lebt von zufriedenen Angestellten, ob ihnen das bewusst genug ist?« Wieder einmal wartete sie die Antwort gar nicht erst ab, ehe sie fortfuhr: »Setzen wir die Prioritäten etwas anders, kümmern uns um die Menschen und die Sache und etwas weniger um Formalitäten und Administration. Dann wird vielleicht nicht alles gut, aber wenigstens wieder eine Spur besser. Also, auf, um den runden Tisch und damit den richtigen Weg. Hab ich recht oder hab ich recht?« Sie erwartete den Beifall heischenden Blick der Kollegen. Die taten ihr den Gefallen, und Gian meinte: »Aber immer. Und müsste das Motto nicht sein: Luschtig und fröhli mit jedem Löli?«

»Treffender kann man es kaum ausdrücken. Humor kann niemals schaden, selbst wenn einem das Lachen zuweilen im Hals stecken bleiben will …«

»Die beste Lösung wäre natürlich: FRAUEN AN DIE MACHT!«

»Oh Gott, nun werden wir wieder feministisch!« Gian schüttelte den Kopf.

»Mal ernsthaft«, die Kollegin ließ sich nicht so schnell aus dem Konzept bringen. »Frauen machen wirklich vieles besser als Männer.«

»Ach ja? Lass mal hören.« Gespannt blickte Andrea in die blauen Augen.

Wie man es gelernt hatte, begann Rea kompromissbereit mit den Vorzügen des Niederzumachenden: »Neidlos gestehe ich euch zu, dass das starke Geschlecht oft witziger ist als das sogenannt Schwache. Möglich auch, dass wir uns zuweilen in Details verzetteln und ›the big picture‹ aus den Augen verlieren. Aber …«

»… hört, hört … so selbstkritisch kennen wir dich ja gar nicht …« Gian war zufrieden und nickte anerkennend. »Also doch gut, ist unsere Regierung männlich. Auf ›Tüpflischisser‹ und ›Korinthenkacker‹ können wir nämlich bestens verzichten.«

»ABER, lass mich gefälligst ausreden, ich bin noch lange nicht fertig«, wies ihn Rea zurecht. »Liegt nicht der Teufel im Detail? Und außerdem wollte ich damit nicht sagen, dass Frauen exakter sind als Männer. Aber sie legen auf anderes Wert. Warum fühlen wir uns nicht ernst genommen, haben wir das Gefühl, unsere Arbeit würde nicht wertgeschätzt? Weil alles für selbstverständlich genommen wird. Weil nur kritisiert wird, weil positive persönliche Rückmeldungen fehlen. Selbstverständlich ist jedoch nur der Dienst nach

Vorschrift. Und der allein genügt eben nicht, wie wir alle wissen. Es würde so wenig brauchen, um jemandem schnell danke zu sagen. Um ein kleines Lob auszusprechen, eine kurze Bestätigung zu mailen. Und uns damit eine gewisse Wertschätzung entgegenzubringen. Wir sind keine Säulen in Dienstbekleidung, sondern Männer und Frauen, die sich Gedanken machen und Gefühle haben. Und wenn man das nicht begriffen hat, sondern nur stur herum befiehlt und schiebt, ohne Erklärungen, was in unseren Augen oft unverständlich und dementsprechend sinnlos erscheint, dann kann es nicht funktionieren. Die Zeiten der unmündigen Befehlsempfänger und –ausführer sind einfach vorbei. Wir sind nicht mehr bereit, die Fußabtreter zu spielen.«

Sie wurde unterbrochen von Andrea: »Und was hat das alles mit dem Unterschied zwischen Männern und Frauen zu tun?«

»Frauen sind kommunikativer als Männer, ganz simpel. Was wie plaudern aussehen oder oberflächlich erscheinen mag, ist in Wirklichkeit Sozialkompetenz. Es ist wichtig, sich für seine Mitmenschen zu interessieren, neugierig zu sein, mitzuschwingen. Es beginnt im Kleinen. Seien wir einfach nett zueinander.«

»Aber so kannst du kein Polizeikorps führen. Wir sind doch keine Schwafelgruppe. Bei uns gehören nun mal Befehle dazu, da kann nicht jeder seine Meinung kundtun und darüber diskutieren, ob es für alle stimmt.«

»Da hast du recht und daher bin ich auch dafür, dass Männer *und* Frauen an der Spitze sind. Es braucht beides. Und informieren könnten übrigens auch Männer. Man soll uns mitteilen, warum etwas beschlossen wurde. Dann kann nämlich auch viel eher dahinter gestanden werden. Capisci?«

»Sì.«

»Sehr gut. Also fassen wir doch nochmals kurz zusammen. Vertrauen statt Kontrolle, und ab und zu das Wörtchen ›weil‹ nicht vergessen. Damit wäre so viel gewonnen.«

»Jaja, aber eine schwache Führung traut halt auch den unteren Stufen nichts zu …«

»Und was ist mit Selbstverantwortung? Probleme selber lösen, statt sie zu beklagen? Erwarten wir etwa, dass Führungskräfte Heilsbringer seien?«

»Nein, natürlich nicht. Wir wären ja gute Teams – besonders *ohne* unsere Vorgesetzten.«

»Ja genau, hieß es nicht einmal sogar irgendwo: ›Auf natürliche Teambildung vertrauen – physische Nähe unter Teammitgliedern ermöglichen und den Austausch unter ihnen fördern‹?« Darauf konnte Gian nicht mehr an sich halten und meinte: »Hm, das gefällt mir. Physische Nähe… mein Nacken könnte eine Massage vertragen, wärst du wohl so gut, Realein?« Mit diesen Worten drehte er Rea seine Rückseite zu. Die ging jedoch überhaupt nicht auf ihn ein, fand seine Bemerkung weder witzig noch hielt sie sie für angebracht, und meinte nur trocken: »Blödmann.«

»Blödmann? Wie bitte? Ich werde mich beim Büro für Gleichstellung melden. Die Frau beleidigt mich aufs Übelste!« War er echt gekränkt? Oder spielte er nur? Seine waidwunden Augen schienen zu fragen: »Darf die das?« Rea warf ihm einen Kontrollblick zu und entschied, dass Gian die Verunglimpfung verkraften konnte. »Kommen wir zurück auf die natürliche Teambildung, vielleicht schwebte unserer Regierung mit dem Zentralisieren, das in den letzten Jahren das Schlagwort war, genau das vor? Nämlich, dass je weniger Wege zurückgelegt werden müssen, desto besser und vor allem mehr wird miteinander gesprochen?«

»Eventuell war das mit ein Grund, funktionieren tut er aber nicht. Außerdem lassen sich mit dem Zentralisieren doch hauptsächlich wirtschaftliche Einsparungen machen. Je weniger Arbeitsräume und Häuser, desto weniger Kosten.« Andrea sah das von der finanziellen Seite und vermutlich weit realistischer als seine Kollegin.

»Vielleicht hast du recht.«

»Und überhaupt, am meisten mangelt es unseren leitenden Kollegen ja an Kritikfähigkeit.« Andrea wurde von Gian unterbrochen: »Oh Mann, da haben wir noch einen weeeeeeeeeeeeeeeeeeeeeiten Weg vor uns! Wer bei uns bemängelt, wird doch gleich abgesägt und kann seine Karriere vergessen. Braunnasen sind gefragt.« Gian war sich sicher, dass bei der Stadtpolizei Beanstandungen nicht gerne gehört wurden.

»Braunnasen?« Rea verstand nicht.

»Sag bloß, du kennst den Leiterkletter-Trick nicht?« Sie fing einen ungläubigen Blick von Gian auf und schüttelte den Kopf.

»Die braune Nase kommt vom Arschkriechen …«

»Ach soo … sehr appetitlich.« Rea rümpfte ihre Stupsnase.

»Apropos Appetit, ich hab Hunger.« Gian hatte allmählich genug über Verbesserungsvorschläge in Kommunikation und Teambildung gehört. So profane Dinge wie ein knurrender Magen beschäftigten ihn bedeutend mehr.

»Wir sind noch nicht fertig! Aber da sich die einen bei uns im Büro ja nicht mehr zurückhalten können und sogar bei Exkrementen ans Essen denken müssen, brechen wir wohl besser ab.« Reas Missbilligung war eindeutig auf Gian gemünzt. Woraufhin dieser eine gekonnte Leidensmiene aufsetzte und jammerte: »Ts, heute kann ich's dir aber gar nicht recht machen. Warum bist du so gemein zu mir?« Auf männliche Unterstützung hoffend, wandte er sich an den Kollegen: »Andrea, kannst nicht wenigstens du etwas Nettes zu mir sagen?«

»Sorry, aber da hast du dich ganz alleine hineinmanövriert … sieh zu, wie du auch wieder selbstständig herauskommst.« Mit leiser Schadenfreude schüttelte Andrea seinen Kopf. Gian schob beleidigt seine Unterlippe vor. »Schöner Freund … Auch auf die Gefahr hin, wieder angeschossen zu werden: Ich habe Hunger. Und heute Abend brauche ich ein zünftiges Stück Fleisch. Weiß jemand von euch zufällig, wo wir das beste Steak kriegen?«

»Puhh, Fleisch essen ist doch so was von out!« Noch einmal rümpfte Rea ihre hübsche Nase. Gian wandte sich von ihr ab und blickte stattdessen Andrea an. »Mit Vegetarierinnen rede ich gar nicht … Was ist mit dir, Ragazzo?«

»Hm, ich würde sagen, da musst du ins ›Goodman‹. Da verdienen T-Bone und Ribeye-Steaks ihren Namen noch.«

»Ach, du meinst das in unserem Kreis? Das an der Brandschenke? Ist das tatsächlich so gut?« Interesse flackerte aus Gians Augen.

»Die Steaks werden über Holzkohle gegrillt und sind größer, als sie deine Sandra verzehren kann …«

»Perfekt, dann krieg ich bestimmt genug.« Kaum gesagt packte er den Telefonhörer und suchte gleichzeitig bei Google die Telefonnummer raus. Seine Lebensgeister waren wieder erwacht. »Ich reserviere auf 19.00 Uhr, sonst noch jemand?« Damit schaute er seine beiden Büro-Gspänli fragend an.

»Hab heute Training.« Andrea winkte ab.

»Nicht für mich, danke.« Rea schüttelte ebenfalls verneinend den Kopf. »Außerdem zweifle ich daran, dass deine bessere Hälfte erpicht darauf ist, den Abend als flotten Dreier zu gestalten.«

»Hm, du bringst mich da auf Ideen ...«

27.

Die Hochzeit des Jahrhunderts stand an. Prinz William wollte seine Kate heiraten. Natürlich war es *das* Thema im Alterszentrum. Dankbar hatte man das Ereignis aufgegriffen, danach geschnappt wie ein Ertrinkender nach einem Stück Treibholz. Diese Woche hatte es schon wieder zwei Tote gegeben. Bei Irma Baumgartner gab es wohl niemanden, der ihr nicht insgeheim gewünscht hatte, dass sie endlich gehen dürfe. Man gönnte es ihr von ganzem Herzen, es war ja kaum mit anzusehen gewesen, wie die arme Frau nur noch dahinvegetierte. Zusätzlich war aber noch jemand unverhofft tot im Zimmer aufgefunden worden. Allmählich beunruhigend, ja aufwühlend. Um die Irritation über das Ableben einer weiteren Heimbewohnerin aber gar nicht erst groß werden zu lassen, hatte man Ablenkung gebraucht und in dem Großereignis, das diese Eheschließung fraglos war, bekommen. Im Aufenthaltsraum waren ein Beamer mit einer Leinwand und ein außerordentliches Brunch-Buffet aufgestellt worden. Das Schweizer Fernsehen übertrug live, und um 10.05 Uhr begann die Spezialsendung. Hanna hatte sich nie sonderlich für Royals interessiert, freute sich aber mit den Engländern, dass es nun endlich so weit war, und der wahrscheinliche Thronfolger, ihr Prinz William, seine Herzdame heiraten durfte. Als sie den Frühstücksraum betrat, hörte sie, wie jemand im Fernsehen die greifbar positive Stimmung beschrieb, die in London herrsche.

Wieder einmal wurde Hanna von ihrer Vergangenheit eingeholt. Der schönste Tag ihres Lebens. Das war nicht ihre Hochzeit, sondern ihr erster Flug gewesen. Die Vermählung hatte im kleinsten Kreis nur zivil stattgefunden, ohne großes Brimborium. Sie glaubten ohnehin beide nicht an Gott, für Paul als Doktor der Zoologie war die Natur oberstes Gebot, und ihr ging es da genau gleich. Sie war nicht religiös erzogen worden und es auch später nicht geworden. Eine kirchliche Trauung wäre ihnen ein unerträglich falsches Theater gewesen. Es war trotzdem schön und sie glücklich gewesen. Aber eigentlich hatte sie daran nur nebulöse Erinnerungen.

Wie anders dagegen vom Tag ihrer Abreise. Wie viel wichtiger er für sie gewesen war.

Sie konnte sich haargenau erinnern, als wäre das alles erst gestern gewesen. Ein klarer Frühlingstag im April, genau wie jetzt. Sie waren auf den Flughafen gefahren, mit dem Zug und mit Sack und Pack. Irgendwo hatten sie ihre Fluggesellschaft entdeckt und sich brav in die Reihe gestellt. So viele Menschen, zum Teil ungeschickt und des Reisens ungewohnt, warteten auf Bordkarten und Gepäckaufgabe. Sie war froh, Paul an ihrer Seite zu haben. Wie eine kleine Murmel auf der Bahn, die immer wieder verstopfte, um dann in unregelmäßigen Abständen ein plötzliches Weiterkugeln zu ermöglichen, war sie sich vorgekommen. Zum Glück lief alles rund, und sie rollten stetig näher zum Schalter. Bald hatten sie das schwere Gepäck abgeben, und sie hatte sich frei und leicht gefühlt. Nervosität und Vorfreude hatten sie viel zu früh losgeschickt und deshalb saßen sie nun und warteten. Damals war Fliegen noch etwas Exklusives, lange bevor Billigairlines Massentourismus ermöglichten, konnten sich die wenigsten diese Art des Reisens leisten.

Stetig war ihre Flugnummer eine Zeile höher gerückt. Und dann, endlich, wurden die Passagiere nach Kairo gebeten, sich ans Gate zu begeben. Sofort strömten die Menschen los und sie mit. Ein langer Gang mit Teppich belegt dämpfte das Geräusch ihrer fast feierlichen Schritte. Der Tunnel, an dessen Ende die Reise beginnen würde. Mit klopfenden Herzen betraten sie den riesigen Vogel. Eine freundliche Stewardess nahm sie in Empfang, zeigte ihnen ihren Platz und forderte sie auf, sich anzuschnallen. Irgendwo schimpfte jemand über die Enge im Flugzeuggang. Ihr aber kam alles wie ein Wunder vor. Ein Meilenstein im Leben. In wenigen Stunden würden sie von einem Erdteil in einen anderen gebracht werden. In gut drei Stunden sollten sie in Kairo zwischenlanden. Und damit bereits auf dem afrikanischen Kontinent stehen. Von da ging es für sie weiter nach Nairobi, wo sie ein weiteres Mal umsteigen müssten, um mittags schließlich in Mombasa anzukommen. Sie würden den Äquator überfliegen, morgen das Kreuz des Südens sehen und eine völlig andere, für sie ganz neue Welt erleben dürfen.

Schließlich hatten alle ihre Plätze gefunden. Weit über 100 Menschen, Menschen mit verschiedenen Einstellungen, verschiedenen Erwartungen, aus verschiedenen Gesellschaftsschichten, mit verschiedenen Interessen. Zusammengewürfelt und für einige wenige Stunden eine kleine Einheit bildend – hoch, hoch oben in der Frühlingsluft.

Sie hatte einen Fensterplatz bekommen und gesehen, wie die gewaltige Maschine vom Flughafengebäude wegrollte, raus auf das Startfeld. Eine Stimme im Lautsprecher, es war der Kapitän, hieß sie willkommen und erklärte ihnen, dass sie über die Alpen flögen, dann über Italien und das Mittelmeer. Die mächtigen Triebwerke heulten auf – das Flugzeug kam ihr vor wie ein Sprinter, der alle Muskeln vor seiner gewaltigen Anstrengung spannte – sie wurde in den Sitz gedrückt. Schneller, schneller – dann ein kleiner Ruck. Sie flogen! Wenn sie wieder aus der Maschine stiegen, wären sie auf einem anderen Kontinent. In Afrika. Die Emotionen hatten sie überwältigt und sie wusste nicht wohin mit dem Überschwang an Gefühlen. Sollte sie Tagebuch schreiben, Paul umarmen oder einfach nur aus dem Fenster starren? Schließlich entschied sie sich für Letzteres. Fast bekam sie ein schlechtes Gewissen, bei der Eheschließung vor wenigen Tagen hatte sie nicht weinen müssen, aber in diesem Augenblick konnte sie die Freudentränen nicht zurückhalten.

Der Abschied war ihr leicht gefallen, obwohl sie wusste, dass sie so bald nicht wieder in Zürich wären. Flüge waren teuer, und sie würden es sich nicht leisten können, in nächster Zeit zu einem Zwischenbesuch in die Schweiz zu kommen. Aber hier hielt sie ohnehin nichts. Paul war bei ihr, und Afrika wollten sie gemeinsam erobern.

Die Bilder jenes Fluges waren so lebendig wie eh und je. Das gedämpfte Licht in der Kabine, die pechschwarze Nacht draußen, das regelmäßige Dröhnen der Triebwerke, all die anderen Passagiere, die Flugbegleiterinnen, die ständig frische Getränke anboten, alles zusammen schuf eine eigentümliche Stimmung, in welcher sie sich aber sicher und geborgen gefühlt hatte wie die Biene in ihrer Wabe.

Dachte sie an Kairo, erinnerte sie sich vor allem an die ungewohnte Hitzewelle, die ihnen entgegenschlug und an die Transithalle, eine bunte Mischung aus braunen, schwarzen und weißen Menschen. Frauen in langen Gewändern, Männer mit Fez auf dem Kopf. Ein einziges Durcheinander von Sprachen und Gerüchen.

Dann ging es weiter. Es wurde dunkel und still um sie herum. Das Brummen der Motoren lullte sie in den Schlaf und wurde schwächer.

In Nairobi war es noch Nacht, als sie angekommen waren. Sie mussten die Uhr allerdings zwei Stunden vorstellen, da sie den Längengrad gewechselt hatten. Und während sie auf den Weiterflug warteten, wurden sie Zuschauer eines sagenhaften Schauspiels. Die erst farblose, seltsam silbrige Luft draußen bekam langsam Leben. Wurde rosa – nein golden … Farben, die sie so von zu Hause nicht kannten, eine undefinierbare Mischung aus Gold und Rosa. Und dann war die Sonne ganz aufgegangen. Die Umgebung wurde von Helligkeit überflutet, war in Licht gebadet. Das Weiß wurde blendend, das Silber des Flugzeuges glänzte wie ein Spiegel.

Es war naiv gewesen, nur daran zu denken, dass es funktionieren könnte. Ihre Vorstellungen waren völlig falsch, aber die Verlockung zu groß. Noch bevor ihr Isabella den Hund geschenkt hatte, hatte Ruth sie nach Stellenbosch in Südafrika eingeladen. Seit Jahren war ihre älteste Tochter da unten verheiratet und offenbar glücklich. Es sollte erst einmal ein Besuch werden. Ruth hatte aber angedeutet, dass der durchaus auf unbestimmte Zeit ausgedehnt, wenn nicht gar für immer sein konnte. Sollte es Hanna gefallen, gäbe es auf dem Weingut etwas außerhalb des Städtchens massenhaft Platz auch für sie, falls sie es nur wünschte.

Der Anflug auf Kapstadt war atemberaubend. Das Meer im Hintergrund, davor der Tafelberg und ihm zu Füßen die Stadt. Schützend schien er sich über die Häuser zwischen Meer und Hinterland zu erheben. Nur die Bauten in seinem Rücken interessierten ihn kaum, da dehnten sich die Townships wie ein Flickenteppich schier ins Unendliche. Verloren, ungeliebt und unbewacht.

Hanna wurde in Kapstadt von Ruth abgeholt, und angesichts der späten Stunde blieben sie eine Nacht im Hotel. Hanna staunte. Natürlich wusste sie, dass Südafrika nicht Kenia war und schon gar nicht Kenia vor 50 Jahren. Sie waren im ›Inn on the Square‹ einquartiert. Ein wunderschöner viktorianischer Bau, unmittelbar am Marktplatz gelegen und mit Blick auf den Tafelberg. Von ihrem Zimmer aus sah sie direkt auf das bunte Treiben. Abends herrschte eine geheimnisvoll beunruhigende Stimmung vor, vielleicht wegweisend für ihre Zeit am südlichsten Zipfel Afrikas. Aus ihrem Fenster beobachtete sie, wie bauschige Wolken über den Tafelberg gekämmt wurden. Als wollte ein zorniger Riese mit kräftigen Bürstenstrichen Ordnung in seine wilde Wolkenmähne bringen. Der Himmel war grau, hell zwar die Wolken, weiß die Häuser, aber dunkel Bäume und Straßen. Es lag etwas Unheimliches, fast Bedrohliches in der Luft. Möglich, dass sie es sich nur einbildete. Nachdem ihr Ruth und der Taxichauffeur unabhängig voneinander nahegelegt hatten, auf sich aufzupassen, niemals alleine in unbekannte Gegenden zu gehen, um Gottes willen ihre teure Armbanduhr und die Halskette abzulegen sowie nur das Nötigste an Bargeld mit sich herumzutragen, war die unbeschwerte Vorfreude auf einen Schlag verschwunden gewesen. Auch die fein gearbeiteten Perlohrringe – ein Geschenk von Paul, die sie sonst Tag und Nacht trug – sollte sie besser im Hotelsafe lassen. Das Nachtessen nahmen sie im Hotel ein, an einen Ausflug war zu dieser Stunde nicht mehr zu denken. So hatte sich Hanna von Anfang an nicht sehr willkommen gefühlt, und mit ihrem Afrika hatte dies nichts zu tun. Ob es nur in ihrem Kopf ablief oder ob sie effektiv Grund dazu hatte, ließ sich jetzt nicht mehr herausfinden. Sicher war auf jeden Fall gewesen, dass sie begonnen hatte, den Schwarzen, diesen schönen dunklen Gesichtern, die sie an sich so liebte, mit misstrauischem Argwohn zu begegnen.

Aber der ›Haagerhof‹ war prächtig. Von der Hauptstraße führte eine Eukalyptusallee zum Gutshof. Die weiß getünchten Steinhäuser mit den Schilfdächern im typisch kapholländischen Stil waren in einem großen Rechteck angeordnet, in dessen Mitte der pittoreske Rosengarten und ein verspielter Springbrunnen reizvoll angelegt waren.

Nach einiger Zeit unternahm Hanna endlich lange Spaziergänge durch die Weingebiete, genoss dabei die Sonne und freundete sich allmählich mit diesem anderen Afrika an. Jedenfalls versuchte sie es. Die Angst vor den Schwarzen hatte sie schnell wieder abgelegt. Aber es gab vieles, womit sie sich schwertat. Ständig dieses elitäre und teilweise snobistische Getue. Auf dem ›Haagerhof‹ war man etwas Besseres und stolz darauf. Ganz besonders natürlich Roberts Vater, Ruths Schwiegervater. Bei jeder Gelegenheit ließ er durchblicken, dass man zur gehobenen Gesellschaft gehörte und nicht gewillt war, sich mit jedermann abzugeben. Lange hatte sie versucht, seine unterschwellig rassistischen Bemerkungen und manchmal gehässigen Andeutungen zu ignorieren. Aber dann war ihr der Kragen endgültig geplatzt. John hatte wieder seinen Satz mit: »Let me tell you something about the black people …«

begonnen, und das war der Tropfen gewesen, der das Fass zum Überlaufen brachte. Sie hielt ihm eine Predigt über die Apartheid, über Ungerechtigkeiten, fehlende Chancengleichheit, falsche Behandlungen und Barrieren im Kopf. Möglich, dass sie ihn sogar einen Rassisten schimpfte, sie konnte sich nicht mehr genau erinnern. Jedenfalls war da der Zapfen ab. Er redete nicht mehr mit ihr, sondern nur noch mit seiner Schwiegertochter. Und über sie ließ er auch ausrichten, dass der ›Haagerhof‹ wohl doch kein Platz für Hanna war. Ruth versuchte es so schonend wie möglich, aber die Botschaft war klar, und Hanna beinahe erleichtert gewesen. Ruth war ihr sehr ähnlich, und ihr Angebot war vermutlich eher dem Pflichtgefühl der Mutter gegenüber als echter Mutter-Tochterliebe entsprungen. Nicht, dass Hanna nicht mehr willkommen war, und über einen Besuch in den Ferien würden sich bestimmt alle sehr freuen, aber eben für immer, war vermutlich doch keine so gute Idee.

Und so war das Kapitel Afrika für Hanna definitiv beendet gewesen.

Der Beamer im Aufenthaltsraum lief noch immer. An die zwei Milliarden Menschen sollten am Fernseher der königlichen Trauung beiwohnen. Die Übertragung zeigte, wie die Hochzeitsgäste mittlerweile in London die Westminster Abbey betraten. Und bevor Hanna den Raum endgültig verließ, hörte sie noch, wie der Moderator sagte: »Je höher der Rang der Gäste, desto später treffen sie ein.«

Unerträglich, dieses Klassendenken.

MAI

28.

Rea und Andrea waren die Ersten im Büro. Für einmal war Rea sogar vor ihm gewesen und schon in Plauderlaune, als er eintraf. Eigentlich hätte er gerne in Ruhe seinen Kaffee getrunken und die mitgebrachte Zeitung überflogen, aber das schien angesichts der redefreudigen Kollegin unmöglich.

»Das war mal ein 1. Mai ganz nach meinem Gusto.« Rea war äußerst zufrieden mit dem Einsatz der Polizei. »Viele Verhaftungen, null Verletzte und kein Sachschaden. Warum macht man das nicht immer so?«

»500 Verhaftungen, angeblich doppelt so viele wie letztes Jahr«, präzisierte Andrea. »Hab's gemerkt, wurde reichlich spät gestern. Wir waren bis um 01.30 Uhr in der Verhaftsstraße aktiv.« Er gähnte und schielte auf die gefaltete Zeitung.

»Aber genau so soll es doch sein. Die Chaoten muss man einkesseln, bevor sie überhaupt nur Papp sagen können. Wenn wir schon mit einem so zahlreichen Aufgebot vor Ort sind, soll das auch eingesetzt werden. Und überhaupt, was sollte das Niederschreien der Calmy-Rey? Dafür habe ich keinerlei Verständnis.« Offensichtlich hatte Rea die Schlagzeilen schon gelesen und regte sich über das Verhalten der Demonstranten auf, die die Bundesrätin nicht hatten ausreden lassen.

»Die Micheline ist zwar schon eine Zwetschge. Gestern hat sie angeblich wieder niemandem gesagt, was für ein Programm sie hatte.« Diese Information verdankte Andrea dem kurzen Schwatz mit einem Personenschützer. Er konnte wenig Mitgefühl für Frau Calmy-Rey aufbringen.

»Macht das was? Wenn ihr was passiert, ist sie selber schuld …« Rea zuckte gleichgültig mit den Schultern.

»Nein, so einfach ist es eben nicht, wenn was passiert, wären trotzdem wir verantwortlich gewesen«, widersprach ihr Andrea.

»Also gut, sie ist ja persönlich auch nicht mein Fall, aber Niederschreien ist trotzdem daneben.«

»Wen interessiert heute noch die Micheline? Der 1. Mai 2011 wird ganz sicher nicht ihretwegen in die Geschichte eingehen!« Gian hatte die letzten Worte gehört, als er den Raum betrat, und nun musste er das Gespräch unbedingt in andere Bahnen lenken. »Habt ihr noch kein Radio gehört heute Morgen?« Erwartungsvoll betrachtete er Rea und Andrea, kostete seine Wichtigkeit noch etwas aus, indem er eine dramatische Pause einlegte, um dann weiterzufahren. »Latest news: Osama bin Laden endlich tot!«

»Ach ja, hab ich gehört.« Rea fiel wieder ein, was der Nachrichtensprecher heute Morgen über den Äther verbreitet hatte.

»Was?« Andrea hingegen war mit einem Mal hellwach, die kurze Nacht vergessen. Perplex sagte er: »Du machst Witze. Bin Laden tot?« Er setzte sich kerzengerade auf. »Ist doch nicht wahr …«

»Und ob. Darüber mache nicht einmal ich Scherze. Geil, nicht wahr?« Ein zufriedenes Grinsen in Gians Gesicht sprach Bände.

»Ja! Und? Weiß man mehr? Wer war's?«

Mit wichtigtuerischer Miene antwortete Gian: »Ich schätze, die Delta Force gemeinsam mit dem CIA. Aber das sagen sie natürlich noch nicht.«

»Ich fass es nicht, so geil.« Andreas Augen leuchteten.

»Ja, und wo hat er sich die ganze Zeit über versteckt gehalten?«

»Soweit ich weiß, in Pakistan, gar nicht so weit von Islamabad entfernt.«

»Stell dir vor, wie sich der gefühlt haben muss, der ihn abknallen durfte.« Andrea geriet fast ins Schwärmen.

»Wem sagst du das. Der kann sich jetzt pensionieren lassen, toppen kann man so etwas in der beruflichen Laufbahn ja wohl nicht mehr.«

»Mein Gott, wenn ihr euch hören könntet!« Rea schüttelte den Kopf. »Ist euch klar, dass er sozusagen hingerichtet wurde?«

Gian nickte. »Ja klar, so einer hat's doch nicht besser verdient.«

»Seit wie vielen Jahren haben wir keine Todesstrafe mehr? Wie kann man sich nur über den Tod eines anderen Menschen derart begeistern?« Rea schüttelte ungläubig ihren Kopf.

»Findest du es etwa nicht okay, dass man diesen Mörder endlich gekillt hat?«

»Hm, warum hat man ihn nicht verhaftet und vor ein Gericht gestellt?«

»Aber wozu denn? In den Staaten wäre er ohnehin hingerichtet worden. So haben sie eine Menge Geld und Zeit gespart …« Gian konnte Reas Reaktion nicht nachvollziehen, für ihn war der Fall klar. »… und außerdem musste der von einem Amerikaner im Kampf getötet werden. Rein psychologisch war das wichtig.«

»Aber wenn sie ihn vor einem Gericht verurteilt hätten, wäre damit viel mehr zivilisierte Überlegenheit demonstriert worden«, widersprach Rea. Wie konnten ihre Kollegen nur so mittelalterliche Ansichten haben?

»Du verstehst das nicht.«

»Da magst du allerdings recht haben. Ich finde, dieses Auge-um-Auge-Denken sollten wir allmählich hinter uns gelassen haben. Es gibt ein neues Testament, für die, die's noch nicht bemerkt haben ...«

»Vor wenigen Tagen haben wir doch erst festgestellt, dass es Menschen gibt, ohne die die Welt ein besserer Platz wäre ... und Osama bin Laden ist das beste Beispiel dafür.«

Rea, damals schon nicht einverstanden mit den absoluten Ideen der Männer, sagte: »Habe ich nicht klar gemacht, dass das nicht die Lösung sein kann? Nicht für immer wegsperren und schon gar nicht einfach umbringen.«

Als hätte er sie gar nicht gehört, seufzte Gian mit verklärtem Blick: »Dieses Gefühl, ich kann mir nicht vorstellen, wie cool es sein musste, dem Kerl gegenüberzustehen, die Waffe auf seinen Kopf zu richten und dann abzudrücken.«

»So geil.« Auch aus Andreas Worten klang Verzückung.

»Ich meine, das bereits aus deinem Mund gehört zu haben.« Rea schaute Andrea zweifelnd an. Wie konnten zwei gestandene Männer nur derart infantil reagieren?

»Los, stell das Radio lauter! Die Nachrichten, das muss ich hören.« Andrea wies Gian an, der den Befehl ausführte und gebannt lauschten sie dem Sprecher.

»Und dann haben sie ihn auch noch mitgenommen! Wird immer besser. Ins Meer gekippt. Geil!«

»Was meinst du, ob wir uns bei der Delta Force bewerben sollten?« Gian sah sich im Geist bereits in der amerikanischen Sondereinheit.

»Ich könnte mir vorstellen, dass es die Navy Seals waren.« Auch Andrea meinte, sich bei den Kampftruppen auszukennen. In Gians Augen waren das nur noch Kleinigkeiten. »Egal, Hauptsache ›Mission accomplished‹.

Und spätestens im nächsten Jahr wird das erste Buch darüber geschrieben sein, dann werden wir es präzis wissen.«

»Das wird früher rauskommen«, war Andrea überzeugt. »Und hast du gehört, wie die Amis feiern? Recht haben sie. Vielleicht sollten wir unserem Jörg auch einen freien Tag vorschlagen?«

»Und für den Barack Obama! Er ist nun der Präsident, der es schaffte, Osama loszuwerden. Ist doch scharf.« Noch ein Punkt, über den sich Gian freute.

»Da ihr heute wohl für nichts anderes mehr zu gebrauchen sein werdet, lasse ich euch dann mal in eurem triumphalen Freudenrausch. Bis später.« Rea machte sich daran, das Büro zu verlassen. Als wäre sie gar nicht vorhanden, steigerte sich Gian weiter in seinen Wunschtraum hinein: »Ein echter Gegner wäre wirklich mal wieder an der Zeit. Nicht immer nur diese Pseudowichtigtuer, Besoffenen und Kinder.«

»Ja!« Rea nahm akustisch nicht mehr auf, was Andrea noch zur Antwort gab, genau wie Gian schien auch er sie gar nicht wahrgenommen zu haben. Während sie zur Tür hinaus ging, schüttelte sie erneut den Kopf. Weit kam sie nicht. Jörg hatte sie gehört und rief sie zu sich ins Büro.

»Ich hab deine Tatort-Rezension weitergeleitet, Superarbeit. Der Verlag war zufrieden, und sie haben mir noch eine zweite Folge geschickt. Was meinst du, schreibst du uns noch eine?« Er betrachtete Rea anerkennend. Sie kam sich irgendwie begutachtet vor, was ihr gar nicht behagte, antwortete aber freundlich: »Klar, bin ich dabei. Hat Spaß gemacht.«

»Sehr schön. Und sonst, wie geht's dir so? Gefällt's dir bei uns?« Jörg packte die Gelegenheit beim Schopf, um noch mehr zu erfahren.

Rea nickte. »Sehr. Würde am liebsten gleich bleiben.«

Daraufhin schaute Jörg sie vielsagend an und meinte: »Tja, warum nicht. Ich könnte da bestimmt ein gutes Wörtchen für dich einlegen.« Nach einer kurzen Pause, in der sich Rea bereits überlegte, wie sie sich möglichst schnell verabschieden konnte, fragte er weiter: »Was sagt eigentlich dein Freund dazu, dass du bei der Polizei bist?«

Aha, kam hier der unbeholfene Versuch, herauszufinden, ob sie in einer Partnerschaft steckte? Das war einzig und allein ihre Privatangelegenheit. Und es ging ihn überhaupt nichts an, dass sie zurzeit keinen Freund hatte. Sie antwortete daher ausweichend: »Das ist meine Sache, und ich lasse mir von niemandem vorschreiben, was und wo ich arbeite.«

Der Chef beeilte sich zu sagen: »Natürlich. So habe ich dich auch eingeschätzt, unabhängig und selbstständig. Bravo.«

»War's das?« Rea wollte weg.

»Das war's.«

»Dann bis später.« Sie konnte ihn nicht leiden, und was interessierte ihn ihr Privatleben? Für einen kurzen Moment fragte sie sich, ob sie hier tatsächlich am richtigen Ort war. Andrea und Gian mit ihrer kindischen Begeisterung für die Ermordung eines Menschen, selbst wenn es sich dabei um einen Terroristen oder besser *den* Terroristen handelte. Vor allem jetzt. Guckten sie eigentlich auch ab und zu in den Spiegel? Fiel ihnen nicht auf, dass sich der männliche Teil des Korps selber in eine bärtige, den Taliban ähnliche Masse verwandelte? Sie schüttelte sich. Nein, sie hatte wahrhaft nie etwas mit Wollknäueln im Gesicht anfangen, geschweige denn, sich für Männer mit Bärten begeistern können. Fast widerwillig kam sie allerdings nicht umhin, festzustellen, dass nicht einmal der dunkle Haarwuchs in Andreas Gesicht seine Attraktivität schmälern konnte, sondern ihm im Gegenteil etwas seeräuberhaft wild Verwegenes gab. Indes Gians freundliches Lausbubengesicht mit seinen blonden Stoppeln an die verjüngte Ausgabe des Weihnachtsmannes denken ließ. Oje, was für eine haarige Angelegenheit. Ach, Andrea. Natürlich gefiel er ihr immer noch. Aber sie würde sich hüten, das zuzugeben. Immerhin hatte er sich für Rebecca entschieden und schien ja glücklich und zufrieden zu sein. Was sie von sich nicht gerade behaupten konnte. Und nun auch noch dieser Vorgesetzte, der ihr schöne Augen machte. Wieder einmal steckte sie in der verzwickten Situation, dass sie die Männer, die sie begehrten, nicht wollte, und umgekehrt, die Männer für die sie sich interessierte, keinen Geschmack an ihr fanden. Dabei wimmelte es in ihrer Umgebung von Prachtexemplaren, warum war bloß nicht der Richtige für sie dabei? Unbewusst stieß sie einen tiefen Seufzer aus. Manchmal war das Leben schwierig. Selbst wenn man erst 26, gesund und an und für sich ganz attraktiv war.

29.

Jonas sah völlig verändert aus, als er ihr Zimmer betrat. »Mein Vater ist tot«, platzte es aus ihm heraus, und all seine Pläne begannen zu sprudeln. Er wollte nach Afrika, er wollte sich für die Tierwelt da unten einsetzen, sich erkundigen, ob es die Stiftung noch gäbe, für die Paul gearbeitet hatte. Sich ausbilden lassen. Plötzlich wusste er, was er tun, wofür er die Millionen, die er von seinem Vater erbte, einsetzen musste. Wie er seinem Leben Sinn geben konnte.

Kaum zu glauben, dass das hier der gleiche junge Mann war, dem sie vor einem halben Jahr zum ersten Mal begegnet war. Damals war er schweigsam, zurückhaltend, fast unsicher gewesen. Mit der Zeit war er aufgetaut, hatte Vertrauen zu ihr gefasst, erzählt und gefragt. Aber das hier, diese freudige Ausstrahlung, diese Ausgelassenheit, die Kraft und der Schwung – ein ganz neuer Mensch. Als hätte er sich befreit, gehäutet. Seine Augen strahlten, er redete unablässig, und immer stand ein Lachen im leuchtenden Gesicht. Ein Lachen, das die Augen erreichte und nicht in den Mundwinkeln stecken blieb. Erste Kontakte hatte er schon geknüpft, sich für ein Projekt fest angemeldet. Aber zuerst wollte er noch die Welt sehen, der Flug war bereits gebucht. Diese Woche lief sein Zivildienst aus, und am Montag würde er nach Auckland, New Zealand, fliegen, so weit wie nur möglich weg von hier.

Wie sie sich für ihn freute! Seine neu erwachte Fröhlichkeit wirkte ansteckend. Und er wollte unbedingt noch einmal von ihr hören, wie es sein würde. Also musste sie erzählen. Erzählen, wie es gewesen war, als sie mit Paul endlich Ferien machen durfte.

Während auf der Nordhalbkugel Sommer war, hatten sie in Kenia Winter. Wie war doch alles anders als bei ihrer Ankunft! Diese Trockenheit, dieser Staub! Die Kleider waren nach ein paar Stunden rotbraun, nach weiteren zwei Stunden schwarz. Das Schwarze kam von den Grasbränden. Ein trostloser Anblick: Weite Teile der Steppe standen in Flammen, andere lagen schwarz und verkohlt da.

Asche und Staub vermischten sich mit dem roten Sand und wirbelten ihnen ins Gesicht, blieben an der Kleidung haften. Die Eingeborenen brannten das Gras ab, damit das neue schneller wuchs, und töteten dabei das ganze Kleingetier. Schlangen und Schildkröten kamen jämmerlich ums Leben, und auf Dauer zerstörten sie so auch den Humusboden.

Sie hatten sich viel vorgenommen für die wenigen Tage. Ja, vielleicht konnte man sie als besessen bezeichnen. Denn lieber, als lang vermisste Freunde und Verwandte in Europa besuchen, wollten sie nochmals zurück nach Tansania in den Ngorongorokrater, Uganda, in Parks, die sie noch nicht kannten.

An einem grandiosen Morgen sahen sie den Kilimandscharo, den höchsten Berg Afrikas. Erhaben, distanziert, ungerührt und unbezwingbar stand er da, sein weißes Haupt hob sich unverdeckt und stolz gegen den wolkenlosen Himmel.

Sie hatten den geschulten Blick der professionellen Tierbeobachter gewonnen und waren im Grunde nicht mehr auf die Hilfe eines Führers angewiesen. Aber es war schön, wieder einmal nicht selbst fahren zu müssen. Sich ganz und gar auf die Natur konzentrieren zu können, ohne mit einem Auge stets auf die prekären Straßenverhältnisse zu achten. Wie viel schneller sie vorwärts kamen als damals im April, als alles feucht und lehmig gewesen war. Jetzt begleitete sie stattdessen stets eine undurchsichtige Staubwolke. Wie eine rote wehende Fahne zogen sie sie ständig hinter sich her. Diesmal fehlten auch die riesigen Tierherden, nur kleinere Gruppen Zebras, Antilopen und Giraffen begegneten ihnen. Wieder kamen sie an die Kraterwand und fuhren den steilen Weg hinunter. Elenantilopen,

Klippspringer, Nashörner und ein ganzes Rudel Löwen. Kleine, tollpatschige Jungtiere, noch in ihrem gefleckten Babykleid, tollten über ihre Mütter; Halbwüchsige spielten mit ihren eigenen Schwänzen, und sogar eine Löwin, die ein Junges säugte. Ob es ihr eigenes war? Löwinnen betätigten sich auch als Ammen für Schwestern, Cousinen oder Freundinnen. Freche kleine Meerkatzen mit ihrem plüschigen Fell. Natürlich war das alles nicht mehr neu für Hanna, aber immer wieder so wunderschön, dass sie am liebsten geblieben wäre. Aber sie wollten ja weiter, mehr sehen. Den Manyara Nationalpark besuchen. Hier sahen sie Elefanten in beeindruckenden Mengen und allen Größen. Wie herzig die Jungtiere waren! Und wie wohl und sicher sie sich zu fühlen schienen, Schabernack trieben und mit ihren großen Ohren unkoordiniert herum wedelten. Termitenhügel, teilweise glatt geschliffen von den Zebras und den Gnus, die sich an ihnen rieben. Am See, den vor allem Vögel – Störche, Pelikane, Flamingos – bevölkerten, machten sie eine kurze Pause. Und danach sahen sie sie: Zuerst die Schwänze, die kerzengerade aus den Bäumen hingen und ihnen bestätigten, dass die Schwerkraft noch immer funktionierte – Baumlöwen, die größte Attraktion des Manyara Nationalparks. Faul lagen sie in den Astgabeln und blinzelten uninteressiert, ja fast herablassend auf sie herab.

Am späten Nachmittag waren sie zum Grenzübergang gekommen, füllten die nötigen Papiere aus, bekamen die richtigen Stempel in die Pässe, und weiter ging's. Wieder Kenia. Sie blieben nicht unbemerkt, die dicke Wolke aus rotem Staub war immer noch ihre ständige Begleiterin. Das Gebiet war erst 1974 zum Amboseli-Nationalpark erklärt worden. Bei ihrem Besuch war es noch kein offizielles Schutzgebiet gewesen. Sie schliefen im Zelt, was Hanna besonders liebte. Gab es ihr doch ein ganz spezielles Dazugehörigkeitsgefühl. Als wäre sie selbst Teil der Natur. Allein die Geräusche, die scharfen Gerüche nach wildem Tier, die so viel deutlicher wahrnehmbar waren. Außerdem erinnerte es sie an ihre erste Zeit in Ostafrika, als sie selber noch im Zelt wohnten. Trotzdem war es ihr eine große Beruhigung, zu wissen, dass die Stoffwände mit soliden Reißverschlüssen geschlossen waren, und sie so wenigstens im Notfall minimal vor Löwen, Leo- und Geparden geschützt waren.

Müde, verstaubt aber mit an inneren Bildern gefülltem Tank kamen sie schließlich in Nairobi an. Hier gönnten sie sich einen Tag zum Verschnaufen, bevor sie nach Uganda fliegen wollten und von Entebbe aus zur nächsten Station, dem Queen-Elisabeth-Nationalpark.

Auf dem Programm stand eine Fahrt mit dem Motorboot durch den Kazingakanal, der den Edward- mit dem Georgsee verband. Hanna behielt nur ein paar Namen des unwahrscheinlich reichen Vogellebens. Kormorane, Schreiseeadler, verschiedene Reiher. Besser gefielen ihr die Flusspferde. Diese Riesen mit ihrem viereckigen Kopf, den winzigen Ohren und kleinen Augen, die so friedlich wirkten, so gutmütig aussahen. Wie Tonnen schwere Walzen drehten sie sich im Wasser, streckten für einen Moment ihre Säulenbeine in den Himmel, um dann mit dreckverschmiertem Kopf wieder aufzutauchen. Hanna mochte sie einfach leiden, wusste aber, dass man die kräftigen Tiere auf keinen Fall unterschätzen durfte, starben doch mehr Menschen durch Flusspferd- als durch Löwenangriffe.

Leider hatten sie zu wenig Zeit und kamen nicht in die entlegenen Winkel, wo Schimpansen und Oryxantilopen lebten. Stattdessen fuhren sie durch endlose Teeplantagen und übernachteten schließlich im ›King Edward‹, einem verschwenderisch gebauten Haus aus der Kolonialzeit. Das Hotel übertraf ihre kühnsten Erwartungen. Der Unterschied zu ihrem jetzigen Daheim, ihrer bescheidenen Hütte, hätte augenscheinlicher nicht sein können. Und so sehr sie sich sonst gegen kolonialistisches Verhalten sträubte, hier ließ sie sich einmal richtig verwöhnen. Erlaubte es sich, bedient zu werden. Genoss den Luxus eines richtigen Bettes, eines wunderschön großen Zimmers – so hohe Räume hatte sie noch nie zuvor gesehen, geschweige denn drin geschlafen! – einer richtigen Dusche, einer Badewanne voll mit sauberem Wasser! Überhaupt war alles so sauber, so frisch! Herrlich. Noch als sie im Camp abgereist waren, war sie sich äußerst chic vorgekommen, hatte sie doch ihre besten Kleider hervorgesucht. Hier aber fühlten sich die ausgebleichte Bluse, die zerknitterte Leinenhose und die Sandalen, die trotz aller Bemühungen nicht mehr ganz sauber wurden, schäbig an. Aber es war egal. Sie waren Weiße und sie bezahlten, das war alles, was zählte. Niemand ließ sich etwas anmerken, und sie wurden behandelt wie alle anderen Gäste.

Die Sonne stand im Zenit, und es war so heiß, dass die Luft flimmerte. Der Wasserfall versprach kühlende Frische, und so schleppten sie sich bis dicht an den Nil. Unglaublich. Das hier war nicht Stein am Rhein und der Rheinfall, was sie hier sahen, waren die Murchison Falls! Sie ließen sich besprühen von einer wohltuenden Dusche, gewaltigen Wassermassen, die mit Brausen und Getöse und weißem Schaum über die Felsen tosten.

Von hier aus ging es in den letzten der vier Nationalparks, in den Murchison Park. Himmel, was für ein

Reichtum, wie hatte die Natur doch ihre Gaben mit verschwenderischer Hand ausgestreut! Giraffen, Uganda-Kobs, Löwen, Büffel, gute alte Bekannte, aber immer wieder grandios zu sehen. Und dann die Elefanten, sie sahen Herden mit 40–50 Tieren!

Am Abend, als der Himmel schon dunkel war und sich das blauschwarze Firmament mit seiner liegenden, kahnförmigen Mondsichel und Abermillionen von Sternen über ihnen wölbte, versammelten sie sich mit allen Hotelgästen auf der weitläufigen Terrasse. Es wurden ganze Schweine am Spieß gebraten, Hähnchen gegrillt und ein kaltes Buffet aufgebaut. Wie schmeckte das gut, und wie war es stimmungsvoll unter diesem unendlichen Himmel, den sie mittlerweile kannte, der mittlerweile zu ihrem Leben gehörte, an den zu gewöhnen sie sich aber verbat. Je länger sie hinauf starrte, desto mehr Lichter schienen zu blinken. Manchmal kam es ihr vor, ein einziger Funke, ein einziges zusätzliches Loch in das schwarze Tuch des Firmaments gestochen, müsste genügen, um den ganzen Himmel hell werden zu lassen.

Es kam der vorletzte Tag. Nach dem Frühstück ging es noch einmal per Motorboot los, diesmal auf dem Nil, wo noch ein besonderer Leckerbissen wartete. Krokodile, richtige Nilkrokodile aus nächster Nähe. Scheinbar schläfrig rekelten sich die großen Echsen am Ufer auf Steinen, Sandbänken und im Gras. Da lagen sie, ohne sich zu bewegen, mit weit aufgesperrtem Rachen, minutenlang, viertelstundenlang. Diese Furcht einflößenden Tiere, die aus einer anderen Zeit zu stammen schienen.

Dann ging es zurück nach Entebbe, wo sie noch einen Tag zum Faulenzen hatten. In Badeanzügen aalten sie sich auf der Hotelterrasse, tranken kühle Säfte und starrten auf den blauen, schier endlosen Viktoriasee, der ihnen wie das Meer vorkam – immerhin war er der drittgrößte See der Erde – und Hanna fragte sich, womit sie all das verdient hatte. Und wünschte gleichzeitig, es möge nie anders werden.

Eine naive Hoffnung, die sich nicht erfüllt hatte. Natürlich nicht.

Es gäbe noch vieles zu erzählen, aber es war genug. Jonas sollte das alles selber entdecken. Durch den Tod seines Vaters konnte und würde er ein neues Leben beginnen. Hanna betrachtete ihn nachdenklich. Ja, jetzt war es genug. Es musste aufhören. Sie musste ihn stoppen. Und überhaupt, es wurden zu viele. Das hatte sie nie beabsichtigt. Entglitt er ihr? Der Zauberlehrling ... die Geister, die sie rief ...?

30.

Es roch nach Schnee. Die Wolken waren fast schwarz und hingen tief. Auch die Temperatur war empfindlich gesunken, und ein unangenehmer Wind pfiff ihr durch Mark und Bein. Endlich war sie im Zimmer. Draußen rüttelte es an Bäumen, wirbelten Blätter und schlugen Äste. Konnte es sein, dass sie der Winter während zwei Monaten an der Nase herumgeführt hatte, um jetzt, da sich Natur und Menschen bereits auf den Sommer einstellten, mit ungebrochener Kraft noch einmal hervorzukommen? Blüten zerstören und das Ansetzen der ersten Früchte verunmöglichen wollte? Am 11. Mai begannen mit Mamertus die Eisheiligen. Musste während der nächsten fünf Tage tatsächlich noch einmal mit Eiseskälte und Frost gerechnet werden? Meinten es Pankratius, Servatius, Bonifatius und Sophie ernst?

Hanna blickte gedankenverloren aus dem Fenster, sah weder Bäume noch Blätter vor ihrem Zimmer.

Die Beerdigung war schön gewesen. Endlich hatte Irma ihren Frieden finden dürfen und ihre Würde zurückerhalten. Ihre Freundin hatte an Gott geglaubt, an ein Leben nach dem Tod. Im Gegensatz zu Hanna. Sie hatte sie manchmal um diese Gewissheit beneidet. Es musste schön sein, Gottvertrauen haben zu können, Trost in einem Gebet zu finden, wenn es sonst keine Hilfe mehr zu geben schien. Unerschütterlich war Irmas Glauben gewesen, in dieser Sache hatten sich die beiden Frauen nicht gefunden. Aber selbst Hanna fand den Gedanken angenehm erfreulich, dass ihre Freundin jetzt im Himmel sein könnte, womöglich auf sie herunterschaute und auf sie aufpasste. Warum sollte das nicht möglich sein? Wer wusste denn schon, was richtig und was falsch war? Was stimmte und wie es weiterging? Ja, Paul und sie waren sich immer sicher gewesen, dass Leben nach dem Tod verrottete, sich der Natur hingab und so weiteres Leben ermöglichte. Aber warum sollte es nicht doch irgendwo eine höhere Macht geben? Oder einen Ort, an den die Seele wandern konnte? Weshalb sollte das unmöglich sein?

Unbewusst hatte sie Pauls Bild in die Hand genommen und streichelte es.

Leise begann sie zu lachen. Wer hätte gedacht, dass sie mit ihren 75 Jahren noch gläubig werden könnte? Aber hatte Irma nicht behauptet, ihr Gott sei ein gütiger Gott? Es sei nie zu spät, mit glauben zu beginnen, er warte mit offenen Armen und bereit, jede aufzunehmen? Egal, was im bisherigen Leben geschehen oder wer man gewesen war? Er verzeihe und liebe? Irma war ein aufgeklärter, moderner Mensch gewesen. Dennoch war sie felsenfest davon überzeugt, dass ein Gott existierte. Natürlich nicht der allmächtige Mann mit dem weißen Bart. Sie brauchte kein Bild, um sich vorstellen zu können, dass es etwas gab, das größer war als sie.

Niemals hatte sie Angst vor dem Sterben gehabt. Und ausgerechnet sie hatte man nicht gehen lassen wollen. Aber jetzt war es gut.

Hanna war früh aufgestanden und wollte zuerst alleine in der parkähnlichen Anlage des Friedhofs Manegg ankommen. Ohne Trauergemeinde. Sie war durch das hohe schmiedeeiserne Tor gegangen und dem bekiesten Hauptweg gefolgt. Birken, Buchen, Linden, eine Zeder, alles altehrwürdige Bäume. Im Westen ein offenes Feld frischer Gräber. Sie hatte die Bänder der Kränze gelesen: Für immer in unseren Herzen. Ein letzter Gruß. Wir werden dich nie vergessen.

Weiter war sie einem verschlungenen Weglein gefolgt. Das Geräusch ihrer Schritte war vom lauten Trällern mehrerer Amseln übertönt worden. Plötzlich hatte ihr der Atem gestockt, sie war Auge in Auge mit einem äsenden Reh gestanden. Erschrocken hatte es aufgeblickt und war dann in großen Sätzen davon gesprungen. Ohne Plan war sie weiter gegangen, durch die, wie ihr schien, wirr angelegten Pfade. Vorbei an vereinzelten Parkbänken, die zum Verweilen eingeladen hätten. In einem Brunnen hatte ein Eichelhäher gebadet. Bisher hatte sie einen Friedhof immer als etwas Beklemmendes erlebt. Aber hier, das war anders gewesen. Erstaunt hatte sie festgestellt, dass er nicht nur letzte Ruhestätte, sondern im Gegenteil voller Leben war. Was für ein friedvoller Ort. Fast feierlich war ihr zumute geworden. Die Ruhe hatte etwas Erlösendes gehabt. Als würde alles von einem genommen, fiele alles Schwere, alle Probleme, alles Bedrückende plötzlich von ihr.

Hanna war weiter nach Süden gegangen und zu den ganz alten Familiengruften gekommen. Es war dunkler, düsterer geworden. Eiben, Fichten, Thujen, Linden, sogar ein paar Eichen. Die Bäume waren alt, und so waren die Gräber. Die Steine mit Moos überwachsen, kaum konnten die Namen noch entziffert werden. Dicke Buchen warfen ihrer Größe entsprechend tiefe Schatten, bis hierher drangen keine Sonnenstrahlen. Fleißige Lieschen versuchten tapfer, Farbtupfer ins Halbdunkel zu bringen. Was ihnen aber nicht ganz gelingen wollte. Zu wenig Licht erreichte sie, um Leuchtkraft entwickeln zu können. Aber vielleicht passte es ganz gut zu einem Friedhof. Hier wollte man nicht unbedingt bunte Heiterkeit verbreiten. Gedämpftes war besser geeignet. Sie hatte diese Blumen nie gemocht, sie hatten etwas Plastikartiges, Künstliches an sich. Nicht einmal die Blätter waren richtig grün, gingen zuweilen fast ins Braun.

Es war Zeit geworden. Man hatte sich in der friedhofseigenen Kapelle getroffen. Ein Blumenarrangement war auf beiden Seiten des Rednerpultes gestanden. Eine Kerze. Nur wenige Menschen waren zugegen gewesen, um Irma die letzte Ehre zu erweisen. Natürlich ihre scheinheiligen Angehörigen, Irmas ehemalige Zimmernachbarinnen und Silvia. Hanna rechnete es der Pflegerin hoch an, dass sie an ihrem freien Tag auf den Friedhof gekommen war. Ob sie ihr unrecht getan hatte? Vielleicht war Silvia gar nicht die falsche Freundlichkeit, die sie ihr im Stillen vorgeworfen hatte? Sie hatte ihr nett zugenickt, und die dünne Frau hatte zurückgelächelt. Bestimmt hatte sie ein schwieriges, unglückliches Leben, eine Tochter im Teenageralter war keine leichte Aufgabe und eine Scheidung traurig.

Der Pfarrer hatte einen Psalm aus dem Johannesevangelium vorgelesen:

›Denn so hat Gott die Welt geliebt, dass er den einzigen Sohn gab, damit jeder, der an ihn glaubt, nicht verloren gehe, sondern ewiges Leben habe. Denn Gott hat den Sohn nicht in die Welt gesandt, dass er die Welt richte, sondern dass die Welt durch ihn gerettet werde.‹

Sie hatte nicht mehr weiter zugehört. Ihre Gedanken waren abgeschweift. Natürlich war das ganze Palaver über Gott und ein ewiges Leben Quatsch. Kinderkram. Für Menschen, die Hilfe nötig hatten, die schwach und mit dem Leben überfordert waren. Nichts für realistische Wissenschaftler, ausgewachsene Erwachsene, die mit beiden Beinen im Leben standen.

Aber irgendwie war es ihr diesmal nicht ganz gelungen, alles abzutun. Es war, als würde die plätschernde Stimme des Pfarrers den Boden für fruchtbare Gedanken tränken. War sie durstig gewesen? Ausgetrocknet? War die Zeit gekommen, Neues ausschlagen zu lassen?

Wenn nun doch etwas dran war? Wenn es doch ein jüngstes Gericht gab? Ein Ort, an dem sie sich und ihre Taten würde verantworten müssen? Hatte sie etwas getan, das sie bereute? Müsste sie beichten? Buße tun? Sie, die nicht einmal wusste, wie man betete? Konnte man Schlimmes überhaupt jemals wieder gut machen? Konnte es verziehen werden? Es gab Dinge, die ließen sich nicht zurückbringen. Menschen, Tiere. Worte einmal gesagt, konnten nicht zurückgenommen werden. Was, wenn es nach dem Tod tatsächlich weiterging? Käme sie dann in die Hölle? Warum hatte sie Irma nicht gefragt, was sie tun müsse, damit Gott ihr vergeben würde? Damit auch sie ewigen Frieden finden durfte?

Nun war es zu spät. Zu spät. Warum fiel ihr das erst jetzt ein? Warum, um Himmels willen? Ein leiser Anflug von Panik hatte sich breitgemacht. Wie unglaublich, wie unsäglich, wie unverzeihlich dumm von ihr. Der Weg wäre ihr offen gestanden, aber nein, sie hatte ihre Chance vertan. Verpasst. Unwiederbringlich. Irma war tot und damit ihre einzige Möglichkeit, diesen Weg begehen zu können.

Man war gemeinsam zum Grab gegangen. Die Familiengräber rahmten den ganzen Friedhof ein. Irma sollte neben ihrem schon verstorbenen Ehemann beerdigt werden. Die Grabstätte der Familie Baumgartner lag im südöstlichsten Zipfel des Friedhofes. Unter einer Linde, nur mit Lavendel, gelben Rosen und Farn bepflanzt. Der Stein ein gemeißelter Baum mit in den Ästen eingeflochtenen Alpha- und Omegazeichen. Anfang und Ende. Dezent, ohne irgendwelchen Schnickschnack, aber mit Stil. Genauso war Irma gewesen. Hanna gefiel es. Sie war froh, dass man auf Exzentrisches verzichtet hatte. Drei Kränze waren da gelegen. Einer von der Familie, einer vom Heim und einer von ihr. Nichts Ausgefallenes.

Der Pfarrer hatte aus dem 1. Korintherbrief 13.1 – 13 vorgelesen:

›Wenn ich mit Menschen- und mit Engelszungen rede, aber keine Liebe habe, so bin ich ein tönendes Erz, eine lärmende Zimbel. Und wenn ich die Gabe prophetischer Rede habe und alle Geheimnisse kenne und alle Erkenntnis besitze und wenn ich allen Glauben habe, Berge zu versetzen, aber keine Liebe habe, so bin ich nichts. Und wenn ich all meine Habe verschenke und meinen Leib dahingebe, dass ich verbrannt werde, aber keine Liebe habe, so nützt es mir nichts.

Die Liebe hat den langen Atem, gütig ist die Liebe, sie eifert nicht. Die Liebe prahlt nicht, sie bläht sich nicht auf, sie ist nicht taktlos, sie sucht nicht das Ihre, sie lässt sich nicht zum Zorn reizen, sie rechnet das Böse nicht an, sie freut sich nicht über das Unrecht, sie freut sich mit an der Wahrheit.‹

War das nicht ein Text für eine Hochzeit, vielmehr als für eine Beerdigung? War das für sie ausgewählt? Wollte Irma ihr ein letztes Zeichen senden? Was wollte ihre Freundin ihr damit sagen?

Sie hatte den Pfarrer sagen hören: »Wir Christen glauben, dass Gott ein Gegenüber wollte. Deshalb gibt es Geschöpfe, gibt es uns. Und mit seiner Schöpfung, mit dem Leben, hat er uns auch die Freiheit geschenkt.«

Und wenn man diese Freiheit ausgenützt hatte? Falsch wählte?

Der Pfarrer war weitergefahren mit einem Zitat von Albert Schweizer, der als nüchterner Mediziner folgende Essenz herausgeschält hatte: »›Leben lebt von Leben.‹ Damit hat er völlig unsentimental auf den Punkt gebracht, wie er die Natur und die Welt sah.«

Nun war sie sicher, diese Worte waren persönlich an sie gerichtet. Mit Irma hatte sie sich oft unterhalten, es war kein Geheimnis, dass Hanna an die Natur, die Evolution glaubte, dass ihr jedes romantisierende Schwärmertum fremd war. Sie und Paul waren Naturwissenschaftler, Atheisten gewesen. Die Worte des Pfarrers hatten sie mitten ins Herz getroffen: »… es muss uns bewusst sein, dass der Mensch von anderem Leben lebt. Wir stören Leben, ja zerstören es, nicht nur tierisches und pflanzliches, sondern in tragischen Situationen auch menschliches. Dann kann es notwendig werden, ein Opfer zu bringen. Ein Sühne-opfer. Sühne heißt Versöhnung, heißt der Versuch, etwas wieder gutzumachen. Zuweilen ist es erforderlich, etwas wegzugeben, um Leben wieder zu ermöglichen.«

Was hatte Irma gewusst? Hatte sie mehr geahnt, als Hanna angenommen hatte? Wollte sie ihr mitteilen, dass es auch für sie noch nicht zu spät war?

Sie musste retten, was noch zu retten war. Wieder gut-machen. Würde dann auch sie ihren Frieden, ihre Ruhe finden können? Und am Ende Erlösung? War der Glaube letztlich gar eine Gnade?

Hatte sie nicht schon ihre Opfer gebracht? 40 lange Jahre war sie für ihre Familie da gewesen, immer zuerst für die anderen, bevor sie für sich geschaut hatte. Reichte das nicht? Sie hatte ihr Bestes gegeben, vielleicht war es manchmal nicht genug, aber mehr hatte sie nicht gekonnt. Ob das für Irmas Gott langte? Ihren Gott der Liebe? Aber möglicherweise musste sie gar nicht an Irmas Gott glau-ben? Möglicherweise gab es einen Gott für sie?

Der Gedanke gefiel ihr. Die Vorstellung, dass jemand auf sie warten könnte, liebevoll warten könnte, das war schön.

Vielleicht war die Welt ein besserer Platz, wenn sie nicht mehr war. Für eine Weile hatte sie die Allmächtige spie-len wollen.

Sie würde ein letztes Opfer bringen. Damit Jonas frei war und noch einmal von vorne beginnen konnte.

Was für ein wunderschöner Friedhof. Paul war kremiert worden, und eigentlich hatte sie das auch für sich vorgesehen. Aber das hier wäre eine attraktive Alternative. Ein stimmiger Platz, um zu ruhen, um wieder zu einem Stück Erde zu werden.

Die Luft war voller Samen und Blütenstaub gewesen. Das Licht überirdisch. Strahlenmuster entstanden durch die sich auftürmenden Wolken. Der Pfarrer war fertig, der Sarg in der Erde.

Ihre Schritte auf dem Kies waren das einzige Geräusch gewesen, das sie hatte hören können. Sie war nach Hause gegangen und hatte einen Entschluss gefasst.

Langsam und vorsichtig stellte sie Pauls Bild wieder auf die Kommode. Ihr Blick fiel auf seine Urne. Mit einem Mal packte sie das Tongefäß und ging zurück auf den Friedhof.

Wie still es jetzt hier war. Keine Menschenseele. Alle waren sie in ihre Stuben geflüchtet, fürchteten sich vor einem Sturm und Schnee. Es war fast dunkel und kein einziger Sonnenstrahl verirrte sich durch die dichten Wolken. Dennoch, was für ein einzigartiger Platz. Sie stand an Irmas frisch zugeschüttetem Grab. Hob den Deckel der Urne, und einem plötzlichen Impuls folgend, wendete sie das Gefäß. Ein heftiger, kalter Windstoß erfasste die Asche und wirbelte sie durch die Luft. Hanna wurde ganz leicht ums Herz.

Ungleichmäßig verteilte sich der graue Staub wieder am Boden. Verschwand zwischen den Grashalmen, sank ins Moos, vermischte sich mit der Erde. Wurde unsichtbar. Sie würde dafür sorgen, dass man sie neben Irma beisetzen konnte. Ja, hier wollte auch sie enden.

Sie würden alle zusammen sein, ob nun im Himmel oder auf der Erde.

31.

Er hatte in Rebeccas leerer Wohnung übernachtet, aber nicht gut geschlafen im Wissen, dass seine Freundin so unendlich weit weg war. Pflichtbewusst hatte er die Balkonpflanzen gegossen, bevor sie der Sonne ausgesetzt sein würden. Und nun spazierte er ins Büro. Nur noch vier Tage, bis er sie wiedersehen würde. Acht Uhr. Er war für seine Begriffe spät dran. Aber er hatte nicht mehr viel zu tun. Ein Traktor des Zirkus Knie hielt vor dem Fußgängerstreifen, er überquerte die Seestraße und dankte mit einem Winken. Die Landwirtschaftsgefährte gaben dem Straßenbild eine gemächlich bäuerlich rurale Prägung und entschärften das Tempo auf den Verkehrsachsen. Am Wochenende begannen die ersten Vorstellungen auf der Landiwiese, dann hieß es wieder ›Manege frei für …!‹. Die bunten Wagen, das Plastikzelt, der unverkennbare Geruch nach wilden Tieren, frischem Sägemehl, Popcorn, vielen Menschen und Aufregung lag in der Luft. Er lächelte. Eigentlich ging es ihm gut. Nur noch vier Tage.

Selbst das schöne Wetter war zurück, das mit den Eisheiligen war nur falscher Alarm gewesen. Nun schien den Frühsommer nichts mehr aufhalten zu können. Aber eigentlich ging ihn das Wetter hier nichts mehr an. Er würde für einen Monat so weit weg sein, wie es nur möglich war. Nämlich auf der anderen Seite der Erde.

Reas Fahrrad stand schon vor dem Eingang. Dann war sie also bereits im Büro. Er stieg die Treppen hoch, bis unters Dach. Überrascht stellte er fest, dass auch Gian schon da war. Die beiden waren in ein Gespräch vertieft.

Reas Praktikum im Detektivbüro und damit bei ihnen, war zu Ende. Der erste Teil des Kripoeinführungskurses geschafft, die nächsten Wochen würde sie in einer Fachgruppe zubringen. Man hatte sie ins Milieu und die Sexualdelikte eingeteilt. Und sie freute sich darauf. Noch einmal etwas ganz anderes. Weder Gian noch Andrea hatten je da gearbeitet, kannten aber dennoch die eine oder andere Anekdote, die sich unter Praktikanten zugetragen haben sollte. Polizisten, die als Freier verkleidet von Transvestiten überfallen wurden, Prostituierte, die sich entblößten, obwohl sie wussten, wer vor ihnen stand, und dann die Kino-Filme … ob sie sich zutraue im ›Walche‹ durch die Gänge zu gehen? Wenn jeder Anwesende seinen Johannes liebkoste? Hm, schon ein bisschen peinlich …

»Ach was, peinlich finde ich höchstens Schnauzträger und Intimrasierer.« Rea ließ sich nicht so leicht von ihren Kollegen ins Bockshorn jagen und wechselte geschickt das Thema: »Apropos peinlich, habt ihr von der ungewollten Schussabgabe in der Citygarage gehört?«

»Du meinst Charlie und der Schuss Gummi am 1. Mai? Klar, wer hat das nicht gehört. Solche Dinge sprechen sich im Korps unaufhaltsam und in Windeseile rum.« Selbstverständlich wusste Gian davon. Und Rea sagte: »Für einmal finde ich es gerechtfertigt, wenn das Buschtelefon funktioniert.«

»Aber peinlich würde ich das schon nicht mehr nennen, das ist dann schon eher schlimm«, urteilte Andrea.

»Pleiten, Pech und Pannen, die uns beim Arbeiten passieren«, sinnierte Rea. »Ich teile ja Peinlichkeiten gerne in drei verschiedene Kategorien ein. Begonnen mit dem quasi nicht selbst verschuldeten, sondern dem misslichen Umständen entsprungenen Pech.«

»Hm, da hab ich ein tolles Beispiel. Seid ihr auch schon schwungvoll in Tierkacke getreten, nach dem Einsatz erleichtert ins Auto zurückgestiegen und habt erst da aufgrund des aufdringlich penetranten Geruchs das desaströse Ausmaß festgestellt? Tja, ist mir schon passiert. Nicht angenehm, kann ich euch flüstern.«

»Was auch äußerst uncool ist: In der Hitze des Gefechts, weil man möglichst schnell am Tatort sein will, den Rollkragenpullover falsch herum anziehen und niemanden haben, der einen darauf aufmerksam macht, nur die irritierten Blicke der Geschädigten und schadenfrohen der Täter auf sich zu spüren …«

»Oje, hast du überhaupt Kollegen? Wem passiert denn so was?«

»Tja … Aber kommen wir lieber zu den Pannen mit einer großen Portion Eigenverschulden. Zum Beispiel mit Blaulicht und Horn hilflos im Quartier herum lärmen und dabei die gewünschte Adresse nicht finden.«

»Nun, wer selbst zu blöd ist, ein Navi zu bedienen …«

»Halt, halt, ich doch nicht. Ich gehör dafür zu den Bordsteinküssern und hab mir da schon einen Platten eingefangen.«

»Alles halb so schlimm, gehört halt zur Streifenwagenkarriere. Richtig peinlich wird's erst dann, wenn man das eigene Reserverad nicht findet und Hilfe anfordern muss. Jaja, alles schon da gewesen.« Auf Gians fragenden Gesichtsausdruck hin stritt Rea rasch ab: »Nein, wirklich nicht mir passiert!«

»Und was ist mit der dritten Kategorie?«

»Das sind dann eben die Dinge, die nicht mehr zum Lachen sind … wie ungewollte Schussabgaben …«

»Sind ja gespannt, was du uns nach dem ›Milieu‹ für Heldentaten erzählen kannst.«

»Was machst du eigentlich nachher? Gehst du zurück nach Oerlikon?«

»Das weiß ich noch nicht so genau, vielleicht hab ich Lust auf eine andere Wache?«

»Lass mich überlegen, ob du besser in den Durchlauferhitzer passt?«

»Du meinst die Regionalwache City? Nee danke, da war ich nach der Ausbildung für drei Monate. Die direkte Beobachtung von oben ist mir da zu spürbar. Obwohl es im Grunde in der Mutter aller Wachen gar nicht sooo schrecklich ist. Da muss man gewesen sein, und wenn nur, damit man mitreden kann. Immerhin haben die meisten im ehemaligen Waisenhaus begonnen und ein längeres oder kürzeres Intermezzo eingelegt. Außerdem gibt es sogar da diejenigen, die sich nicht mehr trennen können und gemeinsam mit der Einrichtung älter werden und verstauben.«

»Soll das heißen, du warst nie im SMER?«, fragte Gian ehrlich erstaunt.

»Unserer Feuerwehr? Du meist das SOKO? Ist dir noch nicht aufgefallen, dass der Name schnelle mobile Einsatzreserve vor circa hundert Jahren geändert wurde?«

»So ist es halt, wenn man bald 150 Jahre alt wird.« Gian nahm die Giftelei sportlich.

»Um zum Thema zurückzukommen, nein, das ist mir erspart geblieben. Musste meine Sprache nicht grob werden lassen, und der Bekleidungszwang scheint mir auch sonst schon groß genug«, winkte Rea ab.

»Ach was, auch die kochen und löschen nur mit Wasser, und jemand muss schließlich etwas härter durchgreifen, nicht wahr? Da hast du schon was verpasst.«

»Wohl kaum. Du träumst bestimmt auch heimlich von etwas Besserem, SEK, SWAT und Ähnlichem? Bist zu

Höherem geboren? Ein verkannter Hero?« Rea blickte ihren Kollegen herausfordernd an. »Warum bist du dann nicht Skorpion im Spezial? Viel Spaß in unserer Heldenfalle.«

»Warum Falle?«

»Vermutlich wirst du spätestens nach einem halben Jahr deine Illusionen verloren haben. Spezialeinsätze sind selten, und Einsätze, in denen du dich als Held gebärden könntest, schon gar nicht erwünscht. Sorry, aber wenn du kein zäher Routinearbeiter bist, dann gehörst du ganz sicher nicht zu unseren Grenadieren.«

»Alleweil noch besser, als mit gezücktem Bußenblock durch das Niederdorf schlendern und Parksünder bestrafen. Oder in der Bahnhofstraße eventuell mal ein Auge zudrücken, wenn mir ein Velofahrer auf verbotener Strecke entgegen kommt ... Soll das echte Polizeiarbeit sein?« Gian relativierte die Idee seiner Kollegin. Und die sprang sogleich auf seine Vorschläge auf: »Tja, jedem das Seine. Eigentlich sehe ich dich schon als Spaßverderber. Es gibt in unserer geliebten Stadt vor allem einen Kreis, in dem die Nacht zum Tag gemacht wird und somit eine Wache, die den Partygängern die Grenzen setzen muss. Du warst doch in der Industrie tätig? Und hast dich nicht gescheut, dir jede Nacht die gleichen primitiven Beleidigungen anzuhören, Betrunkene zusammenzusammeln und Schläger zu trennen?«

»Ja, war ich. Und war ganz in Ordnung.« Der Kreis 5, mit der Wache mittendrin, hatte sich in den letzten Jahren zu einem enormen Anziehungspunkt für junge Leute entwickelt, und an den Wochenenden kamen sie aus der ganzen Schweiz, den Grenzgebieten zu Frankreich, Deutschland und Österreich, um davon zu profitieren, dass es in

Zürich keine Polizeistunde mehr gab und rund um die Uhr gefeiert werden konnte. Diese Freizügigkeit mochte attraktiv sein und viel Geld bringen, andererseits erlebte die Polizei die Schattenseite, die vielen jungen Menschen, die zu viel Alkohol und Drogen konsumierten, nicht mehr wussten, wie sie sich zu benehmen hatten und aggressiv wurden. Mit der Zeit hatte Gian genug davon gehabt und wollte auch jetzt nicht mehr daran erinnert werden. Lieber brachte er seinen Freund zurück ins Gespräch: »Wie war das bei dir?«

»Tja, wie ihr wisst, ist im Kreis 4 nicht nur die Klientel einmalig.« Andrea hatte Jahre in der Regionalwache Außersihl gearbeitet. »Ich steh halt mehr auf Multi-Kulti, Drogen und Rotlicht.«

»Ach ja, du hast ja im Auffanglager gearbeitet«, erinnerte sich Rea. »Da geht's natürlich bunt und gemischt zu und her. Etwas weniger originell wäre ganz in Ordnung für mich. Ich mag's eher konventionell und übersichtlich.«

»Und außerdem liebst du es, Rapporte zu schreiben, Anzeigen entgegenzunehmen und Darts zu spielen?«, fragte Gian. »Da weiß ich das Richtige für dich. Nichts wie in den Ameisenhaufen. Auch bekannt unter dem Namen Galeerenwache. Im Kreis 3 herrscht zumindest tagsüber ein emsiges Treiben. Soll ja ebenfalls sehr befriedigend sein.« Gian hatte die Lösung für Rea gefunden, die allerdings zeigte wenig Begeisterung für seinen Vorschlag. »Ach was, der beste Platz ist und bleibt der Sonderfall am Rande der Stadt. In Zürich Nord tickt alles ein bisschen anders und ziemlich unbeobachtet. Die schrägen Vögel haben durchaus ihren Charme. Ich weiß, wovon ich rede, immerhin war ich die letzten Jahre da draußen stationiert.«

»Böse Zungen behaupten aber, Oerlikon habe nicht mehr viel mit dem Rest der Stadt und dem Korps zu tun. Aber wenn du meinst …«

»Solange Durchlauferhitzer, Hardcore, Heldenfalle, Spaßbremse, Auffanglager oder Bienenhaus die Alternativen sind … Tja, ich glaube, da fällt mir die Entscheidung nicht allzu schwer. Aber wer weiß, vielleicht gibt es ja etwas noch Besseres?«

»Und das wäre?« Neugierig schaute Gian Rea in die blauen Augen.

»Kannst du das nicht erraten?« Verschmitzt zwinkerte sie zurück.

»Ach, du meinst uns? Die charmanteste, süßeste und gleichzeitig schärfste Versuchung, die die Stapo zu bieten hat?« Jetzt hatte Gian verstanden.

»Uff, wenn ich das nur höre.« Wieder einmal rümpfte sich Reas Nase, dennoch meinte sie: »Auf jeden Fall komme ich wieder, da könnt ihr Gift drauf nehmen.«

»Ist das eine Drohung oder ein Versprechen?«

»Ganz wie du willst, vielleicht wird ja die nächste Sarah Lund aus mir, oder wie hieß die Kommissarin in unserem Tatort? Conny Mey?« Verträumt blickte sie aus dem Fenster, und Gian antwortete trocken: »Da hast du aber noch einiges zu lernen.«

»Oder aber ich wechsle in die Presse-Infostelle. Das mit den Tatortrezensionen hat mir richtig Spaß gemacht. Eventuell haben die ja Verwendung für mich?«

Ja, warum nicht. Andrea konnte sich die attraktive Rea mit ihrer schlagfertigen Art gut als Mediensprecherin vorstellen. Außerdem traute er ihr alles zu. Manchmal mochte sie etwas brüsk und forsch rüberkommen. Aber ihre Ideen trafen meist mitten ins Schwarze, und es war nicht von der

Hand zu weisen, dass sie den wunden Punkt erfahrungsgemäß mit fast schmerzlicher Zielsicherheit fand.

»Noch eine andere Frage: Warum ist eigentlich heute schon dein letzter Tag?«

»Morgen nehme ich frei, Überstunden. Und nächste Woche ist Schießleiterkurs.«

»Was? Sag bloß, du bist Schießleiterin? Ist mir ja ganz neu.« Gian war voller Bewunderung. »Kann ich da mal 'ne Privatlektion erhalten? Ist nämlich nicht mein stärkstes Fach, und etwas Nachhilfe könnte nicht schaden.«

»Wann du willst. Für meine Freunde tu ich fast alles.«

»Ist sie nicht ein Schätzchen? Wir wollen dich wiederhaben, definitiv!«

32.

Hanna war bereit, bereit fürs Finale. Sie hatte sich ihr Lieblingskleid angezogen. Das himmelblaue mit dem runden Halsausschnitt, den leicht gepufften Ärmeln und dem fein gearbeiteten Saum. Die Farbe nahm diejenige ihrer Augen auf und hatte ihr schon mehr als ein Kompliment eingebracht. Ihre weißen Haare waren frisch gewaschen, und sie hatte sogar etwas Lidschatten aufgetragen. Die Bärentatzen, die sie eigentlich hatte essen wollen, lagen unberührt vor ihr. Jetzt zwang sie sich, eine in die Hand zu nehmen und ein kleines Stück vom braunen Gebäck abzubeißen. Es war so einfach gewesen. Wie zufällig hatte sie eines

Tages diesen Artikel auf dem Tisch liegen lassen. ›Todesengel bringt über 20 Menschen um‹ und etwas kleiner darunter: ›Während Jahren tötet der Pfleger René O. unbemerkt seine Schützlinge‹. Der fett gedruckte Titel musste einen anspringen. Unschuldig hatte sie Jonas gefragt, ob er die Zeitschrift entsorgen könne. Als sein Blick an den aufgeschlagenen Seiten hängen blieb, hatte sie lachend eine kleine Bemerkung darüber gemacht, dass er den Bericht lesen müsse. Und weiter – sozusagen immer noch im Spaß – dass sie sich manchmal wünschte, sie könnte die eine oder andere Person hier im Heim ebenfalls loswerden; und dass diese ›Mundpflege‹ eigentlich eine elegante Lösung darstellte. Sie hatte es leichthin gesagt, aber Jonas dabei unbemerkt scharf beobachtet. Sie hatte gesehen, dass ein Fünkchen Interesse in seinen Augen aufgeglimmt war. Es war wie ein Spiel gewesen, und es hatte sie Wunder genommen, wie weit sie gehen konnte. Konnte der Mensch zu etwas gebracht werden, das er tief in seinem Innersten nicht wollte? Inwieweit ließ sich jemand verführen, zu etwas verleiten? Wie viel unterlag der eigenen Entscheidung? Konnte hervorgelockt werden, musste schlummern und wurde nur geweckt? Oder konnte etwas eingepflanzt werden? Eine neue Idee? Die menschliche Psyche war ein außerordentlich spannendes Gebiet.

Jonas hatte die Zeitschrift mitgenommen, nachdem er ihr Zimmer aufgeräumt, ihr Bett gemacht, sie in ihren Lieblingssessel am Fenster gesetzt und ihr sogar ein Buch gebracht hatte. Noch während er aus dem Zimmer ging, hatte er zu lesen begonnen. Wie sogenannte Todesengel in Krankenhäusern oder Pflegeheimen ihre Patienten um die Ecke brachten. Ihnen tödliche Dosen Rohypnol oder Insulin spritzten. Oder sie ertränkten, indem sie sie festhielten, ihre Zunge mit einem Spachtel fixierten und Wasser einflößten, das direkt in die Lunge gelangte. Untereinander nannten sie diese Behandlung ›Mundpflege‹.

Wen Hanna als überflüssig ansah, und wessen sie sich gerne entledigen wollte, hatte sie bei anderen Gelegenheiten ungezwungen in Gespräche einfließen lassen. Jonas war ein intelligenter Junge, und es hatte nie mehr als eine Andeutung gebraucht, um ihm zu verstehen zu geben, dass er ihre Unterstützung hatte, wenn er handeln würde. Jedenfalls hatte sie zuerst mit einer gewissen Verwunderung, dann mit Genugtuung festgestellt, dass tatsächlich alle aus dem Weg geräumt wurden, die ihr in irgendeiner Weise etwas angetan hatten.

Sie hatten die Morde mit keinem Wort je beim Namen genannt. Aber Hanna hatte gewusst, dass Jonas hinter den plötzlichen Todesfällen steckte. Sie erinnerte sich nur zu genau an seinen fiebrigen Blick, nachdem Ilse gestorben worden war. Und an seine Tränen, als er ihr Theas tote Viper gebracht hatte, das schöne Tier. Die sie ja dann im Wald entsorgt hatte. Natürlich hatte er niemals von Mord gesprochen, und er hatte ihr auch nicht beschrieben, was er gemacht hatte. Das war gar nicht nötig gewesen. Es hatte völlig gereicht, dass er bei ihr erschienen war, den Tod der Frauen erwähnte und anschließend Hannas Geschichten hören wollte. Genau wie sie, hatte er etwas gebraucht, das ihn zurück ins Gleichgewicht brachte. Das ihm aufzeigte, dass sich die Welt ungerührt weiterdrehte, egal, was er getan hatte. Und was hätte sich dazu besser eignen können, als ihre Ausführungen zu Afrikas Tierwelt? Ihre ganz persönliche Lebenshilfe?

Mit einem kleinen Lächeln hatte sie zum Verscheiden der diversen Personen höchstens gemeint: »Ach, wie praktisch.«

Und dabei konstatiert, wie Jonas jeweils ein Riesenstein vom Herzen gefallen war, zumindest am Anfang. Sein gehetzter Blick wurde mit einem Mal wieder offen und ruhig, seine hektischen Bewegungen kontrolliert, und seine Stimme fand ihre gewohnte Lautstärke und Tonlage. Manchmal hatte sie ihm über die Wange gestreichelt und damit zu verstehen gegeben, dass in Ordnung war, was er getan hatte.

Obwohl sie auch später niemals ein Wort über die Kapitalverbrechen verloren, waren sie Komplizen. Hanna nahm an, dass Jonas alleine nicht fähig gewesen wäre, jemanden zu töten. Sie hatte ihn manipuliert. Und indem sie ihn darauf aufmerksam gemacht hatte, wessen Leben weswegen beendet werden sollte, hatte sie ihn für ihre Zwecke missbraucht. Im Tod dieser Menschen hatte sie nichts Schlechtes gesehen. Sie waren mehr als überflüssig gewesen, sie waren das Übel. Jedem Kind war klar, dass die Dornen im entzündeten Fleisch entfernt werden mussten, damit eine Wunde verheilen konnte.

Sie hielt nichts von Erdulden und schon gar nichts vom großen Jammern. Wenn einem etwas nicht passte, sollte, ja musste man sich wehren. Und sonst durfte man nicht heulen. Sie war in einem Alter, in dem sie ihr Schicksal selber in die Hand nahm. Die ihr verbleibende Zeit war zu kostbar, um sie noch unnötig zu vergeuden.

Nun aber hatte sie sich in gewisser Weise mit Gott ausgesöhnt, sollte es denn einen geben. Sie war davon überzeugt, dass ein Gott, der bei all den schlimmen Dingen, die auf der Erde geschahen, zuschaute, ja womöglich gar selber Hand anlegte, ein Gott, der Erdbeben und Tsunamis zuließ, nichts gegen die eine oder andere Tote in einem Altersheim haben konnte. Hatte sie nicht ihren Mitmenschen einen Gefallen getan, indem sie sie von diesen

Geschwüren erlöste? Oder wie es im Fall von Irma gewesen war, der Sterbenden selber? Irma hatte dieses menschenunwürdige Dahinsiechen nicht gewollt und mit Sicherheit nicht verdient. Sie war bereit gewesen, bereit zum Sterben, und da musste man sie gehen lassen.

Einzig, dass sie Jonas in etwas gelenkt hatte, das er womöglich sonst nicht getan hätte, war nicht richtig. Und deswegen war es jetzt an ihr, das Opfer zu bringen. Sie war die Einzige, die Bescheid wusste, und wenn sie nicht mehr war, wäre er sicher und fände bestimmt auf den richtigen Weg zurück.

Er musste ihr helfen. Ihr die Spritze mit dem Insulin besorgen. Mit der Überdosis fiele sie in ein Koma und erwachte nicht mehr daraus. Ihr Körper würde den Stoff innerhalb von Stunden abgebaut haben, danach konnte er nicht mehr nachgewiesen werden, hinterließ keine Spuren. Einzig die winzige Einstichstelle zeugte noch von ihrem Suizid, aber so genau würde man sie kaum untersuchen, sondern wie in allen anderen Fällen von einer natürlichen Todesursache ausgehen. Wie sie in einem Altersheim halt zur Tagesordnung gehörten.

Es klopfte. Er war gekommen, um sich zu verabschieden. Heute war sein letzter Arbeitstag im ›Abendrot‹. Mit ihren klaren hellblauen Augen schaute ihn Hanna an und begann zu sprechen. Es war wichtig, dass sie die richtigen Worte fand. Er musste verstehen, dass es nicht an ihnen liegen durfte, die Auswahl zu treffen. Wie falsch das gewesen war. Dass er auf gar keinen Fall so weitermachen durfte. Er sollte sein Leben fortan dafür einsetzen, Leben zu schützen und nicht zu beenden.

Jonas schaute sie verständnislos an. Dann begann er zu grinsen.

242

»Sie glauben, *ich* hätte die Frauen umgebracht?«

Als sie ihn stumm anschaute, kam ein glucksender Laut aus seinem Mund, und urplötzlich kicherte er wie ein kleiner Junge. »Trauen Sie mir das wirklich zu?«

Hanna war verwirrt, das hier entwickelte sich ganz und gar nicht so, wie sie es sich vorgestellt hatte. Jonas wurde wieder ernst und meinte: »Nein, seien Sie unbesorgt. Ich war das nicht. Aber ich weiß, wer es getan hat.«

Sie fühlte sich ganz schwach, und ihr »Ach?« klang mehr gehaucht, als tatsächlich gefragt.

»Auch mir ist aufgefallen, dass in den letzten Wochen ungewöhnlich viele Frauen im ›Abendrot‹ verstorben sind. Und ich habe mich umgeschaut und -gehört.« So etwas wie Stolz blitzte aus seinen Augen, als er ihr weitererzählte, wie er der Täterin auf die Spur gekommen war und wie er sich inzwischen den Kopf zermarterte, was er mit seinem Wissen anfangen sollte. Hanna war hin und her gerissen, zwischen Erleichterung und Enttäuschung. Sie hatte sich alles so schön zurechtgelegt und nun sollte es überhaupt nicht dazu kommen? Ihr innerer Kampf war allerdings nur von kurzer Dauer und die Freude über Jonas' Unschuld obsiegte. Er brannte darauf, endlich jemandem alles erzählen zu können, und nachdem er geendet hatte, begannen sie gemeinsam einen Plan zu schmieden.

*

Andrea stand vor einer halb gepackten Reisetasche. In vier Stunden ging sein Flieger nach Dubai und von da flog er dann weiter nach Perth, wo ihn hoffentlich Rebecca erwartete.

Durch die dünnen Wände hörte er seine Mutter in der Küche werkeln und sich mit dem Kater liebevoll auf Italienisch unterhalten. Vor einer halben Stunde war er aus dem ›Abendrot‹ gekommen. Eigentlich hatte er Feierabend gehabt. Aber als er aus dem Büro auf die Straße getreten war, hatte er kurzerhand beschlossen, sich von Hanna Bürger zu verabschieden. Es war ein herrlicher Abend für einen Spaziergang, und es war ihm noch etwas Zeit geblieben. Seine Siebensachen würde er schnell beisammenhaben, viel plante er ohnehin nicht mitzunehmen.

Die Sonne schien von einem makellosen Himmel, ein sanfter Wind flüsterte durch die Blätter der Kirschbäume, er hatte die milde Luft auf der Haut gespürt und sie tief in seine Lungen eingesogen. Ein ganzer Monat Ferien lag vor ihm. Was für eine unübertreffliche Vorstellung. Einen ganzen Monat konnten ihm alle Verbrecher, alle Probleme, alle Pflichten gestohlen bleiben. Vier ganze Wochen lang wollte er sich nun dem Schönen und Erfreulichen auf der Welt widmen. Allem voran seiner grandiosen Freundin und der uneingeschränkten Freiheit, die Australiens Nordwesten mit sich bringen würde. Aber bevor er nun alles losließ und sich nur noch ums Vergnügen kümmerte, wollte er die zierliche Frau mit dem schlohweißen Haar und den porzellanblauen Augen, die ihm fast ein bisschen ans Herz gewachsen war, noch einmal sehen. War er allerdings ganz ehrlich, so musste er zugeben, dass es nicht Hanna Bürger alleine war, die ihn in die Seniorenresidenz zurückgezogen hatte. Die vielen Todesfälle der letzten Monate im Alterszentrum ließen ihm einfach keine Ruhe.

Die kleine Person hatte es faustdick hinter den Ohren, da war er sich sicher. Aus unschuldigen Augen hatte sie ihn angeschaut, als könnte sie kein Wässerchen trüben. Sie war kommunikativ und freundlich gewesen wie immer, dennoch hatte er das Gefühl gehabt, sie halte mit etwas hinter dem Berg. Hm, was sie wohl alles wusste? Er hatte sie gebeten, Augen und Ohren für ihn offen zu halten. Sie hatte nur gelächelt.

Nun, spätestens in einem Monat, wenn er zurück wäre, wollte er in dieser Sache weiter ermitteln. Jetzt hatte er erst mal Ferien. Und darauf freute er sich.

Ob er den warmen Pullover brauchte? Und die Wanderschuhe?

*

Hanna lag im Bett. Noch war es nicht ganz dunkel. Sie nahm einen Schluck aus dem Wasserglas, die Flüssigkeit war kühl. Sie hörte ein Husten. Jemand ging über das quietschende Linoleum. Es roch nach Reinigungsmittel.

Es hatte alles geklappt. Mit einer kleinen Lüge war es ihnen gelungen, sie ins Zimmer zu locken, wo Jonas und sie am Tischchen mit den Bärentatzen gespannt gewartet hatten. Sie war eingetreten und hatte sofort begriffen, dass etwas nicht in Ordnung war. Und als sie sie mit ihren Vorwürfen konfrontierten, brach sie sogleich zusammen. Sie hatte nicht einmal versucht, zu leugnen. Im Gegenteil, es war, als wäre ein Damm gebrochen. Sie begann zu weinen, und zu Beginn konnten sie ihr Geständnis kaum verstehen. Es war ihr alles über den Kopf gewachsen. Bei der Scheidung hatte der erbitterte Krieg um das Sorgerecht ihrer Tochter ihre ganze Kraft und Energie gekostet. Sie hatte schließlich zwar gewonnen, ja, aber der Sieg war kein Sieg gewesen, denn Michaela wollte bei ihrem Vater leben. Sie hatte alles versucht und dennoch nur zuschauen können,

wie sie nach ihrem Ehemann auch noch die Tochter verlor.
Wie glücklich sie in der neuen Familie ihres Vaters war und
sich weigerte, noch mit ihr Kontakt zu haben! Im Grunde
konnte sie es ihr ja nicht einmal verdenken. Mit diesem
Wrack von Mutter konnte sie sich keine Anerkennung
bei den Mitschülerinnen holen, wohingegen ihr Vater mit
seiner jungen, schönen Frau und der Villa sich hervorragend zum Angeben eignete. Sie hatte versagt, versagt auf
der ganzen Linie. War nichts mehr wert und am liebsten
hätte sie Schluss gemacht. Wenig später bekam sie die Dia-
gnose. Lungenkrebs im Endstadium. Und das, obwohl sie
niemals geraucht hatte. Das war alles so ungerecht. Der
Krebs hatte Metastasen gebildet, und ihr ganzer Körper
war verseucht. Der Arzt gab ihr höchstens noch ein halbes Jahr. Das war ein Schock und machte sie wahnsinnig
zornig. Hatte sie tatsächlich vorher Selbstmordgedanken
gehabt? Jetzt war sie weit davon entfernt. Nein, so konnte
sie nicht gehen. Das wäre zu einfach für alle anderen. Und
sie fand tatsächlich einen Weg, mit ihrem Schmerz, ihren
Verletzungen, der Demütigung, ihrem Hass und ihren
Rachegefühlen umzugehen. Bei der Arbeit war sie nämlich gut, sogar sehr gut. Aber nicht alle verdienten es, dass
sie gut zu ihnen war. Thea Sibrig zum Beispiel. Silvia hatte
Caramella geliebt. Der kleine Hund war eine Zeit lang ihr
einziger Lichtblick gewesen, hatte ihre längst vergessen
geglaubten Muttergefühle zum Wiedererwachen gebracht.
Und dann hatte diese Sibrig ihn umgebracht. Dieses liebe,
warme, unschuldige Geschöpfchen so ganz ohne Falsch.
Das durfte nicht sein. So etwas konnte sie nicht ungestraft
hinnehmen. Zuerst hatte sie nur die Schlange töten wollen, aber dann war ihr das zu wenig stark vorgekommen.
Die Sibrig hatte keine so enge Beziehung zu ihrem Haus-

tier, wie Silvia und Hanna es zu Caramella gehabt hatten. Und da war ihr der Artikel eingefallen, den sie kürzlich im Aufenthaltsraum hatte liegen sehen. Der Text über den Todesengel und die ›Mundpflege‹. Sie hatte sich weiter informiert und bald herausgefunden, was für eine perfekte Methode es war, Peiniger und andere unliebsame Zeitgenossen unbemerkt loszuwerden. Thea Sibrig war also die Erste gewesen, und es hatte reibungslos funktioniert. Dann hatte sie Frau von Bodenmann beobachtet. Natürlich hatte sie gesehen, wie Bert Loser sich mit Hanna Bürger gut verstanden hatte, bis das Weibsbild aus ihrem Urlaub zurückgekommen war. Sie verkörperte genau die Art Frau, die auch ihr Ex-Mann geheiratet hatte. Unermesslich reich, verhielten sie sich so, als gehörte die Welt ihnen und alles ließe sich kaufen. Leider war dem ja auch fast immer so, aber diesmal nicht. Nicht bei Madame von Bodenmann, die sollte die längste Zeit anderen Frauen den Mann ausgespannt haben. Sie war also die Nummer zwei geworden. Und Irma Baumgartner, ja, Frau Baumgartner hatte ihr ganz einfach leidgetan. Ilse Bürkli? Nein, mit Frau Bürklis Tod hatte sie nichts zu tun, Ilse war an Altersschwäche gestorben. Aber es gab andere, die ihr auf die Nerven gingen und nichts mehr auf der Welt verloren hatten. Am Anfang hatte sie tatsächlich Linderung in ihren Taten gefunden, sie hatte Macht verspürt und sie ausgekostet. Aber allmählich begann das schlechte Gewissen zu nagen, sie wusste nur nicht, wie sie aufhören sollte. Mit diesem abschließenden Satz war der Wortfluss verebbt. Das Weinen hatte schon vor geraumer Zeit einer leisen Erzählstimme Platz gemacht. Trotz aller Hoffnungslosigkeit schien Silvia erleichtert, dass man ihr auf die Schliche gekommen war. Nachdem sie ihnen alles erzählt hatte, saß sie wie ein nasser, ausgewrungener Lappen auf dem Stuhl, und jegliche Energie schien aus ihrem kranken Körper entwichen zu sein. Es war an Hanna und Jonas zu überlegen, wie es nun weiterzugehen hatte. Was sollten sie mit diesem Wissen anfangen? Silvia der Polizei übergeben. Das wäre das Richtige. Aber wäre dadurch jemandem geholfen? Nein. Silvia sah ein, dass sie nicht richtig gehandelt hatte. Sie würde nicht weitermachen, davon war Hanna überzeugt. Die Frau war ganz und gar aus ihren Geleisen geraten, sollte sie sie deswegen verurteilen? Ausgerechnet sie, die noch vor wenigen Stunden geglaubt hatte, selber verantwortlich für die Morde zu sein? Wohl kaum. Und Jonas? Offenbar wollte er Silvia auch nicht ins Gefängnis stecken, hätte er sonst nicht längst die Heimleitung oder die Justiz eingeschaltet? Jonas war glücklich. Nachdem sein Vater sich mit seiner Unmäßigkeit selber zugrunde gerichtet hatte, hatte er begonnen durchzustarten. Mit seiner Weltreise, die am Montag losging, ließ er dieses Leben endgültig hinter sich, und spätestens, wenn er nach Afrika käme, begänne das Neue. Hanna freute sich für ihn. Er bekam eine Aufgabe, würde seinen Platz finden. Und sie selbst? Sie hatte sich eigentlich verabschieden wollen. Hatte geglaubt, ihre Zeit sei gekommen. Vielleicht war es aber an ihr, Silvia zu helfen? Denn ganz ohne Überwachung konnte man die instabile Person kaum sich selber überlassen. Und wenn sie nun Silvias nächstes Opfer war? Immerhin wäre Hanna nach Jonas' Verschwinden die Einzige, die noch Bescheid wusste, und Silvia konnte sie ohne Mühe aus dem Weg räumen, daran zweifelte Hanna nicht. Aber was war das Leben, wenn man nicht vertraute? Und hatte sie nicht eben erst festgestellt, dass sie sich gar nicht vor dem Tod fürchtete? Kam hinzu, dass Silvia selber nicht mehr lange zu leben hatte, was sollte sie ihr ihren Endspurt noch schlimmer machen, als er ohnehin sein würde. Sie entschied, dass Silvia eine zweite Chance verdiente. Den ungläubigen Blick dieser traurigen Kreatur, nachdem sie ihr ihren Entschluss mitgeteilt hatte, würde sie nie mehr vergessen. Ebenso wenig die Dankbarkeit, die ihrem Händedruck bei der Verabschiedung entsprang und die sie in ihrem Entschluss unterstützte.

Schwerer war ihr der Abschied von Jonas gefallen. Sie hatten sich umarmt, und er hatte Hanna einen zarten Kuss auf die trockene Wange gedrückt. Dann war er aus der Tür getreten, die hinter ihm mit einem leisen Klacken ins Schloss fiel. Hanna hatte gehört, wie sich seine festen Schritte entfernten, und sie wünschte ihm alles Glück dieser Welt.

Sie betrachtete das leere Wasserglas in ihrer Hand und stellte es dann behutsam auf den Nachttisch. Draußen vor dem Fenster trällerte der Grünfink sein allabendliches Schlaflied im Geäst. Inzwischen nicht mehr exponiert, sondern diskret verborgen von den, kleinen Kreiseln gleich, an ihren Stielen zwirbelnden Birkenblättern. Noch zwei weitere Monate gäbe er seinen Auftritt, bevor er im Juli dann verstummte. Sein Gesang löste ein fast kindliches Gefühl der Geborgenheit in ihr aus. Durch das offene Fenster roch sie das frisch gemähte Gras, welches der Gärtner heute Nachmittag geschnitten hatte. Ein Duft, den sie immer geliebt hatte. Der Sommer kam früh in diesem Jahr. Hanna lächelte. Sie faltete die Hände auf der Quiltdecke und schloss ihre müden Augen.

ENDE

Irène Mürner
Herzversagen
978-3-8392-1400-8

»Ein Zürcher Krimi, gespickt mit Insiderwissen. Realitätsnah, glaubwürdig und mit viel Lokalkolorit.«

Andrea Bernardi, Detektiv der Stadtpolizei Zürich, jagt einen Drogendealer. Unterstützt wird er von der Praktikantin Rea. Eine Spur führt in die Wohnung der attraktiven, geheimnisvollen Rebecca König, die rund um den Globus fliegt und abwechselnd im Central Park joggt, durch Jeddahs Suqs schlendert, in Accra ein SOS-Kinderdorf besucht, über die Golden Gate Bridge fährt oder in Miami am Strand liegt. Ist sie die perfekt getarnte Kokainhändlerin?

Wir machen's spannend

Isabel Morf
Jahrhundertschnee
978-3-8392-1608-8

»Beat Streiff ermittelt im vierten spannenden Zürich-Krimi. Siebzehn Personen, eine davon tot, eine ein Mörder. Aber wer?«

Zürich versinkt im Schnee. Die Bewohner werden zu Gefangenen ihrer Wohnungen, auch an der Bristenstrasse, wo die fünfundsiebzigjährige, unbeliebte Renate Ingold erstochen aufgefunden wird. Wer war's? Die alte Ursula Meyer, mit deren Mann die Tote einst eine Affäre hatte? Lajos Varga, von dem Ingold wusste, dass er im Spielcasino regelmäßig Geld verspielt? Aline Behrend, die unter Depressionen und Panikzuständen leidet und Angst hatte vor Frau Ingold? Beat Streiff ermittelt in alle Richtungen.

Unser Lesermagazin
2 x jährlich das Neueste aus der Gmeiner-Bibliothek

24 x 35 cm, 40 S., farbig; inkl. Büchermagazin »nicht nur« für Frauen und HistoJournal

Das KrimiJournal erhalten Sie in Ihrer Buchhandlung oder unter www.gmeiner-verlag.de

GmeinerNewsletter
Neues aus der Welt der Gmeiner-Romane

Haben Sie schon unsere GmeinerNewsletter abonniert?

Monatlich erhalten Sie per E-Mail aktuelle Informationen aus der Welt der Krimis, der historischen Romane und der Frauenromane: Buchtipps, Berichte über Autoren und ihre Arbeit, Veranstaltungshinweise, neue Literaturseiten im Internet und interessante Neuigkeiten.

Die Anmeldung zu den GmeinerNewslettern ist ganz einfach. Direkt auf der Homepage des Gmeiner-Verlags (www.gmeiner-verlag.de) finden Sie das entsprechende Anmeldeformular.

Ihre Meinung ist gefragt!
Mitmachen und gewinnen

Wir möchten Ihnen mit unseren Romanen immer beste Unterhaltung bieten. Sie können uns dabei unterstützen, indem Sie uns Ihre Meinung zu den Gmeiner-Romanen sagen! Senden Sie eine E-Mail an gewinnspiel@gmeiner-verlag.de und teilen Sie uns mit, welches Buch Sie gelesen haben und wie es Ihnen gefallen hat. Alle Einsendungen nehmen automatisch am großen Jahresgewinnspiel mit attraktiven Buchpreisen teil.

Wir machen's spannend